LA BALLADE DE L'ENFANT GRIS

Médecin généraliste, Baptiste Beaulieu est l'auteur d'un premier livre remarqué, *Alors voilà : les 1001 vies des Urgences*, qui a connu un très beau succès de librairie, a été traduit en 14 langues et a reçu le prix France Culture « Lire dans le noir ». Il a également fait l'objet d'une adaptation sous forme de roman graphique aux éditions Rue de Sèvres. Son roman *Alors vous ne serez plus jamais triste* a reçu le prix Méditerranée des lycéens en 2016. Son blog « Alors voilà » compte plus de 6 millions de visiteurs.

Paru au Livre de Poche :

ALORS VOUS NE SEREZ PLUS JAMAIS TRISTE

ALORS VOILÀ : LES 1001 VIES DES URGENCES

BAPTISTE BEAULIEU

La Ballade de l'enfant gris

MAZARINE

ISBN : 978-2-253-07098-6 – 1re publication LGF

À Augustin, mon enfant gris.
À ma mère, et celles des autres.

Tous les Crétois sont des menteurs.

Épiménide le Crétois

Parle tout bas, si c'est d'amour,
Au bord des tombes.

Paul-Jean Toulet

Le jour de la Déchirure

Le nombre total d'étoiles dans l'univers tombe-t-il pair ou impair ? Jonas ne savait pas, mais la question lui paraissait importante.

Dimanche, 9 h 54, grande banlieue de Paris. Le brillant étudiant en médecine de vingt-quatre ans observait le ciel nocturne peint dans la cabine d'ascenseur quand une secousse le sortit de sa rêverie. Il y était. Septième étage. Pédiatrie. Ça sentait toujours pareil, ici : antiseptique répandu sur le sol et urine froide. Il aimait ça, Jo', c'était comme si l'odeur avait une vieille voix – une de ces voix à mâchonner des clopes plutôt qu'à les fumer – et qu'elle lui chuchotait : « Hey, hey, gamin ! Ici on sauve des vies ! »

À 9 h 58, Jo' poussa mollement la porte du service quand son téléphone vibra. Sa mère lui annonça la nouvelle qui le fit vaciller. Il promit d'arriver au plus tôt, puis raccrocha. Il tremblait.

Il était alors 10 h 02. À quelques mètres de la chambre 33, il se baissa pour boire à la fontaine à eau dans le couloir, heurta le robinet.

« Fais pas ta chochotte ! » se gronda-t-il, une main posée sur son front qui saignait, l'autre sur la poignée de porte.

Chambre 33…

Aurait-il su ce qui l'attendait dans cette pièce que Jo' aurait immédiatement fait demi-tour et pris ses jambes à son cou. Car le destin avait décidé qu'il n'arriverait pas à temps pour soutenir sa mère : il resterait dans cet hôpital toute une journée et toute une nuit, et ne le quitterait que le lendemain matin, deux heures avant les lueurs de l'aube, éreinté, l'âme vieillie.

À 10 h 04, Jo' entra dans la chambre 33, vit Maria Tulith et son enfant de sept ans, allongé sur le lit.

À 10 h 10, il se produisit entre eux ce que Jonas appellerait la « Déchirure ». Toute sa vie, il y aurait un *avant* et un *après* cette Déchirure.

À cause d'elle, il partit en voyage, par-dessus les montagnes puis au-delà des mers, jusqu'au bout du monde, pour réinventer sa vie et trouver la vérité.

Avec le fantôme de l'enfant.

Première partie

LA PORTE MAGIQUE

Après la Déchirure

Jo'

Avant l'irruption de l'enfant gris dans ma vie, celle-ci semblait parfaite.

Quand je pense au jour de ma naissance, par exemple, j'imagine un chérubin joufflu et rose jaillir du giron maternel. Il serre entre de petites mains potelées un ciseau en or prêt à couper, tendu entre les genoux de sa maman, le ruban d'inauguration de la longue fête que sera son existence jusqu'à la Déchirure.

Mon enfance a été paisible, sans heurt ni violence. J'ai été choyé par deux grandes sœurs très douces et une mère bienveillante. Toutes m'ont appris à aimer le beau, chercher le vrai et refuser l'injustice.

Je suis plutôt grand (la taille qui plaît aux femmes, et donc la seule qui vaille ici-bas). Au collège avant que mon corps ne se charpente, j'ai été élu « plus belle fille de troisième », ce qui était cruel, mais moins que le sort réservé à Laure, une camarade qui pleura en décrochant le titre, peu enviable, de « plus moche garçon du collège ». Mon visage rappelle celui de ma mère, avec des mâchoires plus fortes. Ma mère est belle, je suis beau. Les yeux verts. Des fossettes profondes, grâce auxquelles toutes mes phrases ont l'air de plaisanteries entre guillemets. Une mélancolie charmante appuie sur mes épaules voûtées ; ce n'est pas grave, car j'ai des épaules larges et cela plaît aussi.

À chaque déjeuner dominical, ma mère s'échine à nous préparer sa prétentieuse « *Torta meringata al limone* ». Une touchante tentative de renouer avec ses origines italiennes. Piètre cuisinière, sa tarte au citron est toujours ratée. « Elle est bonne, hein ? » me demande-t-elle invariablement. Et, chaque fois, je songe : « Tu veux que je te fasse plaisir ou que je te dise la vérité, maman ? », mais je me tais, ramassant les miettes avec le bout des doigts, léchant même l'assiette devant elle. Chaque coup de langue est un aveu déguisé : « *Je t'aime, maman. Je ne te le dis jamais, mais je t'aime.* » J'avais la meilleure famille du monde. La meilleure… Rien ne manquait à mon existence et je jouissais, grâce à elle, d'une idée plutôt concrète de l'amour. Grâce à Manon, aussi.

La vérité, c'est que l'enfant est entré dans mon existence sans enlever ses chaussures, telle une boule dans un jeu de quilles, abattant en quelques jours le palais d'illusions que j'avais patiemment construit depuis quatre ans, date à laquelle j'avais rencontré

Manon, une élève infirmière. C'était au cours d'une soirée mémorable où j'avais bu, où elle était ivre – nous avions déjà un point commun. Ce soir-là, dès que ses grands yeux dorés s'étaient plongés dans les miens, elle avait régné sur mon esprit. La plus belle fille ayant foulé la Terre. Je m'étais jeté devant elle, la main sur le cœur : « Je ne sais pas qui tu es, en revanche je veux avoir des enfants avec toi ! Pas un ou deux, non ! J'en veux vingt, cent, mille, je veux repeupler le désert de Chihuaha, envahir celui de Karakoum, et coloniser Atacama tout entier ! » Elle avait soupiré bruyamment : « Ce sera sans moi, Gengis Khan… » puis tourné les talons. Sa voix était accordée pour émettre des avis définitifs. Je l'avais rattrapée par le coude : « Excuse-moi, je… enfin… ma phrase d'accroche était flippante. Si tu veux, on commencera par l'Auvergne. »

Elle avait ri puis, haussée sur la pointe des pieds, m'avait glissé au creux de l'oreille : « Écoute bien, Attila : j'aurai des enfants quand la machine à remonter le temps existera, car je veux les élever dans les années 60. »

La soirée passant, j'avais tout de même obtenu un prénom. Mieux, elle avait accepté de dîner dans le minuscule studio que la faculté me permettait de louer pour une somme dérisoire.

« Lundi prochain », avait arrêté Manon en faisant la moue et demi-tour, avant de disparaître comme une princesse de conte de fées entendant sonner minuit.

La semaine était passée en un éclair.

« Ohhhhhh ! »

Lorsqu'elle avait franchi le seuil de la porte, sa bouche s'était ouverte, immense, toute ronde.

« Ohhhhhh ! » avait-elle répété.

Sept jours durant, j'avais couru les friperies, disquaires, trocs et autres nids à poussière de la ville. Je portais un pantalon à carreaux moulant, un pull à col roulé et la coiffure assortie. Petula Clark chantait « YA YA TWIST » et mon mur était retapissé d'affiches colorées où Françoise Dorléac et Catherine Deneuve posaient côte à côte.

J'avais adopté un air légèrement blasé.

« Tu arrives trop tôt, Manon, j'étais en train de te coudre une robe en disques vinyle devant mon film préféré... »

La pulpe de ses lèvres s'était resserrée, mutine. Je ne parvenais pas à détacher mes yeux de son rouge à lèvres. Depuis Adam, les hommes se passionnent pour ces bouches-là.

« Ahhhhhh... Et tu regardais quoi, Ringo ?

— *Mary Poppins.* »

Elle m'avait tendu la paume de sa main.

« Quoi ! *Mary Poppins* ? Tope là, tu es l'homme de ma vie ! »

J'avais topé, et sa main était chaude. Elle s'était esclaffée, un rire si fort, si ouvert sur le monde, sur l'autre, sur moi, j'aurais pu lui compter les dents... Le cerveau est comme le cœur : globalement, ce sont des organes capricieux. Ils fonctionnent 24 heures sur 24, 365 jours sur 365 et, pourtant, ils t'abandonnent à l'instant même où tu tombes amoureux.

Quatre années s'étaient écoulées depuis ce premier rendez-vous. Quatre printemps, quatre hivers. Quatre ans… Je pensais l'aimer toujours autant. Je le croyais sincèrement. Quant à mes bouffées de paternité, deux mois de stage en pédiatrie avaient émoussé mon envie d'envahir la Patagonie (une velléité que l'enfant gris allait définitivement envoyer aux oubliettes). Tout ce qui mesurait moins de un mètre vingt, se mettait les doigts dans le nez et poussait des « ouin-ouin » avec des larmes me donnait envie d'avaler une plaquette d'anxiolytiques. De temps en temps, j'avais des rechutes : je me voyais, majestueux, en patriarche, entouré de douze petits-enfants énergiques, débrouillards, blonds et rêveurs… Il y avait, aussi, un labrador. C'était le plus abruti des canidés au monde, du genre à croire que les nénuphars sont de l'herbe et qu'il pouvait marcher dessus. Dans ce rêve, nos voisins étaient méchamment jaloux (c'est important, pour le bonheur, la jalousie des autres… Ça et les machines à laver la vaisselle). Manon était cette promesse, sucrée et colorée, d'une famille parfaite et d'une grande maison. Pourtant, trop immature, trop inconstant, je ne me voyais pas du tout devenir père.

C'est fort de cette assurance-là que l'âme du gosse me tomba dessus sans prévenir…

Il était 10 heures passées quand j'ouvris un œil, ce matin-là. La respiration de Manon s'élevait, profonde, régulière, j'avais tenu sa main toute la nuit, une nuit courte et alcoolisée. J'ai embrassé son front, puis quitté la chambre sur la pointe des pieds en me grattant le triangle de poils blonds sous le nombril. Arrivé au salon, je me suis cogné l'orteil contre la porte des toilettes et j'ai lâché un juron. Je tâtonnai pour trouver l'interrupteur, le manœuvrai ; l'ampoule pendue au plafond a crachoté dix bonnes secondes (elle crachote tout le temps, cette ampoule, je la soupçonne même de communiquer en morse : « AR-RÊ-TE -DE-TOUR-NER-AU-TOUR-DU-POT ! », ânonne-t-elle). Quand le filament a cessé de balbutier, j'ai levé la tête et poussé un hurlement.

Il était là, l'enfant, avec ses yeux de porcelaine.

Dans l'obscurité et l'infini de ses sept ans.

Seul.

Exactement dans la même position que lors de notre rencontre à l'hôpital, 61 jours avant la Déchirure.

À l'hôpital

61 jours avant la Déchirure

Un petit garçon. Blond. Solitaire. Appuyé contre le chambranle de la chambre 201 de l'aile pédiatrique du septième étage de l'hôpital de V.

Teint d'ardoise claire, visage éclaboussé de taches rousses. Il a presque sept ans. D'une main, il tripote un carnet à spirale, de l'autre, il distend son pull, en craque les coutures, pour dissimuler chaque centimètre carré de sa peau grise. Il refuse de se joindre aux autres pour jouer. Parfois, on le voit lorgner à droite, à gauche et, quand personne n'est dans le coin, il relâche son vêtement, relâche sa honte, et l'épiderme apparaît.

Ce jour-là, des clowns bénévoles sont venus égayer les gosses le temps d'une après-midi.

Tagada pouêt pouêt, tagada pouêt pouêt, tout ça, tout ça… Les enfants rient.

« Tu ne veux pas aller avec eux ? demande Jo' à l'enfant qui se mordille la lèvre inférieure. Je suis sûr qu'Ismaël, Louise et Arthur seront contents d'avoir un nouveau copain…

— Non. »

Jo' le voit bien : comme il a envie d'être de la partie ! Et comme il a peur !

« Tu ne préfères pas une peluche ? » fait Jo' en pointant du doigt le carnet.

Pas de réponse.

« Tu t'appelles comment ?

— No'.

— C'est pas un prénom, ça.

— Je sais pas, monsieur, c'est quoi, un prénom ? »

Le jeune homme sourit.

« Tu t'appelles comment, toi ?

— Jo'.

— C'est moche », estime l'enfant en continuant d'agacer sa laine.

Silence. Le gosse pointe du doigt le paquet de clopes qui bombe dans la poche de Jo'.

« Tu peux me donner une cigarette ?

— Quoi ?

— Je voudrais fumer.

— Hors de question, le gosse.

— Mais pourquoi ?

— Ça donne le cancer. »

Leur amitié est scellée quelques instants plus tard, lorsqu'un des clowns tourne la tête, les surprend, puis hurle à pleins poumons en les désignant du doigt…

Après la Déchirure

Jo'

L'enfant était là, juché sur la cuvette, les pieds solidement campés de part et d'autre de la lunette, aussi nu sous sa blouse d'hôpital trop grande qu'étonné d'être là.

D'abord pétrifié, tous les sens en éveil, je marquai un violent mouvement de recul. Les poings fermés, je frottais si énergiquement mes yeux que j'aurais pu m'enfoncer les doigts au fond du crâne. J'ai cherché autour de moi : la table en chêne, le canapé de tweed rouge, deux chaises en Formica jaune, un dictionnaire de cardiologie clinique… De quoi se sentir atrocement seul. J'ai patienté une minute, crispé, tourmenté, comme au milieu d'une catastrophe. Après ce qui s'était passé dans la chambre, après la Déchirure je veux dire, une partie de moi savait que la présence de l'enfant ne devait rien au hasard. J'ai saisi le premier objet qui traînait – mon portefeuille – puis visé l'enfant.

Plouf !

Le bruit produit par votre vie tout entière quand elle tombe dans la cuvette : plouf !

Faisant demi-tour, je me précipitai dans la chambre, où mon cri avait réveillé Manon. Je lui demandai de me suivre. Elle céda en rechignant.

Les toilettes étaient vides, j'avais dû rêver…

J'ai plaqué un masque fier sur mon visage, puis ourlé jusqu'aux coudes les manches de mon pyjama avant de gonfler les biceps.

« T'as vu ça, mon cœur ? La chasse d'eau était foutue, et je l'ai réparée ! »

Manon a pincé les lèvres et répondu sèchement : « Et alors, tu veux un cookie ? »

Les trois jours suivants, je les passai au lit, prétextant une grippe, essayant d'abrutir mon esprit devant des émissions débiles. Cela s'est révélé inefficace, et j'en suis ressorti convaincu : la télévision, c'est mâcher du chewing-gum avec les yeux. Groggy, la mort dans l'âme, j'ai repris le chemin de l'hôpital… C'était une erreur, une injustice, cela ne pouvait pas m'arriver *à moi*. J'étais un jeune homme raisonnable et, si j'en crois les encouragements de mes professeurs d'alors, un étudiant particulièrement prometteur. Au cours d'une garde aux urgences, par exemple, une femme était arrivée. Tachycardie. En moins de dix minutes, j'avais repéré la discrète hypertrophie de son oreillette droite sur l'électrocardiogramme et posé le diagnostic d'embolie pulmonaire.

« Tu es le meilleur étudiant du service depuis ces trois dernières années, m'avait complimenté la chef. La médecine, t'as ça dans le sang, aucun doute. Tu es destiné à de grandes choses, Jo'. De très grandes choses… »

C'était il y a deux mois. Le gamin aux prunelles immenses de baleine triste avait débarqué et depuis lors, avec les patients, auprès de mes amis, dans les bras de Manon et les ruelles venteuses de novembre, je n'arrivais plus à penser. Ma conscience se refusait à poser une focale sur ce qui était advenu. C'est à peine si j'épinglais un mot, un seul, sur cette sensation poisseuse : *un fantôme.*

Prononcez-le vite et le nom d'une maladie des tissus conjonctifs apparaîtra, un truc bien sale, tiré d'une encyclopédie médicale poussiéreuse.

« Vous avez un infantôme, monsieur.

— C'est grave ?

— Incurable. »

Un matin, je m'armai de courage et d'une louche de cuisine, puis j'entrai prudemment dans les toilettes.

Pourquoi es-tu là ? Qu'est-ce que tu veux ? C'est à cause de ce qu'il s'est passé dans la chambre avec ta maman ?

L'enfant resta muet, alors nous piétinâmes sur place en nous fixant. Dix minutes passèrent. Je penchai la tête sur le côté, il m'imita. Je levai la jambe droite, il calqua son mouvement sur le mien, délicatement. Deux animaux sauvages qui s'apprivoisent.

Mes sentiments d'étrangeté et de sidération étaient tels que je n'entendis pas immédiatement la voix de Manon s'élever depuis la chambre.

« Jo' ? Tu es debout ?

— Oui ! Je m'habille et je vais chercher les croissants ! » criai-je en boutonnant rapidement mon pantalon.

Depuis quelques jours, je la fuyais autant que je fuyais l'enfant. J'avais peur qu'elle ne remarque mon trouble, mon *infantôme*. Dans la cage d'escalier, une chair de poule impromptue et la sensation désagréable d'être observé me firent opérer une volte-face. Et vlam ! Je tombai nez à nez avec l'enfant, debout sur la rampe en fer forgé de l'escalier. Ses bras étaient croisés sur le torse, sa blouse traînait derrière lui, mais restait d'un blanc immaculé – ce qui, par contraste, rendait sa peau plus grisâtre encore.

Mais… Mais… Tu peux sortir des toilettes ?

Il ouvrit puis ferma la bouche, reproduisant silencieusement les hoquets de mes bégaiements. Se moquait-il ?

C'est v-vraiment toi, p-petit ?

La pointe de son menton dessina une sorte de huit dans les airs.

Je dois deviner ?

Sans prévenir, il poussa sur ses mollets minuscules et plongea tête la première dans la cage d'escalier. Un cri d'effroi m'échappa, le trousseau de clefs coula entre mes doigts, je courus à la rambarde, jetai un regard horrifié en contrebas et…

Rien… disparu… Pfff ! Comme ça.

À l'hôpital

61 jours avant la Déchirure

Le clown les surprend et hurle à pleins poumons, en les désignant du doigt :

« Eh, c'est bizarre, cette couleur ! »

Il tape sur l'épaule de son collègue.

« Eh, regarde ! Le petit blond a la peau toute grise ! »

L'enfant tire plus fort, à en déchirer les coutures. Jo' foudroie les clowns du regard. Trop tard : les coupables sont sur l'enfant, se saisissent de sa « particularité anatomique ». Ils font ce que font les clowns : tourner en dérision l'objet du malheur. Le pari est risqué. Ismaël, Louise, Arthur et les autres gamins viennent, puis tâtent sa peau de ciel nuageux. Deux minutes passent et voilà, ce n'est plus une anomalie, mais un objet de drôlerie et de fantaisie ! L'enfant se détend, presque fier, il rit, même. Le clown se tourne vers Jo', lui lance un clin d'œil appuyé. Pari gagné.

« Allez, viens, descendons dans le jardin, dit Ismaël, il y a un concours de marelle.

— Je ne veux pas aller dans le jardin, marmonne l'enfant.

— Ça te ferait du bien…

— Je ne veux pas. »

Le clown se tourne vers Jo', l'invite à tenter sa chance. Jo' s'approche d'eux à petits pas sournois, rend son clin d'œil au clown, puis lâche trois coups rapides sur l'épaule de l'enfant.

« Touché ! crie-t-il, puis il recule vivement en levant les bras au ciel.

— Qu… qu'est-ce que tu fais ? bredouille l'enfant.

— Je joue à trap-trap, le gosse. Je t'ai marqué, alors c'est toi le loup, maintenant. Tu es obligé de m'attraper ! »

Et Jo' s'approche de nouveau, parade, nargue l'enfant, qui tente de le saisir à pleine main.

« Raté ! crie Jo' en se dérobant. Essaie encore ! »

Et l'enfant d'essayer. Seulement, le jeune homme court dans le couloir : alors l'enfant le charge, mais le jeune homme s'échappe de nouveau, dévale l'escalier, et l'enfant le suit de marche en marche, de rire en rire, et comme ça jusqu'au jardin, où finalement il joue à la marelle avec les autres, comme s'il n'avait jamais eu peur d'eux.

Le soir vient, on est fatigué. Jo' porte No' jusqu'à la chambre 201. Toute sa vie sera bouleversée à cause de ces vingt kilos d'enfance abandonnés dans le creux de ses bras. Les grandes amitiés – comme les drames immenses – ont souvent de petits commencements…

« Elle n'a pas pu cette semaine, mais maman viendra me voir demain », dit No', la voix empâtée de sommeil.

En le bordant pour qu'il n'ait pas froid, Jo' fait tomber le carnet à spirale. Un carnet à la couverture cartonnée, fermé par un minuscule verrou. Jo' le ramasse, pense à la minuscule clef qui ouvre ce minuscule verrou, puis le remet dans les bras de l'enfant.

« Chuttt, le gosse… Dors… Chuttt… », fredonne le jeune homme, préoccupé par ce qu'il vient d'entendre.

Après tout, les mères des enfants hospitalisés ne sont-elles pas censées venir tous les jours ?

Après la Déchirure
Jo'

« J'essaie de te parler, je m'inquiète, alors je me confie, sur des sujets importants, des sujets graves, mais tu ne m'écoutes même pas. Tu es absent, Jo', absent ! explosa Manon au cours d'un dîner dans la semaine qui suivit l'apparition de l'enfant.

— Oui, oui…

— Oh ! Tu m'écoutes ? »

Tout me semblait indifférent depuis qu'il collait son purgatoire à mes basques. Je secouai la tête, fixai le gosse derrière elle, murmurant entre mes lèvres : « Tu n'existes pas…

— Pardon ? s'énerva Manon. Je… Quoi ? »

La petite âme grise pinçait la bouche, ses joues rosissaient de colère. Il avait les doigts resserrés sur une ardoise, où était griffonné à la craie : « *J'existe, j'ai eu la varicelle !* » Aussitôt, tout resurgissait, je me revoyais, à l'hôpital, en compagnie d'un petit garçon blond et rieur me jurant : « *Maman, elle m'aime pour tout jamais !* » et moi le corrigeant : « *Mais non, pour toujours ou à jamais, mais tu ne peux pas dire pour tout jamais.* »

C'était faux. Il avait le droit de tout dire, il était malade.

J'ai tourné le dos à Manon, me suis levé, raide, puis je suis parti récurer mes mains avec du savon et des gestes de somnambule. « Tu n'existes pas, tu n'existes pas, tu n'existes pas… » Et je récurais, et je marmonnais, et je récurais, et je marmonnais, et je récurais. Et Manon parlait, et râlait, et pleurait, elle tapait du poing sur la table, jetait un verre contre l'évier. Et dans ce jurançon doré, dégoulinant sur la porcelaine du lavabo, c'était comme ma vie qui s'en allait.

Les jambes cotonneuses, j'ai regagné mon siège, m'y suis enfoncé de toutes mes forces, et je lui ai fait face. Elle était loin, tellement loin, cette image de Manon pénétrant chez moi, la bouche arrondie de surprise, cette folle nuit où nous avions remonté le temps jusqu'aux années 60.

« Manon ?

— Quoi ?

— Je… Je crois que je ne me souviens plus de l'odeur de tes cuisses quand je les ai senties la première fois, la première nuit. »

Elle releva la tête, fronça les sourcils :

« Qu'est-ce que tu racontes, encore…

— Non, rien… »

Comment avais-je pu ainsi dégringoler de la place privilégiée d'homme de sa vie à homme de sa vie *actuelle* ? Je n'aurais pas dû m'attacher à l'enfant de l'hôpital. Je trimballais derrière moi sa naïveté comme un crève-cœur, ses dents de lait, ses ongles minuscules, ses joues dodues, et son ardoise où je lisais, écrit à la craie blanche, « *Ça va aller, Jo', je suis là* ». Quand je quittais une pièce, j'avais l'impression d'oublier quelqu'un, quelque chose, bref, de toujours partir en laissant la lumière allumée. C'était lui, bien entendu. Novembre est sinistre quand on traîne un fantôme, quoique, d'autres mois le sont certainement autant : janvier, février, mars, avril, mai, juin, juillet, août, septembre, octobre et décembre…

Demain, décidai-je en voyant Manon quitter la pièce, j'essaierai la plus ancienne magie du monde.

Demain, décidai-je, l'enfant gris aura disparu.

Demain, décidai-je, je serai heureux.

Le jour suivant, l'enfant était toujours là. Et je n'étais pas heureux. Je me rendis de bonne heure à la chapelle de l'hôpital. Un croissant musulman, une étoile de David, un Om bouddhiste et un Jésus en croix ornaient les murs. « De quoi satisfaire 80 % des êtres humains », pensai-je en parcourant du regard la salle de culte. Une petite Vierge, à l'expression douloureuse et énigmatique, était abandonnée à même le sol, devant un mur blanc.

Je baissai la tête à en toucher le banc de devant, joignant même les mains, en position de pénitent, avec une énergie désespérée qui m'était inconnue. Je me sentais égoïste, comme ces supporters priant pour la victoire de leur équipe de foot quand Dieu n'a déjà pas le temps de s'occuper des enfants mourant de faim dans le monde.

Pendant ce temps, l'enfant déambulait entre les travées, face au crucifix qui le recouvrait de tout son mystère.

La silhouette hardie de l'enfant s'avança entre les rangs, jusqu'au pied du mur blanc, près de la petite icône virginale abandonnée. Je les fixais. Deux clochards en train de mendier. Trois, avec le petit bébé dans les bras de la Vierge.

« *J'avais quel âge quand je suis né ?* », affichait maintenant l'ardoise du gamin, et l'interrogation semblait directement adressée à sa compagne en plâtre blanc. C'en était trop pour moi. Je me suis ébroué et j'ai décidé de vider les lieux.

Juste avant de déguerpir à toutes jambes dans les étages pour prendre mon service, j'ai tiré mon téléphone de ma poche et immortalisé la scène. J'ai cherché sur la photo une silhouette, une ombre, une trace de l'enfant… J'ai collé l'image contre mon œil, scruté la moindre forme, le moindre contraste révélateur, et j'ai cru le voir apparaître. C'était impossible, certes, pourtant il était bel et bien là, dans la position exacte qui était la sienne quand j'avais pris le cliché : assis en tailleur, à droite de l'icône, devant le mur blanc. Il a sa blouse, l'innocence de ses sept ans, il tient son ardoise dans la main droite, et son regard est posé sur la miniature avec une bienveillance qui rappellerait celle d'un grand frère inquiet.

Pourquoi avais-je pris cette photo ? Je ne sais pas. Parce qu'il me fallait une preuve, une trace indubitable. Parce que cet enfant et cette statue, côte à côte, face à moi, enflammés de pourquoi sans réponse... avais-je jamais rien vu d'aussi pur, d'aussi inquiétant ?

À l'hôpital

61 jours avant la Déchirure

La mère de l'enfant venait une fois par semaine, au maximum.

Elle se faufilait dans les couloirs, saluait bas les infirmières, « ils me jugent, ils me détestent », pensait-elle, alors elle disait maladroitement « Tenez, voilà des canestrelli à la piémontaise », puis posait sur la table de repos une jolie boîte métallique achetée chez un traiteur de qualité. Ensuite, elle rentrait la tête dans les épaules et gagnait la chambre où son fils se jetait dans ses bras. Ils jouaient. Parlaient. Elle s'installait à ses côtés, « Peut-être qu'il y aura un orage, maman », disait-il, et il était heureux : quand le tonnerre grondait, sa mère s'installait près de lui et lui racontait des histoires, en levant les jambes en l'air, en tortillant les pieds pour incarner les princesses, les princes et les dragons. Quand il s'endormait, la mère le contemplait de longues minutes, puis attrapait son carnet et écrivait. Des souvenirs en vrac. Elle avait besoin de la présence de l'enfant pour cela, de sa force et de son petit corps chaud lové contre elle.

No', mon amour, mon tout petit...

Je me rappelle le jour lointain où j'ai su que je te portais dans mon ventre...

Ça avait commencé par la poitrine. Mes seins... Ils s'étaient alourdis, avaient durci, sensibles et congestionnés, les aréoles de mes tétons s'étaient piquetées de stigmates sombres. La nausée matin, midi et soir. Mes règles avaient disparu, aussi. J'observais mon ventre s'arrondir peu à peu, incrédule. Je me disais que c'était injuste, que je ne voulais pas porter un enfant, pas après ce qu'il s'était passé, que je n'en voulais pas. Ce fœtus était comme son père, malade, nécessairement. Qui serait assez fou pour me choisir comme maman ? Pendant des jours, j'ai refusé l'idée. J'ai erré dans les rues. Les jours sont devenus des semaines. Puis un matin, le test. Le froid du carrelage, l'urine, l'attente sur les toilettes en fixant la céramique blanche, mon reflet dans le miroir.

Positif.

Tu fus d'abord un impensé, mille et une possibilités, une abstraction en cours de concrétisation, quelque chose en train d'atterrir dans ma vie, d'y prendre pied et corps. Comme une brume enfermée dans une valise en carton, et quand j'y songeais je me faisais l'effet de porter cette valise depuis une étoile lointaine, comme on tire à la corde, je tirais cette fumée et l'obligeais à se charpenter, se condenser. Patiemment, dans le secret de mon ventre bouillonnant, se concrétisait une vision, une chimère venue d'en haut.

Une fois, n'en pouvant plus, j'ai pris des somnifères pour m'effacer dans le sommeil. Quarante-huit heures d'oubli. À mon réveil, j'avais pris ma décision et rendez-vous.

« Trop tard pour avorter, avait tranché le médecin. Vous avez attendu trop longtemps, mademoiselle. »

Idiot, ai-je pensé. Je n'avais pas attendu, j'avais nié. Il n'y avait rien et d'un seul coup voilà qu'on m'annonçait : « Il y a quelqu'un, mais il est trop tard. » Idiot ! Le mot avorter avait été prononcé d'une façon très particulière : il avait comme explosé au milieu de la phrase, résumant à lui seul un état, une cause, quelque chose que je n'aurais pas dû faire, que je n'aurais pas dû être.

J'ai claqué la porte du cabinet et décidé de chercher de l'aide ailleurs...

Comment aurait-elle deviné, alors, que sept ans plus tard elle tiendrait son fils endormi contre elle, scrutant l'horloge pour ne surtout pas rater l'heure du départ ?

La grande aiguille tombait, tic, encore et encore, tac, les secondes, les minutes, tic, le temps insupportable, tac, couperets de guillotine sans cesse répétés.

Quand elle quittait son fils, louvoyant entre les chariots, se gardant à l'abri des regards, quand elle refermait délicatement les portes battantes du service pour ne pas être entendue, quand elle fuyait enfin, une infirmière pénétrait en salle de repos, s'emparait des gâteaux, « Tiens, c'est quoi ça ? », et une autre infirmière, qui avait tout vu, qui *croyait* avoir tout vu, lui arrachait la boîte des mains et la jetait dans une poubelle d'un air dégoûté. « Y touche pas, c'est amer comme une mère sans cœur. »

Après la Déchirure

Jo'

Je partis tôt en fin d'après-midi pour passer le week-end en famille, cherchant refuge auprès de mes sœurs, ma mère et mon grand-père Aristide. Au milieu des champs, la bâtisse comptait un étage, deux salles de bains, une jaune et une bleue, et un grand jardin. Elle appartenait à l'ancêtre.

« Comment va-t-il ? », demandai-je à maman en lui déposant un baiser sur le front.

Elle haussa les épaules.

« Comme un vieil homme, des chauves-souris dans le clocher en plus… »

Ma mère le croyait fou : moi, je le savais fou d'amour pour son fils. Très croyant, il s'était fâché avec le Seigneur le jour où mon père était mort, dix-huit ans plus tôt. Depuis, il se traînait de pièce en pièce, sorte de zombie intolérant au gluten et à l'effort, qui sentait le savon de Marseille et les Gitane sans filtre.

« Le matin, il se tait, l'après-midi, il parle peu et, le soir, il enfile son costume du dimanche pour… tu sais bien… aller mourir », poursuivit ma mère en enfonçant le clou.

En effet, tous les soirs depuis dix-huit ans, mon grand-père « allait mourir ». Il s'étendait sur son lit, croisant les bras sur son torse, en pharaon majestueux, les pieds chaussés de mocassins cirés à neuf. « Adieu, les enfants ! Et bonne vie ! Moi, je sens que c'est pour cette nuit… » Toujours cette même soupe incantatoire, cette même gravité (que démentaient, chaque matin, ses belles joues carmin de vivant).

Pendant le repas, je répondis brièvement aux questions de ma mère, m'autorisant même quelques mensonges.

« Tout va bien ! Manon et moi prévoyons un grand voyage à Lisbonne.

— C'est formidable, mon chéri ! »

C'était surtout complètement faux. Si seulement j'avais la force de la quitter, Manon… Je claironnai aussitôt :

« Et je cartonne à la fac. Si je continue sur ma lancée, je finirai lauréat dans deux ans. Quant à l'hôpital, je n'ai tué personne ce mois-ci, alors j'imagine que tout va bien ! Ah, ah, ah ! »

Ma mère était fière. Immensément. Elle gobait tout. Aristide, lui, me jetait des regards insistants : du nouveau était arrivé à son petit-fils, du nouveau qui ressemblait à un dérèglement des sens. Ou au fantôme d'un enfant de sept ans.

Il allait m'aider. Après tout, il avait été marié deux fois avant de rencontrer ma grand-mère et d'avoir mon père... Trois mariages, deux guerres (trois si on additionnait celle, intime, avec Dieu). Un expert des choses de la vie.

J'avais le meilleur grand-père du monde.

Le meilleur.

Qui ressuscitait tous les matins.

Le lendemain, je rentrai de promenade assez tard – le ciel était orange, rouge et bleu, d'une beauté violente – et Aristide m'accueillit sous le porche, confortablement installé dans son fauteuil à bascule, un plaid jaune en tissu molletonné tiré sur les cuisses.

« Dieu crame ses biscuits, poétisa-t-il en mâchouillant un bâton de réglisse.

— Dieu quoi ? fis-je avec une once d'ironie. (Je n'avais jamais vu personne détester autant quelqu'un à haute voix tout en prétendant qu'il n'existait pas.) Dis-moi, grand-père, est-ce que je peux te confier un secret ?

— Une seconde, dit-il en se levant et en gagnant la cuisine. C'est l'heure de mon thé. »

Avant, c'était ma grand-mère qui le lui préparait amoureusement. Maintenant, Aristide chauffait au micro-ondes des bouteilles de thé glacé et sa vie entière n'avait plus le même goût.

Nous avons attendu qu'il ait bu jusqu'à la dernière goutte, puis nous avons gagné le grand escalier en bois d'acajou.

« Bonne vie, les enfants. Je sens que c'est pour cette nuit..., lança-t-il en passant devant la porte du salon.

— À demain, Aristide ! » répondirent mes sœurs sans lever les yeux.

Je l'ai suivi à l'étage, dans la pièce exiguë qui lui servait de chambre, un quasi-mausolée aux murs ornés de photos de papa, puis je l'ai observé enfiler son pyjama : un smoking composé d'une veste cramoisie, au col en satin noir à revers cranté. Avec son allure de vieux crooneur plein aux as et les larmes aux yeux, il habitait merveilleusement sa fonction de mort en sursis.

« Ta braguette est ouverte, papi.

— On peut laisser la cage ouverte quand l'oiseau est mort », ricana-t-il.

Il a terminé d'ajuster ses bretelles et de chausser ses mocassins à glands, puis il s'est allongé sur le couvre-lit, a calé ses épaules, a paru à l'aise, a joint les mains sur son sternum, puis s'est tourné vers moi.

« Allez, dis-moi tout. »

Et je lui ai tout dit. La facilité avec laquelle mon ancêtre a accueilli la nouvelle m'a laissé pantois.

« À quoi ressemble-t-il, ton fantôme ?

— Un enfant de sept ans qui ne sourit jamais.

— Jamais ?

— Pas une fois.

— C'est tout ?

— C'est terrible. »

Je tentais de mettre des mots, des images, des explications sur tout ça, seulement quelle difficulté, le néant, la vie, la mort, l'enfance, surtout avec une blouse d'hôpital ! Je regardais l'enfant, et l'enfant me regardait.

« Tu vois, papi... Sa tête... Son visage... On croirait qu'il a une étiquette collée sur le front : "*N'oubliez JAMAIS que, à l'instant de ma naissance, j'ai été un tout petit moment la plus jeune personne sur la Terre.*"

— Ah, ah, ah ! Et il est où, en ce moment ? »

Un peu gêné, j'ai désigné la table de chevet d'Aristide.

« Là, à genoux, il... Il joue à placer son menton juste derrière ton verre à dentier. Pardon... »

Silence. Je me suis trouvé très bête.

« Tu l'as déjà rencontré avant, n'est-ce pas ? »

Silence.

« Tu l'as déjà vu, oui ou non ?

— Oui. À l'hôpital...

— Il est mort là-bas ?

— Oui... Dans la chambre... Un dimanche, sa mère a... elle nous a... », balbutiai-je.

Silence.

« Pourquoi il te hante ? Qu'est-ce qu'il s'est passé là-bas ?

— Je... je... (À l'idée d'évoquer la Déchirure, les mots restèrent coincés dans ma gorge telles des arêtes de poisson, et je me mis à transpirer abondamment.) Je ne peux pas te le dire. »

Aristide retira son dentier et plouf !, le laissa tomber dans son verre.

« À la tienne, petit fantôme !

— Ce n'est pas drôle.

— Ton père aurait ri, lui. »

Aussitôt après, le vieil homme se tut, gardant les yeux dans le vide deux bonnes minutes. Le silence, chez lui, c'était toujours une très, très, très longue ponctuation.

« Pourquoi tu parles jamais de papa ? »

Je le vis tordre la bouche, gonfler les joues, puis souffler de mécontentement. Je restai impassible, recevant en pleine face les effluves d'une haleine en panne de fraîcheur. « La rate ou le cloaque déconnent », pensai-je avant de m'ébrouer pour rester attentif et reprendre :

« Hein, pourquoi tu ne dis jamais rien ?

— Je m'entraîne pour la tombe. C'est pour ce soir, tu sais ?

— Ne dis pas n'importe quoi : personne ne connaît la date et l'heure de sa mort. »

Sa vieille silhouette s'inclina, et il se frotta les mains.

« Hé, hé, hé, peut-être, seulement moi j'ai un avantage sur vous : je sais déjà que je mourrai vieux ! Aujourd'hui cesse une grande angoisse : celle de mourir jeune ! »

Puis il désigna les arbres décharnés du jardin qui se dressaient, immobiles, dans l'obscurité.

« C'est moche, l'hiver, pour les arbres. Ça a toujours été moche et ça le restera toujours. »

Silence.

« Ton revenant, c'est un gosse, oui ? Eh bien, les gosses, ça doit aller avec leurs mamans. C'est ainsi depuis la nuit des temps et c'est ainsi que tu t'en débarrasseras : en le rendant à sa maman. »

À ces mots, le gamin a levé et laissé retomber sa tête, en signe d'assentiment total. Sous ses pieds, la moquette semblait insensible au poids de son corps : il n'y creusait aucune empreinte.

« Rends-le-lui ! martela Aristide. C'est à cause de la mère. La vie, c'est *toujours* leur faute. Et puis, tu es le seul à le voir, n'est-ce pas ? Eh bien, parfois, l'existence c'est juste ça : obéir à ce que tu vois. »

J'embrassai mon grand-père, il me rendit mes baisers à coups d'« adieu » un peu mouillés, un peu désespérés.

« Je t'aime, papi. Je t'aime *vraiment*.

— Oui, oui, allez ! Il est tard, laisse-moi mourir, un peu. »

Je refermai la porte et gagnai ma chambre. En bottant en touche, mon grand-père ne me faisait pas avancer d'un pouce. Le rendre à sa maman ? Soudain, la statue de la Vierge, photographiée l'autre matin dans la chapelle de l'hôpital, m'est revenue à l'esprit... Elle avait l'air d'avoir un secret, cette Vierge, de vouloir me dire quelque chose. Et si Aristide avait raison ? Et si l'âme du gosse me tournait autour à cause de sa mère ?

L'enfant nageait dans l'air, sous le plafond bleu clair de ma piaule, indifférent, mimant une brasse. J'ai pensé à cette mère : « Il a dû être un sacrément gros bébé, ton fils, du genre qu'on sort de l'œuf avec un tire-bouchon. » Son ventre pendait, gris, mou entre les pans de sa blouse, comme un ballon de baudruche rempli d'eau. Un ballon de clown.

À l'hôpital

58 jours avant la Déchirure

L'enfant a une barre de fièvre en travers du front. Ça lui coule dans le corps tellement il s'ennuie, jusque dans les semelles. Il fouille sous les draps de son lit, semble y trouver des jouets sans intérêt et des soupirs.

« Tu aimes la magie, le gosse ? Tiens, regarde ! »

Jo' tend la main : d'une minuscule boîte orange vif, il sort avec précaution un petit pois enrobé de papier de soie, puis le jette violemment au sol.

Chlack !

La détonation les fait sursauter, et ils rient : ils savaient ce qui allait se passer – la détonation, le sursaut, puis les épaules rentrées –, ils ont tressailli quand même.

« Ça s'appelle un "*Claque-Doigts*", annonce Jo'. Paraît que c'est fabriqué avec des crottes de gnomes. Ça explose quand tu les heurtes ou les écrases. Ça pétrifie les sorcières et les djinns.

— Comment ?

— Comment quoi ?

— Comment ça les pétrifie ?

— Tu crois à la magie ? »

Le petit hoche la tête, tend ses mains vers l'adulte et Jo' y dépose délicatement quelques pois.

« Fais attention… »

Avertissement inutile : No' contemple la trouvaille, il n'est plus qu'émerveillement et stupeur.

« Viens, No', j'ai une idée ! »

Ils se faufilent en catimini dans les toilettes du personnel, l'endroit préféré de la chef des infirmiers, Mme Crinchon.

Mme Crinchon, quarante-cinq ans, gâche la moitié de ses journées à boire des décoctions de thé vert. L'autre moitié, elle la perd sur le trône, *à faire passer la douane*, comme dit Aristide, le grand-père de Jo'. Elle râle contre les fous rires d'enfants qui briseraient trop de vitres d'après elle. Certains enfants disent qu'elle n'a jamais souri. D'autres, que c'est arrivé seulement une fois, quand elle était bébé : elle ne savait pas encore ce que sourire voulait dire. En revanche, elle a la bouche gavée de gros mots. Pas une phrase sans sa bordée de jurons. « Blaireau, barjo, bâtard, boule de pus, bordel de merde », etc. Sa pathologie ? Aligner les gros mots qui commencent par la même lettre. Pour cette raison, elle bénéficie du statut de travailleur handicapé. Bien sûr, cela n'explique pas pourquoi l'administration l'a placée dans un service de pédiatrie, à portée d'oreilles innocentes. Jo', l'équipe, les parents, ici tout le monde s'ingénie tout le temps à boucher les oreilles des gosses.

« Ça va être la plus grande bêtise de l'histoire des bêtises », prévient Jo' en refermant la porte des toilettes, tandis que le cœur de No' tombe en petits morceaux de bonheur à l'idée du piège qu'ils vont poser…

Ils soulèvent la lunette des toilettes et fixent plusieurs Claque-Doigts dessous, à l'aide de morceaux de Scotch. « Ne les fais pas dépasser des bords ! » Puis ils reposent le piège sur la cuvette avec des précautions de démineurs.

« Quand elle va s'asseoir, No', les pois magiques s'écraseront sous son poids, et là…

— Boum ?

— Non… Pas boum… »

Jo' colle ses paumes l'une contre l'autre, puis les écarte violemment en criant :

« Boum ! »

Ils attendent, dérobés aux regards par la fontaine à eau du couloir, excités, tremblants. L'attente n'excède pas plus de cinq minutes, mais quelle peur, alors, quelle douce frayeur ! Mme Crinchon, journal sous le bras, trousseau de clefs en main, passe devant eux, le pas lourd. Le sol, l'eau de la fontaine à eau, la fontaine à eau, la vie, tout tremble. Crinchon entre aux toilettes.

L'enfant ouvre de grands yeux délicieusement terrifiés. Jo' abaisse ses doigts les uns après les autres.

5… 4… 3… 2… 1…

Pétarades, deux gangs de Mexicains réglant leurs comptes dans une armoire. Un hurlement s'élève, vrille leurs tympans et ils voient Mme Crinchon – hirsute, la bouche changée en gouffre, pantalon sur les chevilles – surgir dans le couloir en se reculottant, puis regagner son bureau les bras au ciel en s'époumonant : « Bourrique de bourse molle de boursouflure de branleur de brosse à chiottes ! »

Le jeune homme et l'enfant courent se réfugier dans la chambre.

No' grimpe sur le lit. Ses petits orteils dépassent des draps : un festin pour les sorcières !

Jo' l'observe se tenir le ventre de rire durant de longues minutes.

Il n'oubliera jamais ce rire, parce que ça pourrait sauver de tout, des bruits de cascade comme ceux-là.

« La prochaine fois, No', c'est toi qui nous trouves une activité marrante, OK ? »

Le gosse dit oui, mais ajoute qu'il ne sait pas, qu'il n'a pas d'idée.

« Laisse-moi t'aider : qu'est-ce que tu aimes le plus au monde ?

— Maman et les blagues.

— Et qu'est-ce que tu détestes ?

— Mme Crinchon et les piqûres.

— Et qu'est-ce que tu ressens en ce moment ? »

Le gosse laisse son regard dériver vers le couloir, jusqu'au chariot de Mme Crinchon.

« J'ai un volcan dans la tête qui pousse fort, fort, fort », murmure le gosse, les poings serrés.

Après la Déchirure

Jo'

Une fois, comme Manon me demandait ma définition du bonheur, je lui avais énuméré pêle-mêle :

— vivre dans les années 60 avec toi,

— sauver des vies,

— réduire des luxations d'épaules (Ahhhh… le plaisir procuré par ce petit cloc de la tête humérale qui retrouve sa glène !),

— fumer des clopes sur le toit de l'hosto en riant avec les copines infirmières et gloser sur la meilleure manière de foirer sa vie conjugale (« Il m'a baratinée qu'il rentrerait pas tard, disait ma collègue, mais il s'est pointé à 3 heures du mat' complètement bourré, en me disant qu'il m'aimait et qu'il voulait qu'on se marie. Tu te rends compte ? L'enfoiré… » Taffe de cigarette. Moi : « T'as réagi comment ? » Taffe de cigarette. L'infirmière : « Je lui ai rappelé qu'on s'était marié il y a un an. L'enfoiré… » Rire. Moi, d'un ton distrait : « Tu aurais dû lui faire un 96… » « Un 96 ? » ont demandé en chœur l'infirmière et Manon. Taffe de cigarette. Moi, avec un clin d'œil : « C'est comme un 69, mais on boude »).

Toit de l'hôpital… Sauver des vies… Consolider des fractures… Fumer… Rire, aussi… Je riais beaucoup… Jaune, noir, gras, il faut les essayer tous. Rire tout le temps, même en cas de tempête, surtout en cas de tempête d'ailleurs. Le rire, c'est la forme la plus noble du courage. Nous ne serions que des grenouilles qui s'habillent, boivent du café et crient « Oh mon Dieu ! » ou « T'arrête pas ! » quand elles copulent, sinon.

Je ratai mon rendez-vous sur les toits, ce lundi-là, profitant de ma pause pour me réfugier en salle de repos. Elle venait d'être repeinte et j'avais plus ou moins l'assurance d'être tranquille, à cause de l'odeur de peinture qui faisait fuir le personnel. Je m'installai dos à la porte, face à l'ordinateur. Avec l'avènement du fichier médical informatisé, accéder aux données d'hospitalisation de n'importe quel patient au cours des dix dernières années était un jeu d'enfant. Mes doigts tapotèrent rapidement et une roue se mit à tourner, indiquant que la machine se connectait au serveur.

Bingo ! La mère de l'enfant avait été hospitalisée une seule fois, il y a sept ans, à la naissance de son fils. Alors qu'un accouchement normal ne nécessite pas plus de trois à quatre jours de surveillance médicalisée, elle était restée hospitalisée six semaines.

Je lus l'intitulé du dossier, notant une adresse et un numéro de téléphone. Parcourir l'observation médicale me provoqua un sentiment de malaise croissant. L'accouchement s'était bien déroulé, toutefois la mère de l'enfant avait refusé tout contact physique avec son bébé – même encadrée par une infirmière. Le nourrisson pouvait rester dans la pièce avec elle, mais le tenir dans les bras, c'était non.

Dire la vérité lui avait pris trois semaines : « *Il est tellement fragile, mon cerveau bouillonne, j'en viens à concevoir des scènes... horribles. Ce serait terrifiant que je le prenne et que je le jette contre un mur tête la première, hein ? Est-ce que je suis un monstre ?* lisait-on sur le dossier numérisé. *Ce que je pense est trop atroce et... c'est pour ça que j'y pense !* »

Phobie d'impulsion... Classique... Je connaissais bien cette pathologie, que beaucoup de femmes partageaient, mais taisaient par honte. Elle se manifestait, pour moi, comme la preuve éclatante des contradictions sublimes opérant dans les plis obscurs de nos cerveaux. On médite, songe, envisage, réprime toutes et tous des horreurs inexprimables. Il y a les gens qui passent à l'acte, et ceux qui vivent en bonne intelligence, avec leur loup intérieur. C'est peut-être ça, la différence entre le bien et le mal. La vraie beauté de l'être humain : avoir le courage de fixer dans les yeux le monstre tapi au grenier de son palais intérieur. Le brider sans le flatter, l'accepter sans le nourrir.

« Qu'est-ce que tu regardes ? demanda une infirmière, qui s'était glissée derrière moi et m'observait silencieusement depuis quelques minutes. Tu fais une de ces têtes ! »

Quand je me concentre, de sinueuses petites veines affleurent aux racines de mes cheveux blonds (mon grand-père met cela sur le compte d'une vie intérieure tumultueuse).

« Une étude génétique… Rien de passionnant… »

Sa curiosité satisfaite, l'infirmière sortit et je pus dérouler le fichier informatique jusqu'à la conclusion : « *A quitté le service ce matin en tenant son bébé emmailloté contre elle ! A dit qu'elle avait moins de pensées parasites et qu'elle essayerait d'être "la meilleure maman du monde". Nous a serré la main. Main chaude, grand sourire. Sera une bonne mère.* »

Deux jours passèrent avant que, fort d'une soudaine et provisoire résolution, je trouve le courage de prendre le téléphone et d'appeler. *A priori*, la mère de l'enfant n'avait ni amis, ni famille, car il s'agissait d'un numéro professionnel : elle était fonctionnaire dans un obscur cabinet d'État luttant contre les inégalités homme-femme, m'apprit une secrétaire à la voix pincée. Poliment, je réclamai un rendez-vous.

« Mme Tulith est absente », m'opposa la femme au bout du fil.

Lorsqu'elle sut que j'étais médecin, elle se radoucit, confiante :

« Elle a pris un congé sans solde, à la suite du drame effroyable *que vous savez…* (Sa bouche avait l'air de boire du miel en disant cela.) C'est vraiment terrible, n'est-ce pas ? Hein que c'est *terrible* ?

— Oui, oui, fis-je en hâtant la discussion parce que j'avais déjà les paumes moites. Savez-vous où est-elle partie ?

— À Rome. Elle a laissé une adresse : Pension Lili. Vous la voulez ? »

J'acceptai – après tout, on ne sait jamais –, notai un numéro et une rue, puis raccrochai, avant de chercher le petit des yeux. Quel sale effet sur le gosse, ce coup de téléphone ! Depuis son parachutage dans mes toilettes, à chacune de ses « apparitions », il portait le plus souvent sa blouse d'hôpital, le cul à l'air, honte de rien. Il n'avait plus aucune bonne raison de jouer ; pourtant, il lui venait parfois des fantaisies, alors il enfilait des costumes : pompier, policier, cow-boy (princesse, même). Sous son déguisement du jour – une épaisse chemise de bûcheron –, j'imaginais qu'avait battu jadis une joie ardente, capable de fendre un petit cœur. Là, recroquevillé dans un coin de la pièce, il avait les yeux et le bout du nez tout rouges.

J'ai avancé un pied vers lui.

Pour le consoler ?

Je ne sais pas. Je me suis ravisé.

Qu'est-ce que j'y peux, petit ? C'est trop loin Rome, je vais quand même pas aller jusque là-bas ! Et de toute façon, tu n'existes pas, tu n'existes plus !

Rien n'est terrible dans une vie, sauf ça : quand ce qui a été fait ne peut être défait. L'enfer est quelque chose de douloureux *et* d'irréversible.

Peut-être est-ce la raison pour laquelle je pris, ce jour-là, la plus importante décision de ma jeune vie.

Vers 16 heures, une patiente fit une entrée théâtrale dans mon bureau, une petite pièce encombrée de dossiers que je partageais avec deux autres étudiants.

« Ce rat, ce répugnant et pitoyable rat ! »

Très exaltée, Mme Creveur venait de quitter son mari. Elle nous en informait à grand renfort de mouvements désordonnés.

« Il me faisait l'amour comme il jouait à ses jeux sur la console, pressant les boutons dans le désordre, avec l'espoir que quelque chose arrive… »

Et Mme Creveur d'appuyer sur les touches d'une manette invisible avant de se lancer, en double pile bien chargée qu'elle était, dans un blabla interminable.

De toute la consultation, mes yeux ne cessèrent de fixer le petit garçon, debout sur mon bureau, drôle de mime singeant chaque gesticulation de ma patiente. Essayer de me recentrer sur mon travail se révéla inutile : à droite, à gauche, en haut, en bas, l'âme de l'enfant remplissait tout l'espace !

« Vous savez, m'avertit Mme Creveur en me serrant frénétiquement la main à la fin de notre entretien, parfois on est dans une file d'attente, on croit faire la queue pour poster un colis, commander une place de concert, faire emballer un cadeau ou entrer dans ce restaurant formidable dont tout le monde parle en ville, mais c'est faux, en réalité, on fait la queue pour mourir… »

Une heure après, je quittai précipitamment l'hôpital, m'enfonçant dans la nuit glacée de l'hiver, le regard vissé sur le sol : c'était décidé, Mme Creveur serait ma dernière patiente. Je démissionnais.

Enfin, démissionner était un grand mot : je n'irai plus à la fac et je n'irai plus à l'hosto. À cet instant, j'étais seul à le savoir.

Au même moment, Manon était seule aussi : seule à savoir que, le soir même, elle romprait nos fiançailles.

Les déserts de Chihuaha, de Karakoum et d'Atacama resteraient dépeuplés.

À l'hôpital

56 jours avant la Déchirure

Jo' entre dans la chambre. Le petit, installé sur son lit, la mine réjouie, mastique un chewing-gum, tire dessus, l'agace du bout du doigt. Dans son esprit, ça bouchera les trous qu'il a dans les os où s'enfuient les globules. Il ne rumine pas, il colmate.

« Bien dormi, le gosse ?

— J'ai rêvé jusqu'à l'infini !

— Ah… Et c'est quoi rêver jusqu'à l'infini ?

— C'est trouver les beaux rêves qui n'ont encore été faits par personne.

— C'était quoi, ce rêve ?

— Je courais sur un pont, au-dessus d'une plage, il y avait maman. On faisait du cerf-volant. Maman avait une canne à pêche et avec on allait chercher mamie Anna dans le ciel. »

Jo' tient le classeur du gosse dans la main, le feuillette distraitement. Pour la forme.

« Tu fais des maurêves de temps en temps ? dit le jeune homme en reprenant le terme habituellement utilisé par l'enfant pour désigner les cauchemars.

— Oui, Jo'... Toujours le même.

— Ah bon ? À quoi ressemble-t-il ?

— J'entends du bruit et, quand je me réveille, il y a un serpent rouge sous mon lit.

— Un gros ?

— Oui. Énorme. Avec des yeux jaunes, la langue qui sort et qui rentre.

— Faut pas avoir peur, No' ! Tu sais, un serpent, si tu lui retires la queue, ce n'est plus très impressionnant. »

On toque à la porte. C'est Mme Crinchon. Elle entre, le regard inquisiteur ; on dirait qu'elle leur palpe les poches par la pensée. Le stylo qu'elle tient à la main bat l'espace devant elle. La mine très sévère, elle inspecte à gauche, à droite, l'endroit a l'air sûr, pas de blague, pas aujourd'hui.

« Dites-moi, vous deux, j'ai voulu prendre une douche, et quelqu'un avait remplacé la savonnette par un carré de fromage. J'en ai étalé partout, j'ai eu un mal fou à m'en débarrasser. Vous ne sauriez pas qui a pu commettre cet... *attentat* ? Parce que je vais rédiger un rapport au directeur, et le coupable encourra des sanctions que j'exigerai particulièrement sévères. »

À peine Jo' a-t-il le temps d'appliquer les paumes de ses mains sur les oreilles innocentes de No', que Mme Crinchon débite à toute vitesse : « Dugland dugenou de dégénéré au dégueulis décamerdique ! »

Silence dans la chambre.

« Alors, Jo' ? »

Jo' secoue la tête.

« No' ? »

No' pose calmement l'animal en plastique qu'il tient à la main, tire sur sa blouse pour en atténuer les froissures, puis mord l'intérieur de ses joues, pour s'empêcher de pouffer.

Les deux lèvent les bras : innocents, ils sont innocents, ce n'est pas malin de faire une blague pareille, qui pourrait avoir une idée aussi nulle, vraiment, du fromage ? Pouah…

Mme Crinchon claque ses bottines en opérant un demi-tour serré, puis quitte la chambre.

Jo' se tourne vers l'enfant, pouce vers le haut.

« Est-ce que tu vas mieux ? As-tu toujours ce volcan qui pousse dans la tête ? »

Au visage peiné de l'enfant, au pincement de sa bouche, Jo' comprend : sa maman lui a encore posé un lapin…

Quelle mère agit de la sorte ?

Après la Déchirure

Jo'

Cela arriva très vite, comme on rapporte au service après-vente plusieurs achats impulsifs dont on a honte.

Nous nous étions rendus à l'anniversaire d'un type, Antoine, un avocat en droit pénal, heureux propriétaire d'un loft *magnifique* en bord de Seine. Depuis quelque temps, Manon avait l'air de beaucoup apprécier ce garçon. Ce n'est pas tant qu'elle en parlait souvent, c'est plutôt qu'elle riait très fort à ses blagues et, quand elle le regardait, ses yeux avaient des allures de lentilles pour microscope. Il était beau, Antoine. J'hésitais entre lui casser la gueule et le remercier.

La soirée fila en un éclair. Avec du rhum et un estomac vide, tout passe plus vite. Je le savais *un peu trop bien* ces derniers temps. J'avais décidé de m'ouvrir à Manon sur l'enfant, parce que je n'en pouvais plus de lui mentir, je me faisais l'effet d'avoir cette âme sur le dos comme une tortue renversée qui compterait les étoiles.

Vers minuit, je commençai par raconter à Manon l'explosion d'euphorie de l'après-midi : « Mme Creveur a foutu son mari dehors et, depuis, elle n'est plus que joie et félicité !

— Elle est bipolaire, ta patiente ! Mais tu t'en doutais déjà, n'est-ce pas ? », fit-elle en se fendant d'un rire sec, avant de poser sur ma joue un baiser rapide, envolé à peine posé (je crois qu'Antoine nous regardait).

M'en doutais-je ? Peut-être que oui, peut-être que non. Ce bonheur – que j'avais vu, touché, écouté, mesuré, même –, c'était une maladie de l'âme.

« Qu'est-ce qui t'arrive en ce moment, Jo' ? »

À cause de l'ardeur insufflée par l'ivresse, livrer brutalement mon histoire à Manon a été chose aisée. Trop, sans doute.

« Voilà, ma chérie, un fantôme d'enfant à la peau grise me hante à cause de ce que sa mère nous a fait à l'hôpital un dimanche, et où que j'aille, quoi que je fasse, il me poursuit. »

Elle m'a écouté attentivement et il est arrivé ce qui devait arriver, elle a prétexté vouloir rentrer. Je lui demandai d'attendre une heure, que je sois un peu dégrisé. Elle accepta de mauvaise grâce.

« J'en ai vraiment marre de la fête, Jo'. »

En réalité, elle en avait assez de la fête *avec moi.*

Après un trajet trop silencieux, nous nous tenions dans ma voiture, au pied de son appartement.

« Chérinou ? »

L'accent sérieux, le ton employé… Je sus que c'était fini. Lui parler de l'enfant gris, quelle erreur ! Les fantômes, les filles n'aiment pas ça (d'ailleurs, personne n'aime. Quelqu'un m'aimera-t-il de nouveau, un jour ?).

« Chéri ? », a-t-elle répété après s'être éclairci la gorge.

Je l'ai regardée. Elle n'avait jamais été aussi belle, cette fille. Jamais. Surtout maintenant, alors que j'allais la perdre.

« Antoine m'a invitée à boire un verre.

— Tu as accepté ? »

Elle a baissé la tête, abattue.

« Oui. Je voudrais qu'on arrête de se voir quelque temps, toi et moi. »

Je suis resté perplexe. Une partie de moi aurait souhaité que Manon n'ait pas son mot à dire sur la question. Une autre se réjouissait qu'elle prenne enfin cette initiative dont je me savais incapable depuis longtemps. Un œil dans le rétroviseur m'a confirmé ce que je redoutais : sur la banquette arrière, l'enfant gris m'observait. Un feutre rouge en main, il prolongeait le tracé de ses lèvres, offrant à son visage le sourire dont il semblait privé pour toujours.

« C-c'est à cause d-de l'enfant ? Je ne le vois pas tout le temps, tu sais ? Et il ne parle pas. D'ailleurs, c'est presque comme s'il n'existait pas ! C'est à cause de lui, hein ?

— Ça et le reste. Tes bizarreries… Je n'en peux plus », a justifié Manon en soupirant.

Ah, Manon… Manon, Manon, Manon… Pourtant, c'était bien à cause de mes bizarreries que tu étais tombée amoureuse il y a quatre ans. On en vient toujours à détester ce qu'on aimait chez l'autre. Le comportement de Manon était très cohérent. Malgré la douleur, j'éprouvais un soulagement brutal, indéfinissable. Je ne voulais plus de cohérence dans ma vie, je voulais du hasard. Du hasard et des aventures. Manon voulait des robes chères et être rassurée. Elle ne voulait pas d'un quotidien surprenant. Beaucoup de gens sont comme ça… Antoine, par exemple, je crois que c'est ce genre de gars. Réflexion faite, j'aurais dû lui casser la gueule.

En s'en allant, Manon referma doucement la portière sur quatre années de ma vie. Ça fit un bruit de torchon mouillé s'écrasant sur du carrelage. Qu'importe : la nuit était bien avancée, ma décision aussi. Je démarrai, passai la première, puis pris la direction de chez moi. Mon vrai chez-moi, je veux dire. Retourner chez ma mère, voir mes sœurs et mon grand-père, prétexter un congé inattendu. L'air de la campagne me ravigoterait. Là-bas, je pourrais vagabonder en ne pensant à rien. Après tout, ne rien faire préserve de faire des bêtises ; ma nature contemplative, c'était de la précaution déguisée, mon indolence, de la prudence.

Arrivé à la maison, je gagnai silencieusement ma chambre, puis je me glissai dans mon lit. J'avais fait le bon choix. La chaleur du cocon familial, c'était vraiment ce dont j'avais besoin maintenant que Manon m'avait quitté.

À cette pensée, des larmes perlèrent doucement au coin de mes yeux, mais mes lèvres s'étiraient de plus en plus. Je souriais.

Je suis de ces hommes qui ont des trésors d'espérance dans leurs poches et des lingettes antiseptiques pour se désinfecter les mains en toutes circonstances. Je m'endormis tout de même avec un goût amer sur le palais, un relent de défaite et d'inexorabilité.

Le lendemain matin, vers 10 heures, un hurlement immense me réveilla en sursaut.

À l'hôpital

54 jours avant la Déchirure

Jo' se trompait : la mère n'avait pas raté leur rendez-vous hebdomadaire, elle était venue avec trois heures de retard. À son arrivée, les visites étaient terminées.

Contrariée, elle s'était glissée derrière une première infirmière, en avait habilement contourné une deuxième, puis elle avait atteint furtivement la chambre de son fils.

Il dormait.

« *Surtout ne le réveille pas !* »

Elle aurait voulu se jeter sur lui, le mitrailler de baisers dans le cou, sur le front, lui grignoter le nombril, le ventre, y faire des prouts avec la bouche, renifler l'odeur de ses pieds. Elle fit un pas, un minuscule pas, et un bruit, un minuscule bruit, il s'agita, elle suspendit son geste, son souffle, cet amour sauvage qui la poussait en avant.

« *Et maintenant, je fais quoi ?* »

Elle approcha la chaise de la fenêtre pour profiter de la pâle lumière qui tombait de la lune, attrapa un stylo, son carnet, puis reprit son récit où elle l'avait laissé, sept ans plus tôt, juste après son rendez-vous manqué avec le médecin.

À l'époque, toutes mes démarches pour avorter avaient échoué : soit, j'irais jusqu'au bout, mais j'accoucherais sous X.

Voilà, mon fils, ce que je pensais : « L'enfant sortira de moi, puis j'abandonnerai l'enfant. »

Une nuit, j'avais ressenti un coup. Le premier d'une longue série. Têtu comme une mule, tu toquais à la porte de la vie pour entrer.

« Il ne m'aime pas et je ne l'aime pas », je concluais chaque fois sans songer que tu manifestais peut-être une joie, une envie et une excitation à me rencontrer plus tôt, plus vite.

Je ne me sentais pas à l'abri, j'aurais voulu être autre part, auprès de mes amies à la Pension Lili, par exemple, être partout ailleurs que là où j'étais avec ce que je transportais dans mon ventre.

Je trompais les heures en me posant des questions, aussitôt rejetées parce que je les jugeais idiotes : « Est-ce que cela fera mal ? Est-ce que c'est vrai qu'on défèque ou qu'on urine quand on accouche ? Est-ce qu'on me fera une épisiotomie ? Est-ce qu'on me le posera sur le ventre ? Mon Dieu ! Je ne veux pas qu'on me le pose sur le ventre ! Est-ce que ce sera un garçon ? Est-ce qu'il va beaucoup pleurer en me quittant ? »

Puis les jours, les semaines, les mois sont passés sur ces questions, et l'étranger en moi s'est fait étranger en dehors de moi.

J'ai accouché.

Et rien ne s'est déroulé comme prévu.

Les sages-femmes ont laissé ta couveuse dans ma chambre deux jours et une nuit.

Il m'a semblé absolument nécessaire de t'aimer tout de suite, parce que c'était ce qu'on attendait d'une mère : aimer tout, des orteils au crâne chauve. Seulement, je ne connaissais pas cet humain minuscule et vagissant, qui s'accrochait à mes seins et tirait dessus en leur faisant mal. Je ne voulais pas désinfecter ce minuscule bout de cordon ombilical, valve d'une poupée avec laquelle je refusais de jouer, que je ne voulais pas même prendre dans les bras (ce que le médecin avait ensuite appelé froidement « phobie d'impulsion »).

Ce qu'il advint ces deux jours et cette nuit-là, dans cette chambre, entre nous, nul ne saurait le dire. Un mystère, un flou, un impensé.

Pourtant, quand la chef de service passa me voir, je lui ai annoncé :

« J'ai changé d'avis, madame. Je veux le garder. »

Elle a dit : « D'accord, je comprends », mais, plus tard, je l'ai entendue dans le couloir s'emporter contre les sages-femmes.

On ne laisse jamais un enfant né sous X dans la chambre avec sa mère. Jamais.

Quand Maria quitta l'hôpital, cette nuit-là, elle rangea le carnet en haut de l'armoire à vêtements, puis déposa au pied du mur blanc des bonbons achetés à l'aéroport et une bande dessinée, *Les Aventures de Merlin*.

No' adorait les histoires de chevaliers et de magiciens.

« Je reviens vite, mon chéri », murmura-t-elle en fuyant dans la nuit.

Après la Déchirure

Jo'

Je trouvai ma mère et mes sœurs debout, pétrifiées devant le lit où reposait le corps froid de l'ancêtre.

« Il a eu raison, finalement, constatèrent mes sœurs.

— Il a la braguette ouverte », constata ma mère.

Aristide avait les traits détendus, mais les mains roidies autour d'un morceau de papier plié en trois. Personne n'osait le prendre, le déplier et le lire. Curieusement, pas de tristesse dans la pièce. Grand-père était vieux, grand-père était mort. Voilà, c'était tout. Atrabilaire et taiseux, Aristide était devenu un paysage de tableau, un long manteau en croûte de cuir abandonné dans une chaise longue. « Des hommes sont entrés dans la maison durant la nuit, ont démonté le meuble préféré de la maisonnée, puis l'ont emporté pour toujours », méditai-je. Jamais je n'aurais soupçonné l'aimer autant, ce meuble. Grand-père ne ressuscitera pas, c'est fini. Heureusement, l'autre jour, je lui avais dit que je l'aimais. Je ne me serais jamais pardonné de ne pas lui avoir dit.

J'en étais là de mes réflexions lorsque je vis la tête de l'enfant dépasser du matelas, juste à l'endroit du cœur froid de l'ancêtre. Ses grands yeux me fixaient, noirs et brillants comme de la confiture de mûres.

Ma mère tendit la main vers les poings statufiés de l'ancêtre, saisit et ouvrit le papier, puis me le tendit.

« C'est ton écriture... »

On lisait : « PENSION LILI – MARIA TULITH ».

« Qu'est-ce que ça veut dire ? demanda ma mère.

— Qu'il a voulu m'aider jusqu'au bout », fis-je en serrant le mot sur mon ventre.

Il avait dû tomber de ma poche, ce papier, comme mon grand-père était tombé de ma vie. Comme Manon, comme mon travail, tout tombait en ce moment. Même les petits garçons. Du ciel jusque dans mes toilettes, ils tombaient.

À l'arrivée des employés des pompes funèbres, je quittai la chambre de mon grand-père et me postai sur la terrasse. J'allumai ostensiblement une cigarette. Maman vint s'asseoir près de moi. Habituellement, quand je revenais de soirée vers 6 heures du matin, j'avais toujours droit à une bise de ma mère, aussitôt suivie d'un pas de recul et d'un reniflement suspicieux.

« Tu fumes ?

— Non, maman.

— C'est quoi cette odeur de fumée, alors ?

— Bon, maman, je dois te dire la vérité… Je suis un train. »

Ma mère avait peur du cancer. À vrai dire, elle avait peur d'à peu près tout ce qui pouvait arriver à ses enfants, de la simple grippe de trois jours à la fracture tibia-péroné en passant par la fièvre hémorragique sino-pakistanaise. Quand j'étais enfant, en prévision des chutes, je devais porter un casque en mousse pendant les cours de sport. Longtemps, les gosses m'avaient surnommé Karaté kid. Ma seule consolation était de me dire que ceux qui m'avaient collé ce surnom étaient probablement devenus débiles en se cognant la tête.

En hauteur, debout sur le faîte d'un pommier où s'accrochaient quelques vaillantes feuilles rouges, l'enfant tournait sur lui-même, imitant ces petites danseuses de boîte à musique dont les mains se rejoignent au-dessus de la tête en un délicat chapiteau de mélancolie. Quelques mètres sous lui, une grive musicienne à gorge beige gazouillait sur une branche en rythmant les rondes de l'enfant. Il me parut très étrange qu'un oiseau chante alors qu'Aristide était mort. J'ai montré l'arbre à ma mère :

« Le seul moyen d'être heureux, c'est de se battre les couilles de tout. C'est d'être comme cet oiseau. »

Elle n'a rien répondu ; j'avais raison. Les dernières paroles de mon grand-père résonnaient profondément en moi, comme l'image de cette mystérieuse petite Vierge dans la chapelle de l'hôpital, et son air de détenir un immense, un prodigieux, un inimaginable secret…

« Il existe une femme quelque part, une mère. Tu dois essayer de lui rendre son enfant. Parfois, la vie c'est juste ça : obéir à ce qu'on voit. »

À cette pensée, je réussis parfaitement deux ronds de fumée. Des hommes passèrent en portant le corps d'Aristide sur une civière. Bientôt, ils l'amèneraient au salon mortuaire. Puis ce serait la toilette, les soins funéraires, l'embaumement. Je reniflai bruyamment. Mes sœurs et ma mère se serrèrent contre moi et maman se saisit d'une cigarette.

« Mais tu ne fumes pas, maman ! »

Elle m'envoya une volute de fumée au visage et me répondit :

« Je ne fume pas, je suis un train. »

Puis elle posa la tête sur mon épaule.

En haut de l'arbre, l'enfant s'inclinait et ouvrait largement les bras en direction de la route, du paysage. Vers le voyage. Il était entré dans mon âme sans enlever ses chaussures. Il avait aussi laissé la porte ouverte…

Et je suis parti.

J'ai quitté ma famille lors du plus mystérieux et froid matin du monde. Il avait gelé sous le pont en bas de chez nous et la rivière avait une étrange couleur bleutée.

J'ai contemplé une dernière fois la maison endormie – celle de mon enfance, avec ses volets clairs, son crépi blanc et ses tuiles roses – avant de lui tourner brusquement le dos et de partir d'un bon pas.

Mes sœurs s'inquiéteraient et n'en dormiraient plus. Ma maman, ma douce, formidable, invincible maman, j'étais en train de l'abandonner.

« Il n'est pas encore trop tard ! me suis-je affolé. Fais demi-tour, Jo', regagne ta chambre en catimini, puis, à midi, tu te rendras ventre à terre chez Manon : "Non, non, Manon, je n'ai plus de fantôme derrière moi, d'ailleurs c'était une blague, qui voit des fantômes ? Je te le demande ! Pfff ! Reprends-moi, Manon !" »

Comme ma vie aurait été plus simple, alors ! Combien de blessures me serais-je épargnées ! Hélas, toute retraite était impossible : reculer, c'était faillir. De plus, l'enfant gris me poussait et, disons ce qui est, j'avais très envie de savoir où cela nous mènerait.

Allez, dépêche-toi ! lui ai-je murmuré en pressant l'allure. Aussitôt, l'enfant a rajusté la blouse d'hôpital sous laquelle il était nu, enfouissant dans le col blanc son nez retroussé, ne laissant dépasser que ses tempes encadrées de cheveux blonds et bouclés, puis il m'a rattrapé en moulinant des jambes. Vite, vite !

Un clocher d'église a tinté quelque part. De temps en temps, un battement d'aile résonnait à nos oreilles, et nous sursautions. Nous avons débouché sur une départementale déserte, bordée de fougères et de cailloux noirs. De pissenlits, aussi, gros et soyeux comme des têtes de chatons. J'ai levé la main, tendu le pouce vers le haut. Nous attendions sur le macadam gris, dans le brouillard gris, et c'est à peine si on voyait l'enfant gris dans toute cette grisaille. Un moment, un chien errant a aboyé dans mon dos. J'ai cherché l'animal des yeux et je l'ai trouvé lui, l'enfant, au milieu de la route. Il contemplait le ciel à l'horizon, la tête légèrement penchée, alourdie de questions métaphysiques. « *Regarde ! La nuit recule, le jour vient. Comme hier et comme demain* », lisait-on sur l'ardoise qu'il tenait à la main.

J'ai répondu en chuchotant, comme si quelqu'un pouvait nous entendre : *Tu racontes n'importe quoi !*, puis j'ai regretté : s'adresser à lui d'une façon aussi directe, en lui accordant autant d'attention, c'était une prise de risque inconsidérée.

J'ai sorti mon appareil photo, pris une photo de la route avec l'enfant qui jouait, entre deux traces de pneus blanches, un pied en équilibre sur la ligne de démarcation, l'autre en l'air. Sur la photo, on ne discerne qu'une ombre, une silhouette enfantine. Un flou imperceptible. Il faut vraiment avoir le nez dessus pour voir. Pourtant, je le jure, quand je relevai la tête l'enfant se tenait là, devant moi.

Mon pouce levé a finalement attendri un automobiliste et, une heure plus tard, nous nous sommes retrouvés devant l'aéroport, sur le trottoir. Apeurés, certes, mais d'une frayeur allègre.

En m'avançant vers l'entrée, distrait, j'ai heurté une porte vitrée. Ma mère aurait apprécié l'ironie, je crois. Une bonne, grosse, belle, épaisse porte à l'encadrement doré. En pleine figure.

Une voix électronique résonna dans les haut-parleurs : « *Les passagers pour l'aéroport Ben-Gourion, Tel-Aviv, sont invités à se présenter porte A pour embarquement immédiat.* » Je saignais de l'arcade sourcilière. Une femme m'a aidé à me relever, puis je me suis nettoyé comme j'ai pu. Ensuite, j'ai attrapé mon courage à deux mains et la première compagnie aérienne sur le chemin. L'inscription qui ornait le comptoir prévenait : « *Nous ne sommes pas les meilleurs, mais nous sommes les moins chers !* » Costume étriqué, badge briqué à neuf, crâne chauve parsemé de taches brunes, l'employé de l'agence étayait le propos.

« Un billet pour Rome, s'il vous plaît », dis-je faiblement.

Le type jaugea mon visage tuméfié, puis mon petit sac en toile bleue.

« Vous n'avez que ça ? »

Sa voix était sèche.

« J'allais pas m'en coller une deuxième, plaisantai-je en désignant mon front. Je suis parti sur un coup de tête… »

J'avais quitté la maison accoutré comme suit : costume d'enterrement, cravate noire sur chemise blanche, souliers vernis, sens de l'humour douteux.

« Aller et retour, le billet ? »

J'ai lancé tout de go :

« Aller simple, s'il vous plaît. »

L'enfant m'a approuvé d'un rapide mouvement de menton : j'avais parlé avec la fermeté du prisonnier réclamant la clef de sa cage.

Mon coquard et moi nous sommes retrouvés rangée 23, côté hublot. Il m'a semblé entendre la blague que faisait mon père avant sa disparition, lorsque j'avais cinq ans : « Jo', tu sais pourquoi on appelle les avions des Boeing ? C'est à cause du bruit qu'ils font quand ils ratent le décollage. »

Les moteurs ont ronflé, j'ai prié pour faire mentir le sens de l'humour paternel, puis l'appareil s'est avancé sur la piste et a décollé.

J'ai arrêté l'hôtesse, commandé une coupe de champagne, histoire de donner du corps et des bulles à mon bonheur. En rabattant le volet du hublot, je n'ai pu réprimer une légère crispation des mâchoires : l'enfant gris montait un petit vélo rose. Deux roues à l'arrière, franges violines pendouillant du guidon, un vrai vélo de fille. Le gosse partait de l'attache, à la carlingue, roulait jusqu'à l'extrême pointe de l'aile en évitant de glisser sur le volet de courbure, puis il s'arrêtait tout près du bord, reculait sur quelques mètres, faisait demi-tour, et le manège reprenait. Jouait-il juste à se faire peur ?

Il était très tard ou très tôt, j'étais exténué, réjoui, contus et confus. J'avais vingt-quatre ans et je venais de m'enfuir de ma vie.

À l'hôpital

46 jours avant la Déchirure

Jo' désigne le ciel par la fenêtre. Un ange semble y retourner les nuages à coups de pelle. Un avion trace une ligne blanche au loin.

« Il y a quatre cents milliards d'étoiles dans notre galaxie et à peu près le même nombre de galaxies dans l'univers observable, annonce Jo' d'un ton docte. Tu sais ce que cela signifie, le gosse ? »

L'enfant essaye d'imaginer, les pupilles rétrécies en têtes d'épingle.

« Cela signifie qu'il existe dans l'univers dix mille étoiles pour chaque grain de sable présent sur Terre !

— Ils font aussi des blagues, les enfants là-bas ?

— Bien sûr. Quand tu regardes le ciel, en réalité c'est une gigantesque blague. Partout. Tout le temps. »

Dehors, le soleil se couche, et la plaisanterie a les allures d'une bûche horizontale attaquée de toutes parts par les flammes. Ça se reflète dans les yeux de No' en gouttes orange vernies d'émerveillement. L'avion aussi, minuscule point noir fondu sur le noir de ses pupilles. Quelques minutes plus tôt, No' lui a montré un livre et des bonbons qu'il aurait trouvés au pied de son lit. Il prétend que sa mère est venue le visiter, cette nuit. Jo' n'a pas su quoi répondre, alors il a fait un saut jusqu'aux cuisines de l'hôpital. Il en est revenu les poches pleines.

« Viens ! », dit-il en tournant le dos à la fenêtre.

Ils se faufilent dans les toilettes du personnel.

« Regarde, No' ! dit-il en farfouillant dans sa blouse. Ce rouleau, ça s'appelle du "film alimentaire". Les nains l'utilisent pour envelopper le grain et les poissons pêchés au plus profond des grands lacs du Nord. C'est fabriqué grâce à la sève transparente d'arbres transparents qui poussent dans d'immenses forêts transparentes.

— Elles sont où, ces forêts transparentes ?

— T'es dedans !

— Là maintenant ?

— En ce moment même : elles sont transparentes ! »

Le petit opine du chef. Quelque part, il a toujours douté être vraiment dans un *simple* hôpital. Dans sa chambre, au fond du placard, derrière la fenêtre, sous le lit, dehors, aux coins des couloirs, sous les faux plafonds, ici, là, dans chaque recoin obscur, un peu partout, des passerelles se tendent entre le visible et l'invisible, No' en est persuadé.

« On le met comme ça. Voilà. N'oublie pas de relier les bords. Voilà. La personne entre, regarde distraitement les toilettes, croit qu'il n'y a rien, mais quand elle fait pipi…

— Elle en met partout ! », complète No' en frappant dans ses mains d'excitation.

Ils recouvrent la cuvette de film étirable, puis rabattent la lunette par-dessus. Quand ils se cachent, une infirmière qu'ils aiment bien approche.

« Va ailleurs ! », lui conseillent-ils à grands gestes.

Finalement, c'est Crinchon avec ses pas lourds, avec son journal sous le bras, avec sa mine patibulaire et sa douane à passer, qui s'avance.

Trente secondes s'écoulent. Le jeune homme se frotte les mains. L'enfant rit. Crinchon crie.

« Catin de chacal chafouin chancreux ! Ça va pas se passer comme ça ! Cloaque à chiures de conchieur à couilles ! »

En voyant Mme Crinchon trébucher avec le pantalon sur les chevilles, puis s'enfuir, tous bras dehors, Jo' se sent un peu coupable.

La veille, l'infirmière avait eu la gentillesse de venir le chercher pour lui annoncer la bonne nouvelle :

« Je viens de recevoir les résultats de sa prise de sang de la semaine, l'avait-elle informé. Hormis ses fièvres inexpliquées, les résultats sont plutôt bons.

— Plutôt ?

— Encourageants, même… »

Elle lui avait tendu une feuille où s'alignaient des chiffres compliqués de globules blancs et de globules rouges à la queue leu leu.

« J'ai pensé que tu serais content de le savoir. »

Devant les enfants, Mme Crinchon vouvoie. Entre adultes, elle tutoie. C'est comme ça depuis… depuis des années en vérité. Peut-être même depuis la dernière fois qu'elle a souri.

La voix de Crinchon s'était adoucie.

« Tu sais, Jo', sa mère appelle tous les jours. Elle dit qu'elle va venir plus souvent. Or ce n'est pas le cas et le gosse demande pourquoi. Nous ne savons pas quoi lui répondre. Crétin à crâne d'obus au cul terreux et de babouin crasseux ! »

Silence. La chef infirmière avait rougi, levé les mains, pincé l'air vers le haut, ouvrant des guillemets avec les doigts :

« Elle n'a pas le comportement d'une mère "dépossédée de son trésor", si tu vois ce que je veux dire. »

Elle s'était éclairci la gorge, puis avait ajouté, sans arriver à se départir de sa mine sévère : « Alors que tu sois là pour lui, tu vois, c'est bien. Si tu veux, je te livrerai une technique de vieille infirmière pour l'occuper. Ça le sortira des murs de l'hôpital, ça le fera un peu… voyager. »

Deuxième partie

À ROME, LA MÈRE

Après la Déchirure

Jo' et No'

Après avoir débarqué, l'enfant et moi avons passé le Tibre à bord d'un bus et je me suis extasié devant la beauté du pont Vittorio-Emanuele-II et de la brume vaporeuse qui s'étendait sur le fleuve. Nous avons marché, longtemps. Il s'est mis à pleuvoir, longtemps, le froid et l'humidité ont agacé ma plaie au front. Je saignais de nouveau, je pestais : l'enfant gris a brandi son ardoise : « *N'en veux pas à la pluie, la pluie fait son métier.* » Je l'ai ignoré royalement.

« Dos Santos, me dis-je, tu es devenu M. Dos Santos… »

Cet ancien patient, croisé lors d'un stage de troisième année, était persuadé d'être hanté par un ver solitaire contracté lors d'une baignade dans le Gange. Il avait prénommé son tænia imaginaire Bruno. Même gavé d'antiparasitaires, mon patient continuait de s'adresser à son ventre en disant « *Bruno, bouge en bas à droite* », « *Bruno, tiens-toi tranquille* », etc., comme on interpelle un chat indocile…

Pressé de fêter mon évasion, sous les regards de convoitise que me jetait l'enfant gris, j'ai englouti deux tomates, un salami, une tablette de chocolat, du parmesan (délicieux, mais trop salé, ça vous flanque une soif inextinguible), dévorant avec l'allégresse de celui qui sait que la vie est trop courte pour enlever la peau du saucisson !

Une église a, de nouveau, sonné au loin, il a fallu se remettre en route.

« Pension Lili », avait dit la collègue de la mère du gosse, au téléphone. Vers 11 h 30, nous avons jeté l'ancre devant une vieille bicoque en briques romaines, coincée quelque part au milieu du Quirinal. Le mortier de la façade était ponctué de briques couleur « carton de déménagement ». Aussi, des odeurs de foin mouillé et de peinture chatouillaient les narines : deux ouvriers repeignaient gaiement les volets en chantonnant et ils avaient pris soin de protéger le trottoir avec de la paille.

Un panneau en aluminium annonçait « PENSIONE LILI ».

Mon cœur se mit à battre à toute vitesse : qu'allais-je bien pouvoir lui dire, à la mère de l'enfant ? J'étais parti à sa recherche sans réfléchir… Peut-être la mémoire efface-t-elle les visages et les rencontres quand ils sont trop douloureux ? Depuis la Déchirure, je ne me souvenais pas d'elle. Ou peu. Ou mal. Un aplat gris dans l'aquarelle colorée de ma vie intérieure.

Après avoir mis de l'ordre dans mes vêtements débraillés, le cœur battant à tout rompre, je me suis décidé à pousser la porte.

Deux femmes se tenaient retranchées dans une guérite lambrissée, protégées du monde par une plaque de verre teintée, les coudes plantés sur une table jaune en Formica. Celle de droite, visage couperosé, glaucome bilatéral, corps courtaud et châle vert, évoquait irrésistiblement une tomate cerise posée sur une tomate cœur de bœuf pas encore mûre. Et vieille avec ça ! Comme dans les contes ! Celle de gauche, plus jeune, très rousse, effrayait par ses yeux injectés de colère froide et d'un début de cataracte. Son visage avait dû être gracieux, néanmoins on sentait cet embryon de beauté brisé dans son élan. Une jeunesse fusillée sur un champ de bataille.

J'ai préféré adopter une démarche frontale.

« Bonjour, je cherche une femme. »

Elles ont ri. Immédiatement. Un bruit cristallin, comme des coupes de champagne se brisant, résonnant autour de nous où tout était garni de petits meubles vieillots.

« Elle s'appelle Maria Tulith. »

Leur hilarité a stoppé net, elles se sont rembrunies.

« Qu'est-ce que tu lui veux, à Maria ? a martelé Cataracte en remettant une mèche rouge derrière son oreille.

— Je... Son fils... Il... Enfin... Derrière moi... Me suit... Je... Pouvez-vous lui dire que je suis là ? C'est important et...

— Impossible. Voilà deux jours qu'elle est absente.

— Ahhh, ai-je fait sans arriver à cacher mon soulagement à l'idée de repousser notre confrontation à plus tard.

— Nous ne savons pas où elle est, a commencé Cataracte. Nous ne savons pas et…

— Peut-être que si nous mentions en te disant que nous ne le savons pas, a continué Glaucome après avoir reçu un coup de coude dans les côtes de la part de sa voisine, mais que nous le sachions quand même…

— Nous te le dirions pas non plus ! », a conclu Cataracte en s'égayant.

Elle avalait certaines syllabes, de façon cahoteuse, comme si une minuscule paysanne au fond de sa gorge faisait rouler jusqu'aux dents une brouette de mots et de cailloux.

Mal à l'aise, je me suis mis à danser d'un pied sur l'autre, avant de soudainement pouffer de rire : à l'évocation de sa mère, l'enfant venait de surgir de l'autre côté du comptoir et je vis deux petits doigts tremblotants s'élever derrière les crânes des deux femmes. L'enfant ! L'enfant leur collait des oreilles d'âne !

« Peut-être qu'une des résidentes… ai-je insisté, ragaillardi, et j'ai laissé volontairement ma phrase en suspens.

– P't-être… a lâché Cataracte, seulement pour leur parler faut louer une chambre. »

D'un coup de menton, le gosse a désigné la grille des tarifs posée sur le comptoir. Je l'ai parcourue en diagonale. En Italie comme ailleurs, c'est la crise.

Avec un euro, vous pouvez acheter un bocal de pesto. Avec deux euros, vous pouvez acheter deux bocaux de pesto. Pour dix euros, vous achèterez l'Italie.

« Ce n'est pas mixte, ici, m'a devancé Cataracte qui semblait entendre le bruit des roues s'engrener dans ma tête. Pour être résident, faut être une frangine. Trouve-toi une autre maison.

— Impossible : je suis recherché par la police parce que j'ai tenté d'assassiner à coups de poêle à frire la dernière logeuse à m'avoir refusé une chambre... »

Et je leur ai décoché le plus franc sourire du monde. S'est ensuivi un moment de flottement. Glaucome a grommelé, Cataracte aussi. Ça caquetait fort, ça n'était pas d'accord. La plus vieille semblait plaider en ma faveur. Elle a désigné tout à coup mon hématome, puis a chuchoté à l'oreille de sa voisine. La plus jeune a paru capituler.

« Tu dormiras dans la chambre de Maria, en attendant son retour. On te prévient : c'est petit, humide et les égouts passent dessous. Maria l'appelait "La Niche".

— Sa chambre ? », ai-je dit, étonné qu'elle possède une chambre *à elle*.

Glaucome, plus douce, sembla vouloir verser un peu d'eau dans le vin de son amie.

« Oui. C'était sa chambre d'étudiante. Département théologie morale et spirituelle à l'université Sapienza. Elle y est restée presque huit ans, puis elle a brutalement abandonné la faculté après son voyage en...

— Nous devrons pouvoir te confondre avec la tapisserie des murs tellement tu seras discret, l'a interrompue Cataracte en lui faisant signe de se taire. Ne va pas nous causer des problèmes… Tu feras ton linge, ta nourriture, ton ménage, et surtout, surtout…

— Tout ce que vous voulez ! », ai-je promis, le poing collé contre mon front pour en stopper le saignement, la voix tremblante d'exaltation tant il me semblait soudain qu'habiter entre ces murs était la meilleure affaire que j'eusse faite dans ma vie.

Qu'avais-je dit pour entraîner un tel revirement de leur part ?

« Surtout, à partir de maintenant, tu t'appelleras Antonia.

— C'est… une blague ? »

Elle s'est gratté la tête et des odeurs de ferme sont montées jusqu'à moi.

« Ça dépend… Comment va la logeuse qu't'as tenté d'assassiner, *Antonia* ? », a plaisanté Cataracte en m'adressant un clin d'œil.

Elles se sont gondolées. Comment auraient-elles pu soupçonner que l'enfant se tenait là, juste devant elles, à croupetons sur le zinc ? Que cette histoire et le motif de mon voyage étaient tout sauf drôles ? Comment ?

On m'a tendu la clef de sa chambre.

« Oh, maintenant que j'y pense : y a plus de résidentes. L'hôtel est vide depuis des mois.

— Quoi ! Mais vous m'aviez dit que…

— J'ai dit qu'tu pourrais parler aux résidentes. J'ai pas dit qu'il y en avait. Tu crois que ça intéresse encore les jeunes, des hôtels non mixtes ?

— Mais…
— On ne rembourse pas les avances.
— Mais… »

Aussitôt, Cataracte encaissa les sous dans une boîte métallique que Glaucome s'empressa de fermer à clef, puis les deux femmes me firent face, satisfaites. Entre elles, l'enfant gris applaudit des deux mains, brassant l'au-delà dans des épaisseurs cotonneuses de silences.

J'étais ferré.

Il était 11 h 47 à ma montre cassée et nous étions dimanche.

À l'hôpital

42 jours avant la Déchirure

« Un gosse, c'est une imagination qui ne demande qu'à être stimulée, lui conseille l'infirmière. Fabrique-lui une *histoire partagée*. Vous choisissez ensemble le lieu et les personnages. Tu racontes un bout d'histoire, mais tu t'arrêtes à un moment important : "Le magicien monta au ciel sur son cheval ailé, il ouvrit la porte du ciel, et vit…", puis c'est à l'enfant de continuer l'histoire. À lui de te repasser la main, quand il le désire. Trouve un point de départ étrange, ménageant des rebondissements. Tu verras, ils adorent ! Moi, je ne peux pas à cause des gros mots, mais emmerdeur d'enculé parfaitement empaffé d'eunuque de… »

Une porte s'ouvre, No' débarque sur le côté et se jette dans les bras de Jo', qui pose aussitôt ses mains sur les oreilles de No' le temps que la crise de l'infirmière passe. Qui, un jour, a eu l'idée lumineuse de placer une infirmière souffrant du syndrome de Gilles de la Tourette à la tête d'un service de pédiatrie ?

Il la remercie doucement, promettant d'y réfléchir, que c'est une bonne piste, mais qu'il n'a pas assez d'imagination : « Je suis ceinture blanche en histoires ! »

Aussitôt les tympans du gosse libérés, Mme Crinchon adopte une mine sévère :

« Dites-moi, Jo'... Ce matin, j'ai passé trois heures sous la douche du personnel...

— Laissez-moi deviner, madame Crinchon : quelqu'un avait remplacé la savonnette par du fromage de chèvre ?

— Non... Pas du tout... C'est le savon... Il... (Mme Crinchon s'éclairait la gorge, gênée.) Il ne savonnait plus ! J'avais beau me frotter, ça ne moussait pas ! On aurait dit... de... de...

— De la magie ? », propose Jo' en adressant un clin d'œil au gosse.

Plus tard, Jo' l'accompagne dans la salle de jeux.

Une toile blanche. Dessus, un dessin animé où une souris martyrise un chat à coups de blague. Ils s'installent côte à côte sur les coussins. Toutefois, à cause de son poids, Jo' s'y enfonce d'au moins une coudée de plus que No'. Le gosse mâche un chewing-gum. Il en tend un à Jo', qui tire une tablette de l'emballage, puis la fourre dans sa bouche.

« Pourquoi tu me regardes comme ça, No' ?

— Pour rien, Jo' ! »

L'enfant enfouit aussitôt son visage et son rire dans un coussin blanc.

« Mais… Qu'est-ce quo… Pouah ! s'exclame Jo' avant de recracher un petit pâté verdâtre. Pouah ! Pouah ! Pouah ! »

No', hilare, extirpe alors un paquet de pâte à modeler des replis de sa blouse. Couleur verte, semblable aux chewing-gums à la chlorophylle.

« Je t'ai eu ! C'est fabriqué avec du vomi de gnome, assure l'enfant. Ça effraye les trolls. C'est comme la lumière du jour. »

Pour étayer son propos, No' se redresse, lève sa main vers la lumière du projecteur, essaye de l'accrocher, la touche presque, semble la rayer de ses petits ongles, puis son bras, sa tête, son corps retombent ; il a surestimé sa taille. Pas de lumière. Sur l'écran blanc, la souris marron a cédé la place à un poussin, mais c'est encore un chat – gourmand – auquel on fait des misères.

« Comment tu as réussi ton coup, le gosse ? demande le jeune homme.

— Quel coup ?

— Le savon qui ne savonne plus.

— Ah… ça. »

Deux mots, une attitude presque blasée. Comme si l'hôpital entier était potentiellement devenu un champ de mines et que cela ne suffisait plus à son bonheur.

« C'est une dame en blanc », dit l'enfant.

Un jour, une infirmière avait laissé tomber un pot de vernis à ongles incolore de son sac. L'enfant l'avait récupéré et avait joué avec sur des poupées, des poignées de portes. Il en avait recouvert entièrement la savonnette de la salle de bains du personnel…

Les hôpitaux sont des maisons où les enfants grandissent plus vite qu'ailleurs.

« Brillant, commente Jo' en dodelinant de la tête, vraiment brillant. »

Silence. Sur l'écran, le poussin a sauvé sa maîtresse d'un piège tendu par le chat : un râteau camouflé sous des feuilles. L'écran s'efface, l'épisode est fini, les enfants s'égaillent aux quatre coins du service, vers leurs chambres, comme des petits pois déversés sur une nappe cirée. No' ne bouge pas.

« Tu sais, murmure-t-il, moi et maman on est une équipe. Elle va venir plus souvent. Je *sais* qu'elle va venir plus souvent. »

Après la Déchirure

Jo' et No'

En pénétrant dans la chambre, mon regard balaya la pièce et je me sentis accablé. Que personne n'ait occupé cet endroit depuis des années, j'étais prêt à le croire sur parole. En décrire la froide austérité, l'étrange impression de pureté permettrait, peut-être, d'approcher par la pensée un coin de la personnalité de la femme que je cherchais et dont le souvenir ne me revenait que par échos lointains.

On remarquait d'abord un large bureau en pin : les poignées tenaient à grand renfort de papier adhésif et un des tiroirs était fermé à clef.

Au centre, un lit de camp légèrement creusé au milieu semblait encore habité par son ancienne occupante (l'enfant prendrait l'habitude d'y sauter à pieds joints, me procurant chaque fois cette émotion colorée – mais nostalgique – qu'on a devant un dessin animé dont le son a été coupé).

Les toilettes, comme la douche, étaient sur le palier. Le papier peint des premières s'étalait, ignoble, couleur de ce qu'on faisait dedans. Quant à la deuxième, elle délivrait une sorte de liquide si infect, si marronnasse, que je m'en ouvris à mes logeuses dès le lendemain :

« Ce n'est pas d'l'eau, Antonia. C'est du *Coca-Bracadabra* », fit Cataracte.

Elle avait prononcé « Antonia » avec bien trop de délectation pour que je lui fasse plaisir en le relevant.

« Coca quoi ?

— Bracadabra. Quiconque s'y baigne voit ses soucis – et son diabète – s'envoler comme par magie !

— C'est… vrai ?

— Non, Antonia. Seulement t'peux décider qu'oui. »

Elle s'était mise à rire, j'avais sorti mon gel sans rinçage pour les mains.

S'ensuivirent 48 heures durant lesquelles la mère de l'enfant ne se montra pas.

Mes logeuses auraient pu m'aider, sans aucun doute, or je n'existais pas pour elles. Indifférentes à mes allées et venues, Glaucome et Cataracte restaient toute la journée telles deux fleurs fanées partageant le même vase, appuyées l'une sur l'autre, épuisées d'être en vie et bien embêtées de ne rien savoir faire de ce cadeau-là…

D'après ce que j'avais saisi, Maria Tulith avait occupé mon logis du temps de ses études, puis s'était enfuie dans d'obscures conditions, avant de s'installer définitivement à Paris avec son fils. Ce n'est que récemment – après le drame, à l'hôpital – qu'elle y était revenue, avant de disparaître de nouveau quelques jours avant mon arrivée. Un vrai coucou suisse…

Par acquit de conscience, je téléphonai à son bureau deux fois. Peut-être était-elle rentrée à Paris ? Sa collègue n'en savait rien : elle n'avait eu aucune nouvelle depuis notre premier entretien.

Je passai ces deux jours piazza del Popolo, en face de la Pension Lili, guettant un éventuel retour de la mère. Deux illustres bistrots rivaux, le Rosati et le Canovas, campent là depuis deux à trois millions d'années et s'affrontent à chaque instant. Selon l'heure du jour et en fonction de la saison, la terrasse de l'un est au soleil quand celle de l'autre est à l'ombre. L'heure tourne, les saisons passent, la lumière change de camp. Il faut se pincer pour se rappeler qu'on ne fait que boire un crème, et qu'il n'est nullement question de l'éternel combat du bien contre le mal.

J'occupais mon temps à me rappeler l'enfant, regardant son fantôme sur la chaise, de l'autre côté de la table, angelot pâle au menton posé sur ses genoux repliés.

Chaque fois que je songeais à lui – à la fin de sa vie, je veux dire –, mon étrange compagnon se levait puis se mettait à gambader, aussi léger qu'un nuage.

Où était-il maintenant qu'il était mort ? La terre, le néant ou le ciel n'étaient pas des réponses suffisantes. Il avait été si gai, si joyeux, et c'était comme si l'enfant gris continuait cet élan. Il jouait à saute-mouton avec la lumière par-dessus les tables du café.

Sitôt que je ne me préoccupais plus de cela (j'entends par « cela » la grande question de savoir ce qu'il était advenu de sa substance profonde dans le grand ordonnancement du monde désormais), il reprenait sa place, sur le siège en face du mien, et moi je reprenais ma contemplation muette.

J'écrivais, aussi.

Pour mes sœurs, j'avais acquis une carte postale représentant l'autoportrait du peintre Rembrandt, un type joufflu et velu. Sur ladite carte, on pouvait lire : « *Chères sœurettes, voici un autoportrait de Rembrandt. Peut-être que vous lui ressembleriez si vous étiez vieilles, grosses et barbues. Poutou-poutou.* »

Un premier événement inquiétant se produisit le troisième jour, comme j'avais déserté mon poste d'observation pour explorer la ville.

C'était déjà la fin d'après-midi quand, revenant de ma longue balade, je déposai des « canestrelli à la piémontaise » dans le petit trou de la guérite.

« Je me promenais place San Eustachio, j'ai vu ça, j'ai pensé que cela vous ferait plaisir ! dis-je très poliment, ne désespérant pas de briser leur résistance.

— C'était les gâteaux préférés de Maria, fit Glaucome, une main posée sur le cœur. C'est gentil, mais je suis allergique au chocolat. »

J'allais les reprendre quand sa collègue grogna : « J'suis allergique qu'aux Piémontais » et s'empara de la boîte d'une main avide.

Je m'apprêtais à regagner ma chambre, quand la voix de Cataracte s'éleva dans l'air :

« Antonia !

— Oui ? fis-je en revenant sur mes pas.

— Un homme est passé pour toi.

— Un homme ?

— Grand. L'air pas commode. À mon avis, il est du KGB ou un truc comme ça, dit-elle d'un ton trahissant son ignorance totale de ce que pouvait être le KGB. Avec une peau qui desquame. Et des écailles.

— Des… écailles ?

— Oui. Enfin, non ! J'veux dire qu'on aurait cru qu'il avait des écailles. Avec ça une grande cicatrice de chaque côté des joues, comme ces hommes à qui on les a coupées, puis recousues au fil de fer, ceux avec ce drôle de sourire… Et un serpent rouge tatoué sur l'épaule droite. Oui, c'est ça, l'épaule droite. On aurait cru un pirate ou un étrangleur d'enfants. Ou un pirate étrangleur d'enfants.

— Vous vous moquez de moi ? »

Elle leva les bras au ciel.

« Écoute, j'l'ai vu comme j'te vois. J'fais juste mon travail.

— Que me voulait-il ?

— Savoir qui t'étais. C'que tu cherchais.

— Le connaissez-vous ?

— Jamais vu. (Elle eut un frisson, resserra son châle contre elle.) Et pas désireuse d'le revoir.

— Que lui avez-vous dit ?

— La même chose qu'à toi : qu'ici c'était interdit aux hommes. Il a répondu qu'il voulait visiter la chambre où tu dormais, j'avais peur, alors je lui ai montré. Il a dit qu'il reviendrait. »

Elle baissa le nez, me dévisageant sous des sourcils inquisiteurs.

« On veut pas d'ennuis, Antonia.

— Vous n'en n'aurez pas », dis-je.

Mais je mentais, je n'avais aucune idée de qui était ce type.

D'ailleurs, jusqu'à ce que je trouve le message que l'homme avait glissé sous la porte, je ne voulus pas croire Cataracte.

C'était un papier plié en deux, abandonné sur le sol, et je marchai dessus par inadvertance. Il ne comportait que ces simples mots :

`Ceci est mon premier avertissement : arrête de chercher Maria et rentre chez toi.`

L'enfant se reposait dans un coin de La Niche. Le dos voûté, le visage vide, le regard voilé, il donnait l'impression de n'avoir pas fermé l'œil depuis trois nuits.

Je considérai, hébété, l'avertissement de l'homme tatoué.

Ma bouche ? Sèche. Mes lèvres ? Mordues jusqu'au sang. Ma gorge ? Nouée. Saletés de mots, saleté d'émotivité. L'enfant et moi avions déambulé tout le jour, sans trêve et sans but, comme si j'avais jeté mes souvenirs – de la mère et de l'enfant – devant moi, et qu'il n'y eût qu'à se baisser pour les ramasser. Jusqu'à la découverte du mot glissé sous la porte, l'absence de Maria Tulith ne m'avait pas paru anodine : je m'étais persuadé que ce sursis avait du sens. Ainsi, dans l'après-midi, j'avais même croisé une femme qui lui ressemblait. Je l'avais observée de loin, toute droite devant un tourniquet de cartes postales qu'elle faisait aller dans un sens puis dans un autre, pleine de charmante indécision. N'ayant rien à faire d'autre, j'avais décidé que c'était elle, Maria Tulith. La suivre fut un moyen comme un autre de découvrir Rome et de tromper mon ennui. On croisa, entre via della Panetteria et via del Tritone, une vieille folle qui jurait que Romulus n'avait pas voulu tuer Remus, mais que « *ha cannato* », il avait commis une boulette. Allegra – c'était son prénom – était persuadée que le Triton de la fontaine de Trevi était vénal et rackettait le passant : voilà pourquoi tous ces gens jetaient une pièce par-dessus leur épaule. Nous avions payé, et sans discuter, puis nous avions suivi Maria, *la femme de la foule*, jusqu'à la colline de l'Aventin au Giardino Degli Aranci. Il faut s'y tenir de profil. Quand l'œil droit embrasse dans un même paysage plusieurs siècles d'histoire, l'œil gauche observe une Américaine dévorant une gaufre. Durée de vie de la gaufre : quatre minutes douze secondes exactement. Ça donne à réfléchir sur la condition humaine. Ensuite, la femme aux cartes postales nous avait emmenés place San Eustachio, située au cœur même de Rome. La Ville éternelle étant considérée elle-même comme le centre du monde, si vous vous tenez debout au milieu de la place, vous pouvez téléphoner à une de vos deux sœurs, celle qui va être maman, et laisser le message suivant :

« Je t'appelle depuis le centre du centre du monde. Comment va ton bébé ? »

(Ça, c'est à faire au moins une fois dans sa vie.)

Finalement, la femme de la foule avait laissé tomber ses papiers et, en les ramassant pour les lui rendre, j'avais vu un passeport rouge frappé d'un aigle bicéphale doré tenant d'une serre un sceptre, et de l'autre une sphère. Un nom : Olga Kulkulukovitch. Une nationalité : russe. J'avais fait fausse route ; pourtant, soyons franc, je n'étais pas surpris, c'était mal barré dès le départ.

D'ailleurs, toute l'après-midi, l'enfant n'avait eu de cesse qu'il ne se cogne le front du plat de la main.

Il était pressé de retrouver sa mère.

J'étais pressé de prendre mon temps.

La visite de cet homme inquiétant, à l'allure menaçante, associée à sa tentative d'intimidation rendaient l'absence de la mère plus intrigante et l'aventure qui m'avait lancé à sa poursuite nettement plus excitante. En temps normal, le message et son messager auraient suffi à me dissuader de faire un pas de plus. Seulement, plus rien n'était normal depuis l'irruption du gosse. Cette histoire d'étrangleur pirate, bien loin de me faire reculer, n'avait fait qu'aiguiser ma curiosité et renforcer ma volonté de réparer l'injustice subie par l'enfant gris.

C'est donc avec une ardeur inédite que, une fois rentré, je m'attaquai au bureau de Maria, retirant le tiroir du haut pour accéder au contenu du tiroir du dessous, le seul qui était fermé à clef. La mère de l'enfant me pardonnerait cette indélicatesse : j'agissais pour la bonne cause. En tâtonnant dans les coins, ma main dénicha une liasse de trente billets d'entrée pour discothèque, réunis par un élastique devenu dur à force d'être vieux. Ils étaient datés, poussiéreux et nominatifs, ce qui me permit de déterminer que la mère s'était rendue, sept ans plus tôt, dans une boîte de nuit du quartier des Amarinis. Pas rendue une ou deux fois, non, elle s'y était rendue trente fois ! En l'espace de trois mois !

Je sentis une douce chaleur m'envahir : un indice... un indice à se glisser sous la dent, enfin...

Tu en penses quoi, gamin ? dis-je en me retournant.

Il y avait un crucifix accroché au-dessus du lit de Maria. Je pris le temps de l'immortaliser avec mon appareil, car l'enfant se tenait juste dessous, la main levée, comme l'écolier pressé qu'on mesure et qui voudrait atteindre le haut de la toise du bout des doigts. En inclinant légèrement la photo vers une source de lumière, je crus voir sa silhouette apparaître. C'était infime, certes, très subtil, même, mais c'était là.

À l'hôpital

36 jours avant la Déchirure

L'enfant a raison : sa mère vient cette semaine-là. Elle vient et, quand elle est là, elle a du mal à contenir sa colère : la chambre est vide. On lui a pourtant assuré au téléphone, « pas de soins cette après-midi, il sera tout à vous ». Elle voudrait crier, aller se plaindre ; or elle a peur qu'on ne la renvoie à ses propres absences.

Après avoir retiré son manteau, elle tâtonne au-dessus de l'armoire, pas de carnet. Son cœur se met à battre plus fort : et si quelqu'un l'avait trouvé ? Si quelqu'un l'avait lu ? Elle se sent aussitôt envahie d'une frayeur sans nom, puis elle pousse un soupir de soulagement en apercevant un coin de métal noir dépasser sous le meuble derrière lequel il avait dû glisser.

Elle scrute l'horloge : elle dispose de quatre heures. Quatre petites heures avant de filer. Elle s'installe et, en attendant son enfant, se munit d'un stylo. Arrivera-t-elle à écrire sans la présence de son fils dans la chambre ? Sans cette force incroyable qu'il semble savoir lui communiquer ?

« Essayons », dit-elle en reprenant le fil de son journal.

Sept ans plus tôt, l'hospitalisation.

L'hospitalisation sans fin.

Baby-blues et phobie d'impulsion, m'a-t-on diagnostiquée. Psychologie de comptoir, ai-je pensé en fustigeant les sages-femmes.

Au tout début, No', j'ai cru pouvoir t'allaiter, mais, très vite, le contact m'a gênée : sensation d'enchaînement. Je n'en pouvais plus de t'avoir constamment dans les bras, accroché à mon sein, ce sein que tu tirais et maltraitais dans ta bouche et tes petites mains. Ce n'était pas ta faute, je le sais bien, pourtant je n'y arrivais pas, j'avais envie de baisser les bras.

Le lait s'est tari. Mon corps te repoussait.

Toute mère se doit d'aimer son enfant, croyais-je, et parce que j'en étais incapable, parce que la toute-puissance de cette croyance était ébranlée, je me suis mise à douter de tout.

Comment peut-on être aussi incompétente ? me reprochais-je. Cet enfant, ce drame, Dieu qu'il m'étouffe !

Des idées me traversaient. Des idées terribles.

Avais-je le droit de vivre alors que je ne pouvais pas aimer mon enfant ? Pourquoi étais-je incapable de te rencontrer ? De t'apprivoiser ? N'existait-il pas un mode d'emploi ? Étais-je donc si nulle ? Étais-je mauvaise ?

Quels fossés, quelles ornières avais-je dans le cœur ? Quels obstacles se dressaient donc dans ma tête pour s'opposer ainsi au rendez-vous avec toi ? Pourquoi devais-je souffrir autant ? N'avais-je pas été déjà assez mise à l'épreuve ?

Il m'arrivait de fermer les yeux, de voir ton père, l'homme qui t'avait jeté dans ma vie, et, comme chaque fois, je passais de la crise de larmes à la crise d'angoisse.

J'aurais voulu que quelque chose arrivât, un acte fondateur, éclatant, indubitable. Me sentir « être mère ». Un contrat, une voix divine, une injonction, n'importe quoi qui rendît mon intronisation incontestable. J'aurais voulu éprouver ce que je n'éprouvais pas : l'attachement, l'amour immodéré, l'évidence et l'instinct maternels, seulement rien n'arrivait. J'attendais, pleine d'espoir. Je te fixais, je te trouvais beau, ça oui, mais c'était tout, et ce n'était pas assez.

Pourtant, en secret, au fond de moi-même, au ventre peut-être, où la fumée s'était faite petit garçon, une étincelle s'était allumée, qui luisait d'une inexplicable énergie. Une petite chance. Un début d'espérance : dans mon cœur et dans mes reins grandissait un possible, une promesse folle, l'espoir que je puisse un jour t'aimer d'un amour véritable et naturel. T'aimer évidemment.

Et cette attente informulée m'a consolée bien des nuits, quand tu pleurais.

Un bruit dans le couloir met Maria en alerte. Elle tend l'oreille, rien. Elle se replonge dans l'écriture.

Sur les conseils des soignants, j'ai accepté d'adhérer à un groupe de parole pour jeunes mamans en détresse. À la première séance, une jeune psychologue, très douce, a annoncé qu'elle nous ferait témoigner l'une après l'autre. Une première maman a pris la parole. Une deuxième l'a suivie. Puis ce fut à mon tour. Parler. Parler du père, de toi. Parler, dire pourquoi, comment, ce que je ressens. Je me suis levée et enfuie en pleurant. J'ai posé sur tout ça une promesse solennelle, une promesse idiote : la vérité sur tes origines, jamais je ne la dirais. Du mois d'août et d'amour merveilleux et néanmoins interdit qui avait précédé ta conception, je ne lâcherais rien. Ma conscience et moi avions contracté un pacte : avec la patience d'une artiste, je construirais un poing dans ma tête, je construirais les doigts, je construirais la paume. Ce poing resterait fermé pour toujours : il tient prisonnières, en son centre, les clefs de la vérité.

Alors je restais comme ça, hantée par les plus beaux et les plus terribles souvenirs du monde, je restais comme ça, dégoûtée d'être cette moitié de maman bataillant contre elle-même, en lutte perpétuelle contre cette idée que j'estimais idiote : cela faisait presque six semaines que j'étais hospitalisée à cause de ma crainte irrationnelle de te blesser, six semaines et personne n'était venu m'apporter de bouquet. Personne.

C'était ça que j'étais, mon fils, cela que je resterais toujours : une maman sans bouquet.

Le bruit revient. Voix d'infirmiers qui parlent fort et se rapprochent. Maria ferme le carnet en produisant un claquement sec, puis le remet prudemment à sa place. Il est tard. Elle hume une dernière fois les draps du lit de son fils ; l'odeur passe comme un pain chaud jeté hors d'un four. Elle tente de la retenir, fait de cet instant ce que le chameau fait de l'eau du désert : des provisions.

Puis elle s'en va. Elle déteste les hôpitaux : les enfants y tombent malades et y meurent.

Après la Déchirure

Jo' et No'

Tant d'événements sont survenus les deux jours suivants, il m'est difficile d'ordonner mes pensées.

J'ai surpris plusieurs fois Glaucome, la tête plongée dans un pot de peinture vide qu'elle renifle à pleins poumons. Sa tête se renverse en arrière, elle frémit, elle pleure, elle replonge. Sitôt qu'elle m'aperçoit, elle referme le pot, sèche ses larmes, se compose un sourire de circonstance. Aussi : étrange, mais authentique, elle boit du jus de pissenlit en décoction. « Pour le teint, les rides, *tutti quanti* », dit-elle ; cependant, elle a le teint brouillé, le visage ridé. On lui a menti. On boit du jus de pissenlit, mais on vieillit quand même – après on les mange par la racine.

Cataracte, elle, un mauvais diabète l'a scotchée sur un fauteuil roulant. Elle presse en permanence contre ses cuisses atrophiées une chaise renversée qu'elle rempaille à toute heure du jour. Ses cheveux, rouges et secs, pourraient lui servir de matière première. Elle s'arracherait des mèches par poignées entières, les tresserait, pour enfin les fourrer dans l'assise. Cette chaise, c'est sa mission, son chemin de croix. Elle s'y attelle avec une dureté dans le regard, une fixité effrayante. Comment la mère du gosse avait-elle pu vivre deux ans dans cette… cour des miracles ?

Hier soir, je quittais ma chambre, l'enfant gris sur mes talons, je les ai trouvées dans le salon : Cataracte épluchait un oignon et c'est l'oignon qui pleurait, je le jure… Quant à Glaucome, elle tricotait une… jupe ! En laine !

« Excusez-moi, de quel côté puis-je trouver le quartier des Amarinis ? »

Le cliquetis des aiguilles s'est interrompu et les sœurs m'ont conseillé d'aller voir ailleurs, elles n'avaient pas le temps pour ça. « Moi non plus ! », ai-je pensé avec énervement en claquant violemment la porte derrière moi.

Dehors, les pavés avaient bu toute l'eau du ciel, on marchait sur des éponges. L'enfant sauta à pieds joints dans les flaques et ce spectacle me détendit un peu. Nous venions de tourner à l'angle de la rue quand le bruit de petits pas pressés résonna dans notre dos. Avec un hoquet de surprise, je vis Glaucome s'agripper à mon costume, puis glisser un papier soigneusement plié dans ma poche gauche :

« Va au Pincio ! chuchota-t-elle. Maria aimait beaucoup se rendre là-bas avec son mystérieux petit copain… En revanche, ne va pas aux soirées Ponce

Pilate ! Elle, elle y allait tout le temps… Ça lui a tourné la tête… N'y va pas, c'est terrible, c'est abominable, il paraît qu'on y…

— Pozzinina ! l'interrompit sévèrement Cataracte, depuis le perron. Pozzinina ! »

Deux grands plis d'amertume se creusèrent de chaque côté de la bouche de la vieille dame : Pozzinina (tel était donc son prénom) m'adressa un sourire franc. Bien qu'interdit par la soudaineté de la scène, je le lui rendis de bonne grâce. Je savais que, derrière chaque sourire, derrière chaque bonté distribuée, chaque action impulsive, il y a une histoire qu'on ne comprendra jamais.

« J'arrive, Lucinda, cria-t-elle, j'arrive ! »

Puis mon alliée inattendue murmura : « À tout à l'heure », avant de faire demi-tour et de rejoindre sa collègue en toute hâte.

Comme je l'avais suspecté, la mère de l'enfant était donc bien connue de mes logeuses, et peut-être même étaient-elles amies. Mais pourquoi cette défiance de leur part ? Et qui était ce « mystérieux petit copain » dont elle parlait ?

Ton père ? lançai-je à l'enfant, qui gonfla les joues et lâcha une succession de « pout-pout-pout » circonspects.

Le mystère s'épaississait, et je n'étais pas contre ; j'avais toujours eu à cœur de soulever les pierres pour regarder dessous…

Au carrefour, un carabinier faisait la circulation. Il nous indiqua le plus court moyen de nous rendre au Pincio. En chemin, je dépliai avec soin le papier que Pozzinina-Glaucome m'avait glissé dans la poche. Il s'agissait d'une coupure de presse relatant un fait divers intervenu huit ans plus tôt.

Étrange compétition à l'aéroport de Fiumicino

Hier soir, aux alentours de 23 heures, alors que l'avion pour Tel-Aviv allait décoller, les passagers ont été surpris par une scène digne de la commedia dell'arte.

Maria T., belle jeune femme de vingt et un ans, venait de s'asseoir dans l'avion lorsque l'hôtesse est venue lui demander de céder la place à son voisin.

« La politique de la compagnie est de placer un homme près des sorties de secours », témoigne Anita, hôtesse de la compagnie. En cas d'accident on estime préférable de pouvoir compter sur la force physique d'un homme pour ouvrir la poignée de sécurité du sas de l'appareil. »

La jeune Maria T., outrée par ce qu'elle a considéré être une injustice commise envers son sexe, a refusé net. Le ton est monté, le commandant a quitté la cabine de pilotage, puis est venu pour essayer de convaincre sa passagère.

« Le mot "hystérique" a été prononcé et ça l'a vraiment mise en colère », confie Anita qui rougit encore des « mots » prononcés par la jeune Maria.

Le commandant, dans un accès de fureur, a alors cloué l'appareil au sol jusqu'à ce que la jeune fille obtempère. Hélas, l'étudiante en théologie s'est montrée intraitable. Une heure a passé, entraînant des retards inportants sur l'ensemble des vols grandes lignes du terminal B. Les passagers, excédés, ont supplié les deux parties de trouver un arrangement. Ce n'est qu'au terme d'intenses pourparlers que Maria T. a accepté de céder sa place à l'unique condition que le commandant l'emporte contre elle... au bras de fer ! Ce qui semblait une simple plaisanterie a été pris très au sérieux par le commandant de bord et, finalement, les passagers ont assisté, ébahis, à un véritable tour de force entre Maria T. et le commandant. L'affrontement a eu lieu sur le chariot des plateaux repas. Les yeux dans les yeux, aucun d'entre eux ne voulant céder un pouce de terrain, la jeune femme et le commandant se sont affrontés. Ce combat restera dans les annales de la navigation aérienne comme le plus intense bras de fer jamais réalisé dans un Boeing 747. Sous les hourras du public féminin, entêtée comme jamais, et après un effort colossal, Maria T. l'a emporté sans contestation possible. L'avion a pu décoller et le reste du vol s'est déroulé sans anomalie notable.

Le comité directeur général de la compagnie s'est engagé à modifier les statuts d'embarquement et de répartitions des sièges. Quant à la jeune Maria T., contactée par la rédaction, elle n'a pas eu d'autre commentaire que cette phrase ambiguë : « Il était hors de question qu'un homme prenne la place que Dieu m'avait attribuée. »

Nous n'avons pas souhaité insister…

Je tournai l'entrefilet, inspectai le verso. Rien.

Pourquoi la vieille m'a-t-elle remis ce papier avec un tel empressement ?

Tu le sais, toi ? demandai-je au gosse. *Pour m'apprendre que ta mère est une chieuse susceptible, et qu'il est préférable de la défier à pierre-feuille-ciseaux plutôt qu'au bras de fer ?*

L'enfant me fit signe qu'il ne connaissait pas la réponse, puis il leva le poignet, fit mine de consulter une montre.

Je regardai la mienne : cassée. Elle n'était pas à l'heure et le cadran indiquait « *DIMANCHE* » et 12 h 54. En réalité, une église venait de sonner 17 heures quelque part et nous étions arrivés jusqu'au Pincio.

C'est, là, au Pincio précisément, qu'allait se dénouer le premier lien qui m'enchaînait à l'enfant gris.

Situé sur une vieille colline de Rome, le Pincio domine tout le champ de Mars. L'endroit était vide, à peine entendait-on au loin passer quelques voitures. Derrière nous se dressait la célèbre Villa Borghese et un parfum de fruit voltigeait de-ci de-là. Les lumières de la fin d'après-midi éclataient entre les branches décharnées comme des cosses de soleil brut. Sans surprise, la mère du gosse n'était pas là. J'ai pensé aux accents de terreur qui avaient traversé Pozzinina quand elle avait mentionné le quartier Amarinis et les soirées Ponce Pilate. J'en étais arrivé à la conclusion qu'elle nous avait envoyés ici pour mieux nous empêcher d'aller là-bas, quand l'enfant gris m'a fait signe de le rejoindre. Il s'était avancé jusqu'au bord du parapet et, du haut de ses petits mollets blancs, dominait tout le quartier Prati. *À quoi tu joues ?* Il avait levé ses mains sur le paysage, semblait en « palper » les contours. *Oh... D'accord*, ai-je dit à voix basse en l'imitant, paumes ouvertes face au panorama. *Montre-moi !*

Passé les premiers tâtonnements, j'ai découvert que Rome est plutôt de forme ronde. Sa texture râpe sous la peau. « Elle est ridée, la Ville éternelle ! » me suis-je exclamé en me prenant au jeu. La cloche de Saint-Pierre a tinté très aiguë quand nous l'avons effleurée et, aïe !, je me suis piqué l'index sur la flèche du Sacré-Cœur-du-Suffrage. Le dôme du Panthéon a rendu un son creux.

Les anciens dieux sont partis il y a longtemps, ai-je suggéré à l'enfant, à cause de ma manie détestable de fourrer du fantastique dans le moindre atome de réalité.

Nos palpations étaient délicates, nous savions la facilité avec laquelle l'univers brise le verre, brise les enfants, brise les cités des Hommes, brise tout.

Qu'est-ce que la mort d'un enfant, sinon un paysage lointain qui tremble, vacille sur ses bases et finalement s'efface ?

Je ne savais pas, l'enfant non plus, alors nous avons laissé se déplier la ville en nous. On frôlait, fouillait, explorait. Pour la première fois depuis son apparition, l'enfant gris et moi avons été ensemble, véritablement ensemble. C'est lui qui a porté le premier son doigt à la bouche. Quand je l'ai imité, j'ai constaté que Rome avait une vague saveur de poire, très sucrée, très juteuse, et que c'était peut-être là le secret de cette grande carcasse : Rome est mûre, toujours prête à être cueillie.

Hé, hé, gamin, c'est une vieille dame qu'on est venu visiter, une vieille dame qu'on est venu caresser !

Il y avait un peu de soleil, alors nous sommes restés là, assis sur un parapet de ciment, à rêvasser, à lire et à toucher le monde, moi me briquant les mains avec du savon sans rinçage, lui affolant ses jambes au-dessus du vide, petites baguettes grises contre longues baguettes noires, nous triturant les méninges pour savoir si les morts ont ou n'ont pas de jardins, et d'autres idioties de ce genre. Au-dessus de nous, le ciel miroitait, vert de pluie ; y porter les mains semblait un sacrilège.

Il nous poussait des envies, en le fixant, ce ciel vert. Envie de s'y fondre en entier, envie d'y semer des tulipes. Envie de demander à l'enfant gris pourquoi il ne le faisait pas. Pourquoi n'était-il pas là-haut, dans cet éden verdoyant ? Pourquoi rester accroché à moi, à la Terre, quand il pouvait gagner ce paradis d'horticulteurs d'un simple coup de talon pour, qui sait, rencontrer Dieu ?

C'est beau… hein… (Et j'ai ajouté, à mi-voix, en tremblant légèrement, en ayant même mal à la langue, à la gorge, au cœur, aux souvenirs et à l'univers tout entier :) … *Noah ?*

Pour la première fois depuis son apparition, j'avais formulé tout haut le prénom de l'enfant, et c'était comme si je lui rendais quelque chose. Les yeux vifs, emmitouflés dans la blouse d'hôpital, ont palpité. Noah a opiné du chef, a essuyé son petit nez de morveux avec sa manche, dévoilant le flanc de son corps malingre, puis il a brandi son ardoise :

« *Beau comme les clowns, Jo'.* »

Oui, ai-je dit en convoquant mes souvenirs les plus joyeux et donc les plus acceptables. *Tu as raison, No'. Beau comme les clowns.*

À l'hôpital

32 jours avant la Déchirure

« Comment va-t-il ?

— Moyen, lâche Crinchon en feuilletant le classeur de la chambre 207. Son moral est mauvais : il est persuadé que sa mère est venue la semaine dernière, mais qu'ils se sont ratés comme il était en examen. Tout ça parce qu'il a retrouvé un jouet en plastique sur son lit… En plus de ça, son état s'est dégradé de façon plutôt inattendue cette nuit. On l'a découvert en train de dormir dans les toilettes…

— Dans les toilettes ?

— Oh, ce n'est pas la première fois. Il traîne son matelas et s'endort. Je crois qu'il aime leur côté exigu. Les toilettes sont sa deuxième chambre. Et il avait encore cette foutue mystérieuse fièvre…

— Encore ! »

La lettre f permet à Crinchon d'être particulièrement prolifique :

« Face de cul de face de pet de face de rat aux fesses d'huître et fesses de moule et fesses molles toutes finies à l'urine, débite-t-elle d'un seul souffle, avant de se reprendre et de s'excuser. Avec des globules blancs dans les chaussettes, aussi. Tu te souviens que les premiers résultats de compatibilité mère-fils étaient négatifs pour la greffe de moelle ? Eh bien, la chef de service veut refaire des prélèvements. Ça n'en finira jamais, cette histoire… »

Jo' la remercie, puis il entre dans la chambre de l'enfant, s'assoit près de lui.

« Pourquoi, quand j'ai mal, on me dit "Chutt" ? demande No' à Jo'.

— Je ne sais pas, gamin.

— Et pourquoi l'infirmière elle tape sur ma main ?

— C'est pour faire apparaître les veines.

— Tout ce que je comprends, moi, c'est qu'on me tape alors que j'ai pas fait de bêtises.

— Tu as raison, No', tu as raison…

— Et pourquoi ils sont entrés dans ma chambre cette nuit ?

— Parce que ta température était trop haute.

— Ils m'ont fait peur, Jo'. Ils sont entrés dans ma chambre, mais moi je dormais bien et ils ont commencé à me faire des trucs. J'aurais voulu qu'on m'explique avant. Je ne veux plus être surpris comme ça.

— Je leur dirai, No'.

— Ils ont dit que c'était pas grave, que c'était juste une prise de sang, mais c'était ni aux autres enfants ni à eux qu'on le faisait. C'était mon sang qu'ils prenaient.

— Je comprends, No'.

— Donc c'est à moi de dire si c'est grave ou pas grave.

— Oui, No', oui.

— Jo' ?

— Oui ?

— Pourquoi ma mère vient moins souvent que celle de Louise, Arthur ou Ismaël ? »

Silence. La mère refuse catégoriquement de donner une explication à ses absences. Hier, à la réunion de staff, l'équipe a décidé de lui accorder un délai d'une semaine avant de faire un signalement aux services de protection de l'enfance.

On toque à la porte, elle s'ouvre.

C'est l'heure, la ponction va commencer. No' pleure, il a peur de Crinchon. Crinchon tient l'aiguille, il veut maman ; or elle n'est pas là, il y a juste Crinchon, Crinchon et son énorme aiguille.

« Je vais te tenir la main, d'accord ? »

Il n'écoute pas, se débat. On va l'endormir et il ne veut pas dormir, parce que dormir, c'est mourir un peu.

« Noah ! »

Jo' a crié. L'enfant hoquette, s'immobilise.

« Regarde-moi. »

No' regarde Jo'.

« Respire calmement, là, comme moi. »

No' respire calmement.

« Nous allons parler, d'accord, et je vais te poser des questions, et tu vas parler. Pendant ce temps l'infirmière et l'équipe feront ce qu'elles ont à faire, et tu ne sentiras rien, et tout ira bien. »

L'enfant hoche la tête, renifle, jette un regard noir à Crinchon, serre plus fort le bras de Jo'. Ses paumes se ferment en deux petits poings congestionnés, deux petites tomates. Alors Jo' lui demande s'il veut devenir clown plus tard, quand il sera grand, et No' répond non, et il le serre encore, et plus fort, et Crinchon pique, avec une précision de sous-marinier, l'intérieur de son bras, et Jo' murmure :

« Tu veux faire quoi, alors ?

— Je veux être toucheur de paysage. Maman m'a raconté que ça existait pour de vrai. Même qu'elle le faisait, avant. Pour gagner la vie.

— On dit gagner *sa* vie. Et c'est quoi, ça, toucheur de paysage ?

— C'est comme toucheuse de paysage, mais pour les garçons. »

L'enfant bâille. Ses yeux de confiture se font de plus en plus vitreux, à mesure que l'analgésique progresse dans ses veines. Jo' lui tient la main, il ne sait pas combien de temps. Elle est fraîche – froide ? Jo' se dit qu'il est stupide, qu'il devrait être partout sauf ici, qu'il regrettera le contact de cette main d'enfant froide, il n'est ni le père, ni le grand frère, il ne le sera jamais, mais il est trop tard maintenant.

« Et ça consiste en quoi, toucheuse de paysage ?

— Ben d'abord on est une fille. Après, il faut trouver un paysage… Là, on lève les mains comme un chef d'orchestre… et… on touche…

— Ah. Et on est bien payé ?

— Ben… ça… dépend… marmonne Noah de plus en plus faiblement. Est-ce que… le paysage… est… est… beau… ? »

Au bout de la question, au point d'interrogation, l'enfant dort. Les adultes soufflent. Personne n'aime ça. Personne. Une minute passe. Alors Jo' capte le regard de Crinchon, puis chuchote :

« Je voulais te remercier, pour le petit…

— Pas de quoi, murmure Crinchon. Les gosses ont besoin de grands méchants à tourmenter. Plus il est antipathique, mieux c'est. Crois-moi, je joue au Tom de *Tom & Jerry* depuis vingt-quatre ans, maintenant… Ce sera quoi, la prochaine ?

— Sucette couleur fraise, mais trempée dans de la cire rouge.

— Pas mal, juge-t-elle d'un air expert. Ensuite ?

— Ensuite, des pommes d'amour, mais sans pomme.

— Grognasse de garage à bite gangrenée de gueule à gerbe… dit-elle, avant d'ajouter, le plus naturellement du monde : Sans pomme ?

— Yep ! On garde l'amour, mais on vire les pommes. On mettra des oignons à la place… »

Mme Crinchon rit.

« C'est noté ! Et il aime quoi ?

— Quand tu lèves les bras au ciel. Comme aux toilettes.

— Jeter la sucette en l'air ?

— Ce sera bien, ça !

— C'est tout ?

— Non, quand tu cours, aussi.

— M'étonne pas, je me suis entraînée avec ma nièce. Et les cris, ça le fait rire, les cris ?

— Non.

— Alors y aura moins de cris. Dommage… Les cris, ça reste encore le plus facile. Putain de pouffiasse pouilleuse et putréfiée ! »

Après la Déchirure

Jo' et No'

Des étoiles s'allumaient çà et là, le ciel crânait : « On m'a donné du fil, une aiguille, et admirez comme je vous crée la nuit ! » C'était immense à vous dégoûter pour toujours d'avoir un toit sur la tête. En prononçant tout haut le prénom de l'enfant, une force invisible avait desserré l'étau autour de mon crâne. Une partie de moi, la plus archaïque, c'est-à-dire la plus révoltée par la mort, venait d'accepter l'impossible : un fantôme était là, oui, et tant qu'il ne serait pas rendu à sa mère il serait *mon* fardeau, *ma* mission, *ma* responsabilité.

Il serait *mon* fantôme.

J'ai sauté du parapet et atterri sur le trottoir à pieds joints, avant d'entraîner l'enfant gris à ma suite, dans le crépuscule humide de Rome, direction les Amarinis et leurs mystères.

Au cœur des ruelles, des bourrasques frappaient de front. C'était le genre de nuit où l'on rêve mille ans, mille vies et mille contes. Entre la via Porta Labicana et la via Degli Anamari, les astres ont disparu, les pavés, les murs, les passants se sont assombris.

Un Terme – statue à figure humaine posée sur une gaine en marbre – informait les touristes de l'origine du nom de la rue, une peuplade italienne très ancienne.

> Les Anamaris.
> Sauvages, ils furent, accoutrés de peaux de bêtes,
> Et dans les replis cachés d'anciennes et ténébreuses forêts alpines ils vécurent.
> Dieu les sauva.

Nous n'avons rien à craindre, Noah, ai-je dit à l'enfant. *Les sauvages ont disparu depuis longtemps.*

Comme pour me contredire, des hurlements de bêtes fauves, à glacer le sang, se sont élevés dans l'air.

Cinq ou six mecs, déboulant d'une ruelle adjacente, cinq ou six faunes vociférant, sautant, tapant dans des poubelles et les renversant. Insolents, grossiers, puants, crachant leur bêtise à la face du monde.

« Salut, la tapette ! », a hurlé l'un d'eux. C'était plutôt drôle vu qu'il était – de la tête aux pieds – attifé en femme. Du rouge à lèvres jusqu'au menton, jusqu'aux narines, jusqu'aux fossettes. Des bas résille, des talons hauts et la violence chevillée au corps. C'était un *enterrement de vie de garçon*. (Pourquoi déguise-t-on les hommes ainsi ? Est-ce risible d'être une femme ?) Je n'en menais pas large, et mon premier réflexe, idiot je le reconnais volontiers, a été de chercher l'enfant derrière moi, comme si c'était à lui que ces mots, « Salut, la tapette ! », étaient adressés.

(Il n'existe pas de mots pour les garçonnets un peu efféminés. Or, du temps qu'il existait, Noah jouait beaucoup à des jeux dits « de petite fille »... On qualifie certaines petites filles de « garçons manqués », mais on ne dit jamais « fille manquée », comme s'il y avait là quelque vérité honteuse bonne à cacher.) Les mecs s'approchaient de moi, ricanants, puant le mauvais alcool, me bloquant toute voie de sortie.

« Qu'est-ce que t'as à nous regarder comme ça, connard ? m'interpella le futur marié, porté par les rires de hyènes de la meute. Hein ? Enculé de touriste ! Baisse les yeux ! Baisse les yeux, je te dis ! »

La vérité, c'est que j'avais les yeux vissés sur la pancarte du gosse : « *Aujourd'hui, Jo', c'est mon anniversaire. Maman et moi on a sept ans !* » Il était enjoué. Moi, j'avais la trouille. Une trouille sale. Mille et une pensées se bousculaient dans ma tête mais, très curieusement, la première ne consistait pas en la meilleure manière de sauver ma peau. Je me disais : « Je ne ferai jamais d'enterrement de vie de garçon. Ou alors, je me déguiserai en homme, oui. En homme ridicule. Mais... » Stupéfaction : je ne savais pas à quoi ressemblait un homme ridicule. Je ne possédais pas cette image dans la tête, on ne me l'avait jamais montrée.

« Mmmmmouais, surenchérit un de ses potes en lâchant un mollard sur le sol, va te faire baiser, salope !

— Merci, mais ça ira, j'ai la migraine. »

L'humour ? Clairement pas la meilleure option. Duquel de ces types la première gifle est tombée ? Impossible à dire. Néanmoins, ça a largement écarté les deux berges de ma plaie au front. Un début de croûte a sauté jusque dans ses mains. Il a crié, d'un air dégoûté, l'a lancé à un pote, qui l'a envoyé à un autre, telle une patate chaude. Ensuite, malgré mes suppliques, ils m'ont allégé de ma veste.

Puis ils ont ri, frappé encore, mais moins fort ; ils n'étaient pas si mauvais après tout. Ils ont saisi les vingt-cinq euros dans mes poches (fort heureusement, j'avais oublié mon téléphone à la pension et je tenais d'Aristide la précaution paranoïaque de cacher les plus gros billets dans mes chaussettes).

« Allez ciao, petite conne ! » a balancé l'heureux élu.

Sa coupe de cheveux aurait fait se suicider un miroir, Beauté violente.

« Ciao, les gars ! Et bravo ! », j'ai dit très aimablement, en comprimant mon front.

C'était son mariage, après tout. Comment ne l'aurais-je pas félicité ?

Ils se sont évanouis dans l'obscurité, le calme est revenu aussi soudainement qu'il avait été brisé. Tout près, une église a sonné minuit. Ma tête ne saignait plus. Je tremblais de la tête aux pieds. J'avais soif. J'avais peur. J'avais absolument besoin de me laver les mains. J'en voulais à l'enfant d'être là, d'être simplement *ce qu'il était*. Or, par-dessus tout, je voulais vivre. Une envie irrationnelle, boulimique. Vivre et me laver les mains.

Sans le savoir, c'était très exactement ce que me réservait cette nuit-là lorsque, lentement, je m'enfonçai dans les ténèbres et m'apprêtai à expérimenter ma première soirée Ponce Pilate.

Une *soirée Ponce Pilate* ne s'improvise jamais et relève d'un art consommé de la mise en scène. Arborer des cheveux longs et gras, ne pas avoir exposé un centimètre carré de peau au soleil pendant une période s'étalant de dix à trente années consécutives vous permettront de vous fondre dans la foule. Pour ce qui est des codes vestimentaires, tatouages et piercings sont les bienvenus. Rimmel pour les filles, rimmel pour les garçons, poudre de riz sur les joues et « noir à lèvres ». Mû par mon instinct grégaire, j'adoptai l'allure d'un vampire au cœur brisé, blasé, taciturne et romantique, promenant par-devers moi une vague moue écœurée.

Nous avions échoué là par hasard. Alors que nous cherchions un moyen de récupérer une grande rue pour nous orienter et rentrer nettoyer ce front saignotant, j'avais trébuché sur une marche, face à une porte en pin brut, barbouillée d'un enduit vert. Des guirlandes de lierre tressées pendaient du linteau, soutenant une rosace encadrée de palmettes indigo du plus bel effet. Le tout surplombait une affiche qui annonçait : « SERATA PONZIO PILATO ». On devinait confusément, à échelle humaine, le dessin d'un Christ en croix avec des pattes velues, les pieds remplacés par des sabots de bouc. Intrigant. De vagues odeurs de jasmin, d'oranger et des remugles de sang frais flottaient sous la voussure. Quelle puissance mystérieuse me poussa en avant, alors que l'inquiétude exsudait par tous les pores de ma peau tant à cause de l'endroit où je me trouvais qu'à cause de l'agression que je venais de subir ? Je ne le saurais jamais. Mais l'enfant suivait, réclamant sa part d'aventure.

On se trompe sur Jésus, No'... S'il pouvait encore parler, tu sais ce qu'il nous dirait là, tout de suite, à toi et à moi ? Il nous dirait : « Amusez-vous, les enfants, amusez-vous ! Si vous ne vous amusez pas, je serai mort pour rien. »

La plupart des fêtards portaient des chaussures massives et noires, à bout rond. Certaines s'ornaient d'une tête de mort rouge sur le dessus, avec beaucoup de lacets et de boucles en argent. Les cognements de leurs pas lourds résonnaient plus que dix clochers de cathédrale, tandis qu'un gloubi-boulga musical bondissait de haut-parleurs savamment disposés, et s'ajoutait au bruit des chausses à coups de poum-chak poum-chak binaires, mais efficaces. Une portée de chatons tuée à coups de chiots (c'est en tout cas l'image abominable que ce bruit installa durablement dans mon esprit).

Noah, ahuri, se promenait au milieu de tous ces morts vivants : un petit espace avait été aménagé au milieu de la pièce, et trois femmes, nues, retenues par des chaînes, y pendaient depuis le plafond jusqu'au sol. Une « performance », ça s'appelle. Les artistes – qui venaient directement de New York – flottaient, les yeux mi-clos, les bras en croix, visage christique, flegmatique. Olympien. De toute ma vie, je n'avais jamais rien vu d'aussi extraordinaire que ces êtres vivants s'infligeant du mal pour se faire du bien. Je terminai un nouveau verre de vodka d'un trait, puis je m'approchai de Noah. Il me désigna la suspension *artistique* et sortit sa pancarte comme un prestidigitateur une colombe de sa manche :

« *Elles restent là combien de temps, Jo' ?*

— Jusqu'à ce qu'on les décroche ! », criai-je pour couvrir la musique, en pensant à ce que m'aurait répondu mon grand-père.

Je recommandai un verre. C'était le sixième ou le septième, impossible à dire, je déprimais. Une partie de moi regrettait que Manon ne soit pas à mes côtés... Une zombie blonde dut me prendre en pitié, car elle m'arrêta et compta le nombre de taches de sang sur ma chemise blanche. Depuis mon arrivée, je me régalais à parler italien, langue que j'affectionnais particulièrement et qui, immanquablement, convoquait en moi l'image maternelle.

« Hummmm, fit la jeune fille avec l'air de jauger un régime de bananes, je vois... Look trader bobo chic boucherie moldave... J'ADORE ! », puis elle me délivra un « ticket surprise » qui, comme son nom l'indiquait, m'intronisait *ipso facto* heureux participant d'un tirage au sort mystérieux où douze champions seraient désignés pour assurer le clou de cette *très festive* semaine, au cours d'une célébration épique ayant lieu le surlendemain. « Mais chut ! C'est une surprise ! », susurra Zombie blonde. Sans doute imaginait-elle que je ne savais pas lire, ou que je n'aurais pas la fantaisie de reconduire mes pas, mon âme et mon fantôme chétif dans cet invraisemblable trou à niaiseries gothiques… Il n'empêche : je rangeai soigneusement le ticket. Parce qu'« on ne sait jamais », comme disait mon vieil Aristide.

Derrière moi, les lumières des projos rebondissaient sur les joues de Noah, qui passait de fêtard en fêtard, ardoise à la main, interrogeant ses origines : « *J'étais qui comme bébé, Jo' ? Je me souviens pas…* »

La boîte se vida aux alentours de 6 heures. Aucun homme correspondant à la description faite par Lucinda n'avait pointé le bout de son nez. Oh, il y avait eu des tatoués, ça oui, mais aucun avec un sourire de clown taillé au cutter et évoquant un agent secret russe. J'avais pensé à la mère de l'enfant toute la nuit. Les dates des tickets retrouvés dans son bureau remontaient à sept ans, quelques mois avant la naissance de son fils. Mais pourquoi ? Qu'avait-elle bien pu chercher ici ? Et trente fois ! Pourquoi quitter Rome pour Paris juste après ? Pourquoi était-elle revenue… Maintenant ? Après… après ce qui s'était passé… cet affreux et interminable dimanche… à l'hôpital… quand elle…

J'étais trop saoul pour réfléchir. Saoul à chanter. À danser, aussi. Oh, qu'est-ce que je m'étais trémoussé ! Au moins quarante kilomètres dans les jambes !

Fin de la soirée.

Je pris la direction de la pension, pas peu fier de ma technique pour rester digne : en visant entre les immeubles, on marche à peu près droit.

Le vent a forci. Noah et moi, le cœur gonflé de joie, sommes montés vers l'azur, jusqu'à cogner nos tempes au fronton des étoiles et offrir à nos semelles un beau tapis d'étincelles électriques…

Regarde, Noah ! Les étoiles ! On se douche dedans !

Le ciel était bon pour le gosse et pour moi, il nous déclamait d'une voix d'alto un long poème étrange, où se tissait la belle histoire d'un très vieil enfant nommé Jo' que suivait à la trace un trop jeune enfant nommé No'. Ces deux-là voyageaient aux quatre coins du monde pour chercher une femme – elle les délivrerait l'un de l'autre –, mais comme le voyage était long, la fête rare, la vie trop courte, ils flânaient beaucoup, dans le ciel et les ténèbres, en faisant s'abattre sur le sol de lourds paquets de nuit. J'ai cru que les lumières des lampadaires s'éteignaient, puis je n'ai plus rien cru, je venais de perdre connaissance.

À l'hôpital

29 jours avant la Déchirure

Ils organisent une fête costumée. Le gosse veut se déguiser en kangourou, mais personne n'a ça dans ses placards. Alors Jo' rentre chez lui, achète deux mètres de tissu orange, et conçoit un truc un peu foutraque en songeant à la fille avec laquelle il a trompé Manon, pendant que Manon lui dit d'arrêter, que c'est une connerie : s'attacher aux petits qui vont partir, c'est comme cultiver un champ quand la grêle menace. Manon lui dit tout cela en pensant à Antoine, l'avocat. D'ailleurs, comme Jo' n'écoute pas, Manon part le rejoindre.

« J'y vais, j'ai rendez-vous avec une copine, dit-elle en fermant la porte.

— Oui, oui », répond Jo'.

Il termine le costume et l'apporte à l'enfant. Au début, hum ! hum ! hum !, Noah paraît un peu fâché, ce n'est pas abouti, il aurait voulu un vrai costume avec (pourquoi pas ?) de la vraie peau de vrai kangourou, mais il teste les coutures apparentes, qui tiennent le coup, il aime l'amplitude de l'habit, la fantaisie du costume, évalue la longueur de l'appendice caudal, le moelleux des oreilles, et finalement hausse les épaules, ce sera donc ça, allons, que voulez-vous, l'enfant ne choisit plus rien dans la vie depuis longtemps déjà…

L'infirmière a cuisiné des crêpes, des frites, des barbes à papa, c'est la fête, et les filles de l'animation gonflent des ballons, tandis que les aides-soignants organisent des courses de karts pour les gamins avec de petits véhicules en carton. Vroum-vroum, ils filent à travers les couloirs. Noah, lui, *boing !*, Noah sautille, *boing !*, *boing !*, prend son rôle extrêmement au sérieux, *boing !*, prend aussi des frites, et des churros, en prend trop, alors il les fourre tous directement dans la poche ventrale de son déguisement.

« Regarde, Jo' ! J'ai déjà le cornet de frites, moi ! »

Puis Jo' et No' s'approchent subrepticement des pommes d'amour, gardant l'amour, son caramel rouge, mais virant les pommes, y plongeant des oignons à la place… Personne ne voit rien, et tous croquent le vernis écarlate. Mme Crinchon jette sa pomme d'amour en l'air très haut, oui, très haut, en jurant, mais sans crier, et No' rit, il rit très fort, et c'est une bien belle après-midi. Le soir, quand ils ont tout nettoyé, Jo' le porte parce qu'il est exténué, et No' lui dit :

« Demain, c'est sûr, elle reviendra. Elle me l'a juré… »

Puis il tombe endormi dans les bras de Jo', et Jo' sent ses petits bras de marsupial pendre, ballants, de chaque côté de son cou, et c'est comme ça qu'il le couche dans son lit d'hôpital, déguisé en kangourou, et c'est comme ça qu'il passe la nuit, Noah, en kangourou, tout droit jusqu'au matin.

Après la Déchirure

Histoire de Maria

Quand je repris mes esprits, j'étais étendu sur le canapé du hall de la pension. Le tohu-bohu des voitures sur la chaussée, mêlé aux voix des hommes, traversait les murs fins comme du papier à cigarettes. J'en tirai l'impression d'avoir dormi à même le macadam, ou que l'édifice tout entier était en carton. Pozzinina et Lucinda, penchées sur moi, devisaient à voix basse.

« Hé, hé, Pozzi ! T'sais comment on s'y prend pour faire descendre un gothique d'un arbre, hein, t'sais ?

— Non ?

— On coupe la corde ! »

J'entendis la vieille dame rire, mais grommeler juste après :

« Ohhhh ! Lucinda ! Il ne faut pas rire de cela… Ça recommence, tu vois ? Comme avec Maria… Il faut l'aider, ce petit…

— T'sais même pas qui c'est, Pozzi ! Il déboule, boit, s'écroule, raconte cette histoire terrible et toi, toi t'gobes tout... »

Je fis le mort et dix minutes s'écoulèrent, durant lesquelles elles s'inquiétèrent, se disputèrent sur mon sort et s'agitèrent tout autour de moi. De temps en temps, Lucinda répétait à voix basse : « Antonia, you hou, Antonia, il faut te réveiller. » Au loin, une cloche se mit à tinter, bientôt suivie par une autre, puis une autre, puis elles furent bientôt des dizaines, des centaines à sonner (trop fort à mon goût). Il était midi. Je tournai lentement la tête, entrouvris les yeux et sentis mon cœur battre plus fort : au pied du canapé, Noah dormait, couché sur le côté, beau, lumineux, la figure paisible, olympienne, limpide, m'évoquant un petit frère inquiet ayant veillé son aîné malade toute la nuit avant de s'abandonner, au petit matin, enfin au sommeil. Je levai un bras mou et demandai un verre d'eau pour adoucir ma bouche sèche et pâteuse.

« Autre chose ? fit Pozzinina en me posant un linge humide sur le front.

— Je voudrais qu'on prenne ma tête, qu'on l'emporte dans un panier et qu'on la jette dans une rivière... »

Pozzinina refusa poliment tandis que, à demi-mot, Lucinda laissait entendre que cela pouvait s'arranger.

En vérité, l'impression d'avoir été réveillé à coups de pelle ne me quittait pas et j'hésitais entre un Doliprane et une euthanasie. On me donna donc à avaler un Doliprane, puis j'insistai longuement pour me laver les mains. Tout en les savonnant, je m'enquis de la manière dont j'avais échoué là.

L'alcool, la fatigue et l'exaltation de la danse avaient eu raison de moi : je n'avais jamais atteint ma chambre, et m'étais écroulé, fiévreux, ronflant, à même le sol carrelé de l'entrée de la Pension Lili…

« Mais je n'étais pas ivre, protestai-je faiblement. Juste fatigué ! »

Lucinda soupira. Pozzinina posa sa main devant sa bouche, puis fit virevolter ses doigts dans les airs, en un vrai ballet de mots : « Bambino, bambino ! Pas à nous… Tu étais tellement gris, on t'a assis sur notre canapé, et tu as essayé une heure durant de mettre ta ceinture de sécurité ! »

De la fièvre s'était ensuivie au cours de laquelle, *a priori*, j'avais déliré.

« Tu nous as tout raconté, dit-elle.

— Raconté quoi ? »

Pozzinina jeta à sa collègue plus jeune un regard en coin. Lucinda, impassible, me fixait avec un visage aussi blanc et aussi dur que l'ivoire.

« Eh bien… Cette histoire… Avec le petit… Comment s'appelle-t-il, déjà ?

— Noah. »

À l'évocation de son nom, l'enfant gris s'éveilla, sa blouse d'hôpital glissa, dénudant une épaule. Je laissai tomber mon bras pour remettre le tissu en place du bout des doigts, mais ma main traversa du vide et renonça.

Salut, murmurai-je. *Je suis là.*

L'enfant contracta le front, les joues, les lèvres et ce fut presque un début de sourire. « On y arrivera à sourire, pensai-je, un jour, on y arrivera… »

« Oui, oui, on sait que tu es là, fit Pozzinina, on a tenu ta tête au-dessus des toilettes, nettoyé ton vomi, alors on sait ! Tu pleurais sans t'arrêter ! Il en a fallu, des mouchoirs, pour sécher tes larmes ! C'est pas joli, joli, ce qui vous est arrivé, ce dimanche-là, dans cet hôpital…

— Vous allez m'aider, maintenant ? l'interrompis-je aussitôt, car je refusais obstinément d'ouvrir la porte aux souvenirs. (Chaque fois que je pensais à la chambre d'hôpital où la mère de l'enfant avait… s'était… Bref, j'avais mal depuis le haut du crâne jusqu'aux genoux, et l'enfant avait la taille exacte de cette douleur.) Hein ? Vous allez m'aider à trouver Maria pour qu'elle me débarrasse de ma souffrance et de son fils ? »

Pozzinina observa sa collègue avec intensité, indécise quant à la marche à suivre. Lucinda me tendit un chiffon pour que je m'essuie les mains. Deux infirmières un peu déglinguées, c'est l'image qui apparut immédiatement dans mon esprit. Quoi que j'aie raconté cette nuit, le changement chez Pozzinina était notable. J'avais touché quelque chose de profond en elle, un noyau d'émotions anciennes, une mémoire maternelle…

« Je ferai ce que je peux, promit Pozzinina. Maria est partie il y a plusieurs jours… Nous ne savons pas où elle est, et son comportement était si… si effrayant… à la fin… »

Elle se tourna de nouveau vers la femme en fauteuil roulant, guettant son approbation. Lucinda balaya l'air d'un revers de main, comme pour se décharger de toute responsabilité.

« Vas-y, Pozzi, après tout, raconte ! C'est *toi* qui veux l'aider ! »

Plus que jamais taraudé par l'idée de percer les mystères entourant les origines de Noah, pressé de le rendre à sa maman et de reprendre ma vie d'avant, je me mis à l'aise sur le canapé et tendis une oreille attentive.

Maria avait emménagé ici lors de son entrée à l'université, il y a neuf ans. Locataire modèle, elle disait bonjour, au revoir, payait toujours à l'heure. Rentrait tôt le soir, étudiait tard, faisait ses prières. Blonde, fraîche, parfois grave, ses rares, mais très longs silences trahissaient une intense vie intérieure qu'elle consignait, détaillait et ordonnait dans des carnets d'écriture. Des dizaines et des dizaines de carnets à spirale auxquels elle confiait ses grandes joies et ses petites peines. Elle achetait des vêtements trop petits, se promettant de les mettre plus tard, quand elle aurait perdu quelques kilos… Aussi, régulièrement, elle accrochait au-dessus de son lit une photographie ou un tableau, qu'elle négociait au mieux à de jeunes artistes ; toutefois, c'était bien là sa seule coquetterie. Sitôt qu'elle avait l'impression de ne plus voir la toile, c'est-à-dire de s'être habituée à la beauté, elle la décrochait, la donnait aux logeuses, puis en traquait de nouvelles.

Ses logeuses avaient su véritablement quel type de femme elle était le jour où elle avait passé le hall, un chiot estropié dans les bras…

« … Un bâtard à trois pattes. Lui a fabriqué un minuscule harnais, prolongé d'une tige montée sur roulette. L'a appelé Gatsby. Parce qu'il était "magnifique" d'après elle », expliqua Pozzinina en faisant la moue (elle n'avait pas dû lire le livre).

J'écoutais attentivement, l'estomac au bord des lèvres. J'aurais volontiers couru vomir aux toilettes, mais mon âme me hurlait d'écouter scrupuleusement tout ce qui allait être dit.

« Maria avait une amie d'enfance, Elisabetta Lustel. Nous l'avons hébergée quelque temps, elle aussi… La pauvrette, un accident lui a coûté une main à l'âge de six ans. On ne la voyait pas souvent rire, sauf quand Maria était là. Y a des êtres, ils sont miraculeux. Une caresse. Un mot. Un sourire. Et c'est toute votre existence qui devient meilleure. Maria, c'était ça. Hein, Luci ? »

Lucinda se tortilla sur son fauteuil, mal à l'aise. Sous ses dehors rétifs, je devinais un feu couvant sous les braises, comme tous les individus perdus à jamais pour la tendresse et qui, pour ne pas avoir été assez aimés, sont incapables d'amour.

« Elle a offert Gatsby à Elisabetta le jour de son dix-huitième anniversaire, reprit Pozzinina. Ça et une prothèse de main, pour laquelle elle avait organisé une cagnotte dans le quartier et à l'université. Elle a dû y mettre toutes ses économies, aussi… »

Pozzinina s'interrompit une seconde, ferma les yeux, convoqua le passé.

« As-tu lu ce que je t'ai donné hier ? »

Je fouillai dans mes poches et sortis l'article pour le rendre à ma vieille logeuse. Celle-ci le relut, soupira, le colla contre son cœur, un sourire nostalgique jouant sur son visage ridé comme un vieux carré de soie carmin oublié au fond d'un tiroir.

« Et avec ça, autant de compassion que de force de caractère… murmura-t-elle en agitant le papier. Elle avait l'air d'une innocente petite bourgeoise anglaise, mais aurait pu sûrement briser les genoux de n'importe qui !

— Que s'est-il passé, ensuite ?

— Elle est partie en voyage en Israël, pour y mener son projet d'étude.

— Quel projet ?

— Dieu, le sexe et les femmes… (Elle écarta les bras, manière de convenir "vaste sujet !") Maria avait fait un rêve, une nuit… Une statuette de Vierge… Maria était persuadée que cette statuette avait un secret à lui dire… »

Mon cœur manqua un battement à l'évocation de la statuette avant de tout à coup trotter à toute vitesse. Pouvait-il s'agir de la même étrange prémonition ressentie lors de ma visite à la chapelle de l'hôpital ?

« Jérusalem, Bethléem, Golgotha, le jardin de Gethsémanie… Elle y est restée presque trois mois. On avait reçu quelques nouvelles, on ne s'inquiétait pas.

— Vous les avez, ces lettres ?

— Non… On les a jetées, je crois… (Elle se tapota les lèvres, songeuse.) Quoique. Peut-être que… »

Pozzinina se leva et partit décrocher une carte postale allongée, jaunie, épinglée sur le tableau en liège de la réception. Des petits bateaux de pêcheurs, bleus. Des maisons basses, rondes et blanches, tombées sur la ville comme des mies de pain. En bas, à droite : port de Jaffa, Israël. Au verso, une belle écriture serrée et vive, à demi effacée, emplissant chaque centimètre carré. Je pliai la lettre et la glissai dans une poche. Son contenu allait nécessiter plus d'attention que je ne pouvais lui en consacrer pour le moment. D'un signe de tête, je signalai à Pozzinina de continuer son récit.

« Elle y était partie pour trois mois ; or elle est revenue deux semaines plus tôt, sans prévenir. Elle est restée avec nous deux mois, deux mois et demi peut-être, puis… (La voix de Pozzinina se mit à trembler.) Elle a abandonné ses études. Son comportement a changé. Des bruits ont couru…

— Quels bruits ?

— Qu'elle fréquentait des quartiers malfamés de la ville… Qu'elle sortait tous les soirs… Qu'elle participait à des fêtes… *particulières.* »

Pozzinina se signa, et je crus entendre « messes noires » filtrer entre ses lèvres. À ces mots, un tourbillon d'émotions violentes et d'images incontrôlables m'assaillirent et cheminèrent profondément en moi. Comme si ce détail avait mû en lui un ressort mystérieux, l'enfant gris se leva, gagna l'extrémité du canapé, remonta ses genoux jusqu'au menton, puis entoura ses mollets maigres de ses bras.

« Que faisait-elle dans ces soirées ? »

Lucinda, les mâchoires serrées à s'en fendiller le bridge, les yeux rivés sur la moquette verte de l'entrée, évitait mon regard. J'eus, instantanément, la conviction qu'elle était au courant et me cachait la vérité.

« Lucinda ? », fis-je d'une voix timide.

Sans relever, Lucinda roula jusqu'au bureau en Formica, revint avec une compresse qu'elle appliqua brutalement sur mon front brûlant en grognant. « Tiens, occupe-toi d'ça, Antonia, tu taches ! » Elle écrasa un caillot encore fragile et le rompit : un filet de sang me coula entre les yeux, un éclair de douleur me vrilla le crâne.

« On ne sait pas, reprit Pozzinina avec douceur pour compenser la brutalité de son amie. En revanche, elle y allait tous les soirs... On retrouvait les tickets d'entrée sur la moquette de sa chambre. Quatre mois après son retour, elle a disparu du jour au lendemain, en abandonnant son logis tel que tu l'as trouvé. »

Pozzinina vint se placer derrière moi et déposa sur mes épaules un gros chandail marron. Sans la veste d'Aristide, je me sentais nu.

« Garde-le, dit-elle. On en a d'autres.

— Merci, dis-je, surpris de sa gentillesse.

— Nous sommes restées sept ans sans nouvelles.

— Sept ans ? Et vous avez laissé la chambre comme ça ? m'étonnai-je.

— Bambino, si tu loues la chambre d'un disparu, il perd le chemin du retour et il ne revient jamais ! De toute manière, c'était pas les clients qui se bousculaient… On a récupéré un peu d'argent avec les toiles et toutes les photographies qu'elle nous avait laissées. Les années ont passé. On y pensait de temps en temps, à Maria. Elle nous manquait. Pour s'aimer, il faut semer, et Maria avait toujours été d'une patience de jardinier avec nous. Nous étions un peu comme ses tantes, ses petites chéries… Lucinda craignait une noyade accidentelle. Un coup de trop, et plouf !, au fond du Tibre… Moi, je pariais sur la traite des Blanches… Un grand magasin, une cabine d'essayage, et couic ! on vous kidnappe et vous terminez dans un bordel aux Antilles à vous faire passer dessus par le roi des Indes et toute sa suite ! Alors, imagine un peu notre joie quand nous l'avons vue débarquer en trombe il y a deux semaines. Elle se tenait à ta place, avec sa petite robe beige qui lui remontait au-dessus des genoux et des cernes qui y descendaient presque ! C'était si bon de la savoir en vie. Si bon.

— Que voulait-elle ?

— Nous embrasser, puis se débarrasser de quelques affaires.

— Quelles affaires ?

— Vêtements, feuilles de cours, vieilleries… énuméra-t-elle. Même son projet d'étude !

— Celui sur les femmes et les monothéismes ?

— Oui, toutes ses notes, sauf son journal intime, celui où elle racontait sa vie d'étudiante ici, avec nous, puis son voyage à Jérusalem. Elle consignait tout dans un carnet à spirale de couleur bleue. Maria a entassé le reste dans la cour. Elle a versé une bouteille d'alcool dessus et allumé un feu. Ses yeux brillaient de rage ! Une colère du diable ! Elle voulait y jeter sa bible et sa Vierge aussi (les deux vieilles se signèrent), mais nous les avons récupérées…

— Quelle Vierge ?

— Celle dans sa chambre. Celle de son rêve… »

Pozzinina souleva son gros corps et lui apporta une petite icône en plâtre tachée de suie, dissimulée dans le bar de l'accueil. Je la posai sur le sol, bouleversé. C'était l'exacte réplique de celle de la chapelle, à l'hôpital !

« Maria se frappait la poitrine en gémissant, elle hurlait que la religion était une foutaise. "Une maladie des yeux, et moi je n'en serai plus jamais malade !" Pourtant, elle pleurait beaucoup en criant ça, même qu'elle était loin d'avoir les yeux guéris… "Je vous promets, j'ai vraiment fait de mon mieux, mais je n'ai pas réussi…" Puis elle a tapé contre les murs, avant de s'écrouler, épuisée, les poings en sang, en marmonnant encore et encore que Dieu l'avait abandonnée, en nous parlant de son fils… »

Je me sentis submergé par une gêne profonde, poisseuse. Vouloir trouver la maman de Noah et lui rendre le fantôme de son petit garçon étaient une quête légitime, mais là… Pénétrer son univers si profondément ? Retourner son passé à grands coups de pelle ? J'aimais soulever les pierres et regarder dessous, pourtant une partie de moi refusait d'en savoir plus, m'intimait plus de réserve et de respect.

« Quand est-elle repartie ? demandai-je malgré tout.

— Trois jours avant ton arrivée. »

Aussitôt, je revis l'avertissement laissé sous ma porte par cet homme effrayant qui semblait la connaître et ne pas vouloir qu'on la retrouve… Et si Maria était en danger ? Sur le côté, Noah faisait mine de tirer sur ma manche pour que je pose la seule question qui l'intéressait.

« Où est-ce que…

— Je ne sais pas, me devança Pozzi qui lisait mes pensées avec la facilité d'une mère. Trouve Elisabetta ! Elles étaient comme deux sœurs. Elle travaille au… au… (La vieille sortit la langue, la coinça sur le côté, enfouit une main dans son tablier et farfouilla.) Où ai-je mis mes affaires ? »

Elle dégota un stylo, puis un carnet Moleskine sur lequel elle griffonna une adresse.

« Oh, et puis tu verras bien où elle travaille ! Vais pas te gâcher la surprise ! Je suis sûre qu'Elisabetta en sait bien plus que nous. Mais j'ai… (Elle marqua une pause, déglutit difficilement.) J'ai très peur de ce que tu découvriras… »

À l'hôpital

27 jours avant la Déchirure

Jo' entre. Les yeux de No' sont fiévreux. Rouges, tout plissés, lui conférant des airs de chiot blessé.

« Ils ont installé Romain chambre 33, dit-il en tressaillant.

— Et alors ?

— Les autres disent que les enfants qu'on emmène là-bas ne reviennent jamais.

— Quels autres ? Il ne faut pas croire tout ce qu…

— Ismaël, Louise et Arthur, coupe-t-il Jo' en se mordillant la lèvre inférieure. Ils me l'ont dit.

— Ismaël, Louise et Arthur sont grands. Ils devraient tourner sept fois leur langue dans leur bouche avant de raconter… n'importe quoi ! La 33, c'est juste une chambre. Ne t'inquiète pas, je t'assure que…

— Alors pourquoi ils ne reviennent pas, les enfants ? Hein ? Pourquoi ?

— Je…

— Il se passe quoi quand on meurt, Jo' ? »

L'esprit du jeune homme se tend.

« Quand on meurt ? Eh bien… Eh bien… Quand j'avais ton âge, mon papi me racontait qu'on apparaît derrière les gens qu'on a aimés et qui nous ont aimés. »

L'enfant se tourne : le mur, blanc, avec une petite horloge numérique accrochée dessus.

« Juste derrière ?

— Non… Oui… Enfin… Pas au début, me disait mon grand-père… Au début, on apparaît devant, sur les côtés, partout. Ensuite, le temps passe, et on guérit. Alors les morts restent derrière.

— Toujours ?

— Non ! Si tu te promènes dans les rues, seul, à 6 heures du matin, sans que personne te voie, après avoir consommé pas mal de jus de fruits pour adultes, tu peux t'élever dans les airs, et whoushhh !, danser avec eux, plaisante Jo', les mains jointes puis grandes ouvertes pour mimer un oiseau.

— Comme ça ? dit No' en refaisant le geste.

— Comme ça. Il suffit de le vouloir et de faire un pas de côté.

— Et ma mamie Anna ? Maman dit que mamie Anna était une héroïne et qu'elle a sauvé une petite fille de mon âge, il y a longtemps. Maintenant, elle n'est plus là. Est-ce qu'elle a froid ?

— Bien sûr que non. Elle n'a pas froid, elle n'a pas faim, elle ne manque de rien, et… Elle… Tu… Merde… (L'esprit de Jo' s'emballe à toute vitesse, inversement proportionnel à son débit de paroles.) Tu... Tu sais pourquoi ? »

Noah fait non de la tête.

« Parce que... »

Les yeux du gamin, immenses points d'interrogation, sont comme un lieu blanc, là, vidé de toute difficulté, de toute tristesse, sans mort, sans douleur, où seule l'imagination déciderait du sort des Hommes et des cités des Hommes et du monde des Hommes. Ce que va dire Jo' doit être à la hauteur des attentes du gosse, de cet endroit immaculé que sont ses yeux. L'enfant n'a jamais autant ressemblé à sa mère qu'à cet instant.

« Si les morts ne manquent de rien, No', c'est parce que tous les objets que nous abandonnons, les vêtements comme les restes dans nos assiettes, tout ce qui se jette, tout ce qui se brûle, tout ce qui se perd... tout ça apparaît de l'autre côté.

— De l'autre côté ?

— Bien sûr, c'est comme ça que les gens que nous avons aimés peuvent continuer à s'habiller, manger, boire et vivre presque comme avant...

— Mes jouets aussi ?

— Toutes les peluches que tu as abandonnées, elles sont dans les bras de ta mamie Anna, maintenant. »

Silence. Silence lourd, même.

« Qu'est-ce que tu voudrais faire ? demande Jo', espérant changer de sujet.

— Du vélo ! J'adorerais faire du vélo ! »

Son visage se décompose.

« Mais il fait froid, constate-t-il. On m'a interdit de sortir, "c'est à cause des globules", a dit Crinchon.

— Je m'en doutais. C'est pour ça que… j'ai apporté ça ! annonce triomphalement Jo' en sortant du dentifrice de sa poche. La maman d'Ismaël a offert trois paquets d'Oréos à l'équipe. La Crinche les a mis sur la table de la salle de repos. Ça te dit ? »

Ils passent les deux heures qui suivent à racler, jeter, remplacer la crème blanche coincée entre les biscuits noirs par la pâte dentifrice. No' oublie le vélo. À vrai dire, il oublie même que ça existe, le vélo.

Quand, le lendemain, Jo' entre dans la chambre, elle est là.

Blonde, un peu maigre, au physique passe-partout, des taches de rousseur qui lui grignotent les joues (comme le fils), et des yeux fuyants qui lui donnent l'air de ne pas être à sa place, de déranger les autres. Des cernes et une barre verticale au milieu du front, creusée par les soucis, elle est enveloppée d'un long manteau en cuir, col en fourrure, et serre No' contre elle.

C'est la mère ! La mère est là, *enfin* !

Des jours et des jours sans visite, et elle débarque.

Jo', sentant la colère monter en lui, remonte ses manches…

Après la Déchirure

Jo' et No'

L'après-midi suivante fut si fantastique, si incroyable, que j'ai longtemps reculé avant d'en parler, par peur de paraître encore plus dérangé.

J'avais décidé de m'accorder une journée de repos, tant pour digérer ce flot d'informations – je m'étais enfoncé dans ces confidences comme dans un marécage froid – que pour récupérer de ma folle nuit.

Maria, m'avaient confié mes logeuses, avait des habitudes. Elle chérissait la pâtisserie fine, la mer, le cinéma et le pape. J'ai désiré suivre ses traces : déguster le meilleur tiramisu de Rome chez Pompi via Albalonga, assister à la relève de la garde vaticane, puis visiter les anciens studios de Cinecittà où le fantôme de Visconti tourne avec des fantômes d'acteurs.

Dehors, le ciel était laiteux, mais gagnait en intensité à chacun de nos pas. Je pensais à la lettre dans ma poche, qui frottait sur ma cuisse et m'obsédait comme un caillou dans une chaussure. Je n'étais pas encore prêt à la lire.

Maria. L'histoire de Maria. Le secret de Maria. La colère de Maria. Je pensais à elle et, invariablement, les yeux d'or de Manon, son petit nez retroussé, sa bouche pulpeuse venaient se superposer au visage de la mère. J'imaginais Manon, hospitalisée pour « phobie d'impulsion ». Je la visualisais, jeune maman, niant regretter avoir enfanté Noah, car avouer cela, c'était transgresser une norme sociale bien établie, celle qui veut que les mères ne regrettent pas, ne regrettent jamais, et préféreront prononcer des phrases telles que « Jamais je n'aurais pensé que c'était si dur… », ou « Ça change la vie… »

Fatigué de marcher, pressé de me réchauffer, je me suis rabattu sur un vélo. J'en louai un de bonne heure et de bonne facture, puis je pédalai à fond aux quatre coins des sept collines, le gosse sur le porte-bagages, la nuque renversée en arrière, son minois tout entier donné au ciel. À chaque coup de pédale, l'enfant gris perdait des petits paquets de soleil qui retombaient sur le sol comme des semis. Il ne pesait rien, ou si peu. Vingt et un grammes, au mieux. Tout effilochés de lumière, nous avons descendu la via della Correiliazione et poussé jusqu'à la plage d'Ostie sur les traces de sa maman ; là, j'ai couché mon vélo sur le sable. Le spectacle était immense. Partout le flux, le reflux, partout des crêtes s'élevant, ployant, retombant, partout le ciel, partout les crabes et leur allure d'araignées en armure, partout l'enfant, qui jouait avec les coquillages, dans un bruit de grelots. Petit, on m'avait effrayé : les conques étaient les os de la mer, le squelette des marins noyés. « Un matelot de moins, trois bigorneaux de plus, Jo' ! », m'avertissait Aristide.

Bien sûr, je n'ai pas parlé de squelettes à l'enfant. Ça a besoin de rêver les gamins, et « Dans la vie, Jo', il faut bien savoir choisir ses mensonges », proclamait encore mon grand-père. Je me suis élancé sur la berge, libre, léger, les bras largement écartés, courant à perdre haleine, dans un mouvement d'abandon heureux. Le vent, le froid, les embruns, je me sentais en vie. L'enfant gris suivait ma fuite, mais sans se presser, les pieds pataugeant dans la bave marine. Plus haut, sur le sable sec, le sol était jonché d'emballages de bâtonnets glacés. Nous avons gagné le bout d'une jetée où un pêcheur tenait mollement sa ligne. Un poisson tournait dans l'eau bleue, autour de l'hameçon… *Tu vois, Noah, si j'étais le poisson, je ne ferais pas ça.* Le poisson était un poisson, il a donc mordu à l'appât. Et le pêcheur, qui était pêcheur, l'a sorti de l'eau en poussant un cri de joie. Et moi, moi qui suis gourmand, l'instant d'après j'étais installé à la terrasse d'une brasserie dévorant des conchiglioni farcis aux anchois, accompagnés de filets de rouget poêlés au pesto et au fenouil.

Je me suis senti enfin disposé à lire la grande carte postale envoyée par Maria à Pozzinina et Lucinda lors de son voyage d'étude à Jérusalem, peu de temps avant que sa vie s'effondre, se fende, se disloque en mille morceaux. Je l'ai tirée de ma poche. L'écriture y était minuscule, serrée. Maria débordait de mots, n'arrivait pas à choisir.

Mes petites chéries,

Après un départ mouvementé et un commandant de bord obtus souffrant d'un vocabulaire limité, mon vol est parti et je suis bien arrivée. Tout va bien, et tout est beau. Je visite Jérusalem en bonne compagnie, prends des notes, et avance sur mon projet d'étude. Ce matin, port de Jaffa. J'ai observé les marins partir, puis revenir à la nuit tombée. Quelle émotion, mes petites chéries, quand rentrent les marins ! Tous ces muscles qui roulent, quelle beauté ! Que j'aurais voulu que vous voyiez cela : les cales de leurs bateaux étaient chargées de butins écailleux et luisants, les pêcheurs criaient très fort, très joyeusement, beaucoup de choses, à beaucoup de gens. Ils jetaient leurs filets, ça ruisselait, les couleurs de la pêche étaient comme mes émotions : puissantes. Ça fleurait bon la mer, les secrets enfouis de l'océan apportés à la lumière du monde des hommes, des hommes qui soulevaient des caisses, cognaient le bois contre le bois, tendaient puis détendaient des treuils, s'apostrophaient à pleins poumons. Comme tous ces gens étaient dans la vie ! Une vie belle et ancienne, machinale et facile !

Un pêcheur m'a proposé d'approcher et de participer. En moins d'une minute, une prise ! La chance du débutant. Le pauvre poisson tressautait sur le sol, il s'étouffait. Entre deux branchies, un souffle. Toutefois entre deux souffles d'une seule branchie, vous ne me croirez pas, mes petites chéries, il m'a semblé apercevoir une forêt de cerisiers en fleur !

C'est quand même très mystérieux, la nature, mes petites chéries, même que le cœur d'une baleine est si grand qu'un adulte pourrait nager dedans... Pourtant, personne ne le fait, mes petites chéries, personne...

J'aurai attendu dix-neuf ans, seulement ça y est : je n'ai jamais autant éprouvé Dieu, deviné Dieu ou été dépositaire de son souffle qu'ici. Je mange, je flâne, je découvre, je ris, j'aime, je me cultive, je dors. J'ai la certitude d'être aimée, et je suis heureuse comme jamais. Toute vie devrait être ainsi : libre, pure, et sans souffrance. Je crois que je pourrais respirer seulement quand je le veux et non quand je le dois. Qui peut se vanter d'avoir connu cela à seulement dix-neuf ans ? Lucinda, un jour, je t'emmènerai faire la fête au Shoshan Bar, le bar le plus courageux du monde ! Tu ne te sentiras plus jamais triste ! Pozza, ne t'inquiète pas, j'ai relâché le poisson, il faudrait toujours relâcher les poissons !

N'allez pas croire, hein, vous me manquez énormément ! Et la chaleur de la salle à manger, le goût sucré de l'alcool de citron ou la sauce délicatement sucrée qui s'écoule des épinards lorsque, du dos de la fourchette, j'appuie sur la pâte croustillante d'une délicieuse torta Pasqualina à peine sortie des *fourneaux... Cet amour que je reçois ici, je vous le ramènerai tout entier, promis !*

Votre Maria +++

P-S : je crois qu'Elisabetta est fâchée, je n'ai pas de nouvelles et cela m'attriste. Récemment, il s'est passé quelque chose dans ma vie. Quelque chose de merveilleux, d'inespéré, de grand. Un bouleversement lumineux. Si j'en ai la force, que je trouve le courage, je vous en parlerai à mon retour et j'espère que vous ne me jugerez pas trop sévèrement.

J'ai replié le mot avec difficulté. Mes doigts pesaient du plomb. La maman de Noah… Je la tenais là, juste entre les mains… J'ai songé à Maria, Manon, mes sœurs, ma mère, j'ai oublié ce que je voulais trouver, et qui ou quoi je voulais fuir. *Qu'est-ce que je fous là ?* me suis-je admonesté à voix basse. Tout à coup, le rouget dans mon assiette m'est apparu le rouget le plus spécial au monde. Il avait mis huit ans, ce poisson. Huit ans et autant d'océans pour aller de cette carte postale au bout de ma fourchette. J'ai levé la tête. En haut, l'indigo du ciel se tachait de points d'interrogation et de mouettes aux ailes si ouvertes qu'on aurait juré voir des croix blanches. Elles dansaient. Leurs poitrails dansaient.

Eh, Noah ! Tout ça est trop beau, hein, il ne faudrait pas mourir !

J'ai eu brusquement envie de partir en voyage. Je me suis souvenu que j'étais déjà en voyage. Les avions qui passaient dans le ciel, l'Italie, ce continent que la mer continue, la vie qui va, les femmes qu'on cherche, les mères qui n'aiment plus leurs enfants, le mystère des mères, le monde lui-même, tout ça, rien ne suffit. L'absolu, ça va deux minutes. À la troisième, il manque encore et toujours quelque chose.

Où va l'espoir quand il s'en va, le sais-tu ?

En fin d'après-midi, mon front s'est remis à saigner. J'ai tapé une sans filtre à un Américain et nous avons déambulé, l'enfant gris et moi, via Delle Quinquerimi. J'ai hésité en laissant la clope se consumer sur un banc, dans un square. Des sons, des images, des émotions me traversaient. J'avais comme une idée brutale de ce que j'aurais voulu si j'avais été le gosse. Quand la dernière cendre est tombée, la Gitane est réapparue – intacte – à la bouche de No'. Il a tiré trois fois, a toussé quatre.

C'est de la merde, hein, Noah ?

Depuis le Pincio, je ne me lassais plus de prononcer son nom. Il a hoché la tête, c'était vraiment de la merde. Je me suis fendu d'un ricanement sec, satisfait. *Noah, Noah, Noah !* J'étais peut-être fou, pourtant j'étais ravi qu'il vive ça. Une première clope, c'est inoubliable.

Emballé par cet essai, j'ai aussitôt acheté un *frascati superiore* dans une *enoteca*. Un vin du Latium hors de prix. Assis sur un trottoir, j'ai vidé la bouteille dans le caniveau et les yeux du gosse ont tourné dans leurs orbites, de plus en plus vite, de plus en plus vitreux.

Je veux que tu boives tout !

Quand je me suis levé, il m'a suivi en titubant, torché comme il aurait fallu qu'il le soit, un jour, plus tard, quand il aurait *vieilli*…

Ça m'a remué. J'ai gagné une épicerie fine, et j'en suis sorti avec un panier garni. Langue de veau, abats divers, trippa alla romana… J'avais même réussi à dégoter du Casu Marzu, un fromage sarde dont la particularité est d'être littéralement infesté de larves vivantes !

Très fier de mes trouvailles, je me suis isolé dans une ruelle. Là, j'ai consciencieusement gâché les aliments en les jetant au sol.

Je veux que tu manges tout, Noah, nous ne reviendrons peut-être jamais à Rome !

Son ventre a grossi à mesure que la bouche d'égout se remplissait. Repu et satisfait. C'était déjà ça…

Le seul présent que je ne pouvais pas lui offrir, c'était sa première nuit avec une femme, parce que je ne savais pas comment faire, ou c'était trop compliqué, et de toute manière il était beaucoup trop petit. Ce moment, celui de la rencontre avec le corps de l'Autre, le gosse en serait recalé pour toujours…

À 20 h 31, via San Giovanni in Laterano, le pneu avant de mon vélo laissa échapper une plainte aiguë, puis se ratatina sous mon poids. Je me retournai pour chercher un coupable, un clou, par exemple, quand je vis No' me talonner en faisant rouler un pneumatique du bout des doigts, de plus en plus vite, par de courts et rapides mouvements du poignet, comme font les gamins dans les cours d'école avec des cerceaux.

« Inutile de tenter une réparation, pensai-je. Si le gosse joue avec, c'est que ce pneu est vraiment mort. »

De retour à la pension, j'ai rejoint la petite pièce charmante qui servait de cantine. Des jambons pendaient du plafond, avec des colliers d'ail. Tout était marron, vert, en bois ou en terre, et la décoration évoquait irrésistiblement du carton-pâte. Là, au milieu d'une ambiance de cinéma, m'attendait une bonne odeur de soupe à l'oignon : Pozzinina avait cuisiné toute la journée (et la nuit, aussi : d'après elle, l'odeur des volets repeints l'empêchait de trouver le sommeil...). Tandis que Lucinda restait en retrait, son amie papillonnait autour de moi en roucoulant, sautant du coq à l'âne, m'assurant que les ouvriers termineraient les travaux dans les plus brefs délais, jurant que la coppa était fraîche, et que je devais la manger toute parce que « les ventres sont comme la nature, ils ont horreur du vide ». Cela me fit sourire : mon vieil Aristide disait la même chose.

Le museau plein de cornetto à la crème, je partis me coucher de bonne heure. Dans l'après-midi, je m'étais procuré une minuscule veilleuse en forme de clenche de porte tout ce qu'il y a de plus banal, mais l'intérieur en plexiglas dissimulait une ampoule. Branchée, le trou de la serrure s'illuminait, et les bords s'auréolaient de diodes multicolores. Du coup, on en retirait l'impression que la prise secteur ouvrait la porte dérobée d'un palais immense comme le paradis ou je ne sais quoi. C'était vraiment très beau.

J'ai aussitôt écrabouillé l'ampoule dans la clenche à coups de talon.

Elle était pour le gosse : avant, à l'hôpital, il avait peur du noir. Maintenant que je savais comment les choses fonctionnaient – ce que je cassais/tuais/jetais était à l'enfant gris –, il ne tenait qu'à moi de le gâter. C'est d'ailleurs la dernière photo que j'ai prise de cette journée : en inclinant légèrement la photo sur le côté, on peut distinguer le gosse, accroupi au milieu de la chambre, auréolé de la lumière orange de l'ampoule brisée.

En me jetant sur mon lit, j'ai trouvé un papier plié en quatre glissé sous l'oreiller. La même écriture hachée et malhabile que la dernière fois, seulement le papier était maculé d'un sang très rouge. Frais.

```
Dernier avertissement : rentre chez toi
maintenant ou c'est fini pour toi.
```

« Tiens, pensai-je, le KGB est revenu ! »

Il était trop tard pour reculer. D'ailleurs, ce n'était pas seulement la peur qui faisait battre mon cœur aussi fort : j'étais excité. Je venais de lancer une question à No', et peut-être trouverais-je une réponse plus tôt que prévu.

Qu'est-ce qu'il y a, après ? Qu'est-ce qu'il y a ?

À l'hôpital

26 jours avant la Déchirure

Le jeune homme, sentant sa colère monter, retrousse ses manches, pèse ses mots. « Réfléchis à ce que tu vas dire, Jo'. Réfléchis bien. »

Puis il entre.

Un parfum d'abricot flotte dans la pièce, où tout semble recouvert d'une fine et néanmoins éclatante couche de lumière jaune. La mère et son fils se passeraient le soleil de la main à la main, frotteraient leurs doigts tels des silex, convoqueraient l'été comme ça, qu'ils n'éclabousseraient pas la chambre de plus de lumière !

Jo' ausculte en silence les poumons de l'enfant, la femme le tient par-devant, enfouissant son visage dans ses cheveux, fermant les yeux, entrouvrant la bouche, hébétée, ivre de l'odeur de l'enfant, du contact de l'enfant, de la chaleur de l'enfant. « Peut-on manger quelqu'un par amour ? » se demande Jo' en les observant. L'enfant lui paraît si minuscule, si léger, si… irréel… Il pourrait tenir debout au creux de ses mains sans le fatiguer.

« On va l'avoir, cette fichue maladie… Il se bagarre bien ! », dit la femme d'un ton léger, comme elle aurait dit les mots « cœur », « pétunia » ou « nuage dodu » avant de plonger de nouveau son visage dans les boucles blondes de son fils.

Elle le reniflerait, ferait sa toilette à coups de langue comme les chattes, ou lui mâcherait la viande si cela encourageait ses globules à guérir.

« Elle ne l'aime pas, elle simule », se persuade Jo' en visualisant une petite fille jouant avec sa poupée.

Comment pourrait-il deviner que pendant des années cette femme s'est sentie mortifiée de ne pas être la mère que ses collègues, ses rares amis, Dieu, les publicités pour les couches, les lingettes, les pommades anti-irritations, bref que la société tout entière voulait qu'elle soit ? Que pendant des années elle s'est reprochée de ne pas être tout le temps patiente, tout le temps souriante ? Comment le soupçonnerait-il ? La femme devant lui s'était d'abord sentie isolée dans la maternité, elle s'était oubliée dans un rôle idéalisé qu'elle n'avait tenu qu'avec peine. Les nuits blanches, les tétées, le calme, enfin, puis les dents, et avec les dents, les fièvres et les nuits blanches, encore.

À l'époque, il était arrivé à Maria de tomber sur des clichés d'elle un an plus tôt, à Rome et lors de son voyage d'étude à Jérusalem : elle avait pris dans ses mains les photos, pris dans ses mains ce visage, *son visage*, mais elle n'avait pas reconnu cette fille rieuse, cette étudiante libre et imparfaite. Avec le nourrisson, elle avait exigé d'elle-même des pensées parfaites, des sentiments parfaits, des actes parfaits. Que sa maison, son bureau, son travail soient parfaits. Que le verbe aimer soit conjugué parfaitement. Après le fiasco du groupe de parole, Maria n'avait osé s'ouvrir à quiconque : peur d'être jaugée, puis jugée, peur irrationnelle qu'on lui enlève le droit d'être mère. Il lui avait fallu sept ans et l'hospitalisation de son fils pour arriver enfin à crever l'abcès et coucher son expérience sur le papier.

Comment Jo' pourrait-il le savoir ? Il pensait détenir une vérité – un enfant est malade et sa mère l'abandonne –, mais voilà qu'il a devant lui deux êtres humains qui gloussent, se vautrent dans la joie d'un temps immaculé, vidé de toute altérité, un lieu perpétué, de la mère au fils, et du fils à la mère, un lieu qui n'appartient qu'à eux. Sans doute ces grands sourires-là naissent-ils comme les levers de soleil les plus mémorables : des nuits les plus profondes. L'enfant pardonne trop facilement à la mère ses absences.

« Qui est ta meilleure coéquipière ? », dit-elle en levant une main que No' claque en riant très fort.

Avec quelle facilité elle sort ça ! Jo' va lui dire ce qu'il pense de son comportement. Oh ça oui, il va lui dire…

Après la Déchirure

Histoire de Maria

S'il m'arrive de penser à Mme Elisabetta Lustel, ce que je revois d'elle en premier est, dans cet ordre, son sautoir de perles roses, son long corps de girafe, la joie limpide de son sourire, son chapelet en bois d'olivier. Elle devait avoir vingt-cinq ou vingt-six ans, deux ou trois ans de moins que la mère de Noah, et une certaine noblesse dans le port de tête. Une peau très blanche, aussi, en porcelaine de Saxe. Elle était la plus jeune conservatrice du musée du Vatican.

« Bienvenue, mettez-vous à l'aise, je vais nous faire du café. Pozzi et Lucinda m'ont prévenue de votre arrivée… », dit-elle en m'accueillant dans son bureau, une pièce spacieuse, au centre de laquelle se trouvaient une longue table blanche et quatre chaises. Les murs étaient recouverts d'armoires avec des livres, et plusieurs plantes en pots apportaient une touche de couleur au local.

Il y eut une minute de silence, seulement dérangée par le ronron du percolateur. Comme pour donner à notre *amitié naissante* un tour d'écrou supplémentaire, elle attaqua par la question la plus intime du monde, l'index pointé vers le plafonnier.

« Croyez-vous en lui ?

— L'électricien ? », balbutiai-je en suivant son geste.

Elle esquissa un sourire. Difficile, mais réussi.

« Non, pas l'électricien, son patron. Dieu. »

Elle désigna le ciel par la fenêtre. Dehors, sur la place Saint-Pierre, un groupe de Chinois achetait des tours de Pise en plâtre. Des souvenirs. Des souvenirs fabriqués en Chine. À l'idée de ce mensonge, mon estomac eut un léger haut-le-cœur. Plus haut, mon esprit s'agitait à toute vitesse. Je croyais en la vie extraterrestre, en la vie intérieure, aussi… Mais en Dieu ?

« Dans la Bible, il est dit que Dieu créa le monde et vit que cela était bon, chevrotai-je. Alors… eh bien… je me demande un peu… Qu'est-ce qui a déconné ensuite ? »

Son visage adopta une douce condescendance, puis se referma comme une huître. Elle me versa une tasse de café. Je la remerciai. J'avais le café, comme le catéchisme, en horreur.

« Vous devez savoir : Dieu était tout pour Maria. Tout. C'est une enfant de l'assistance publique, orphelinat de Sainte-Sophia, comme moi. Élevée par des sœurs très… conservatrices. (Elle avait une manière particulière de prononcer Maria, comme si elle titillait un aphte du bout de la langue.) Une jeune fille très pieuse. Sage et, toutefois, fantasque… »

Je m'étranglai. Ce n'était pas du tout l'image que j'en avais. Absente, démissionnaire, fuyante, irresponsable, oui, mais fantasque ?

« Quand boire, quand manger, quand parler, nous nous sentions en prison, chez les sœurs. Maria avait décidé que, dès notre majorité, nous partirions. Chacune de son côté. Moi, ce serait en Finlande, pour poser sur le sol une tranche de pain de mie sur une tranche de pecorino, et pendant ce temps Maria se rendrait à l'exact bout du monde, en Nouvelle-Zélande, avec la même mission, mais en remplaçant le fromage par du jambon de Parme.

— Poser une tran… une tranche de pain de mie par terre ? bafouillai-je sans saisir.

— Oui… »

Elle forma un cercle avec le bras droit.

« Maria voulait faire le plus grand et le plus haut sandwich du monde… »

J'explosai de rire. Elisabetta soupira.

« Deux gamines rêvant de liberté… C'est elle qui m'a aidé à accepter mon handicap, elle qui m'a offert Gatsby. C'était un chien, il lui manquait une patte et…

— Oui, oui, je sais cela. »

Si ma voix était empreinte de respect, j'avais agité les mains comme pour dire que ce n'était pas le sujet.

« Plus tard, nous avons quitté Sainte-Sophia et Maria est partie à la Pension Lili. Trois ans ont passé, mais on se voyait tous les jours… »

Silence.

« Maria a été plus qu'une meilleure amie, reprit Elisabetta. Elle a été une sœur.

— Qu'est-ce qui a changé ?

— Tout. »

Je vis, derrière ses lunettes d'écaille, passer une brève lueur d'inquiétude et de regret.

« Ça a commencé un mois d'octobre… Du jour au lendemain, elle qui n'était pas très coquette s'est mise à s'habiller, se parfumer, rentrer tard. J'ai vite compris qu'elle était tombée amoureuse.

— De qui ?

— Aucune idée. Je n'ai jamais rien su à son sujet, hormis qu'il était d'origine israélienne, qu'il l'aimait à en mourir et qu'il prenait des photos d'elle. Des dizaines et des dizaines de photos. Et dire qu'avant nous n'avions jamais eu le moindre secret l'une pour l'autre… marmonna-t-elle avant d'avaler d'un trait le contenu brûlant de sa tasse comme pour se punir de toute cette amertume en elle.

— Quel genre de photos ?

— Des Polaroid. Le corps de Maria en gros plan. Un genou, un œil, une main, une cheville…

— Osées ? »

Son pâle visage s'empourpra.

« Si je vous parle d'un tatouage sur l'épaule ou une cicatrice au visage, ça vous évoque quelqu'un ?

— Non. De toute façon, elle refusait de me le présenter. Quand Maria en parlait, elle était… déchirée. C'était son premier grand amour, seulement elle endurait un conflit intérieur terrible… avec sa foi.

— Parce qu'il était juif ?

— Je suppose, même si ça peut paraître idiot. Je me suis même demandé s'il n'était pas déjà marié. Nous dormions parfois côte à côte, et Maria gémissait dans son sommeil, elle demandait pardon comme si elle avait commis un péché impardonnable… Il avait beaucoup d'influence sur elle : peu après leur rencontre, elle a commencé à tenir des discours militants.

— Militants ?

— Oui. Sur les droits des femmes.

— Ah.

— Au début, c'était drôle. »

Me voyant froncer les sourcils, elle se sentit obligée de développer :

« À la Pension Lili, il y avait une résidente, méchante comme une teigne, aveugle comme une taupe, qui haïssait le monde entier. Les Juifs, les Noirs, les homosexuels, les francs-maçons aussi… On la surnommait la Chouette. »

Elle porta machinalement la tasse à ses lèvres, s'aperçut qu'elle était vide, la remplit de nouveau et ajouta une larme de lait. Depuis mon arrivée, elle avait gardé la main gauche dans sa poche, cachée.

« Un jour, Maria a subtilisé les clefs de la chambre de la Chouette et nous y sommes entrées. Les murs étaient recouverts de clichés représentant des chatons gambadant au milieu des champs. Maria a substitué à chaque photo des clichés de son cru : la Chouette a vécu jusqu'à la fin de ses jours dans une pièce décorée de rabbins, de corps nus à la peau d'ébène, de couples d'hommes et de femmes enlacés ! »

Elisabetta explosa de rire pour la première fois.

« Personne ne lui a jamais rien révélé ?

— Pensez donc, tout le monde la détestait ! À Noël, nous nous sommes même fendus d'un cliché où un couple de femmes noires toutes nues se... frottent... Et un rabbin gabonais... Ça existe, vous savez ! Il tient dans la main droite un compas, dans la main gauche une équerre... On l'a accroché au-dessus de son lit, à croire que c'était pensé pour ! La Chouette était convaincue qu'il s'agissait de Trudy, le plus petit yorkshire du monde... »

Nous avons ri, encore. Mes mains étaient sagement posées sur mes cuisses. Noah, bon garçon, se tenait sur un guéridon posé dans l'entrée, parfaitement immobile dans la tunique couleur beurre frais d'un enfant hospitalisé venant de subir une ponction de moelle. Tout était normal.

« Cette histoire, avec la Chouette... j'aurais déjà dû sentir que quelque chose n'allait plus chez Maria. Que le malaise était plus profond. Je suis persuadée que ce garçon lui bourrait le cerveau avec des idées sur les droits des femmes, l'égalité des sexes, l'oppression masculine, etc. »

Elle me tendit alors, dans un geste ample et solennel, une lettre jaunie, tout auréolée de café.

« Cette lettre est de Maria, elle parle de son Israélien, essaye de m'expliquer ses sentiments... »

Souhaitant être présent à Elisabetta, je roulai la lettre sans la détailler et l'empochai.

« Quelque temps après, elle est partie en voyage en Israël, pour suivre cet inconnu et mener à bien un projet d'étude : *L'invention des inégalités homme-femme dans le christianisme*. Je... Je l'ai aidée à faire ses valises. Elle bouillait d'excitation. Deux mois se sont écoulés, je recevais régulièrement des nouvelles, et tout avait l'air de bien se passer. Puis subitement, un matin – je n'oublierai jamais – je l'ai trouvée sur le pas de ma porte, hagarde, le corps décharné, le teint jaunâtre, méconnaissable. Un oiseau rapporté par un chat... »

Elle fit une pause, s'éclaircit la voix, reprit :

« Elle était rentrée de Tel-Aviv à la hâte et avait erré toute la nuit. J'ai essayé de l'aider comme j'ai pu, de lui faire vider son sac. Or quelque chose était brisé en elle, fendu, écorché pour toujours. Vodka, whisky, cigarette, cocaïne, ecstasy... Dans les semaines qui ont suivi, elle s'est mise à boire, fumer, s'enfiler toutes sortes de drogues dans les veines... Deux mois plus tard, elle s'enfuyait sans laisser de trace. J'ai appris par Lucinda qu'elle s'était installée à Paris.

— Vous a-t-elle donné les raisons de ce départ précipité ?

— Non... (Les yeux d'Elisabetta se firent fuyants.) Après... Il y a bien eu cette rumeur...

— Quelle rumeur ?

— Qu'elle avait... qu'elle était... *enceinte*. »

Elle accompagna sa phrase d'une nouvelle grande gorgée de café crème, comme pour verser une certaine cohérence à son récit, ou déchirer le voile qui venait de tomber sur notre conversation.

« Vos logeuses m'ont appris qu'elle travaillait à Paris, qu'elle aidait les femmes.

— Oui. »

Silence.

« Vous ne savez pas où elle pourrait être, maintenant ?

— Non. »

Je dus paraître immensément déçu. Girafe-Mélancolique se leva, fit le tour de son bureau tel l'animal majestueux gagnant son point d'eau. Son corps était si élancé, si long, que, le matin, quand elle se baissait pour enfiler ses chaussures, je l'imaginais presque changer de fuseau horaire. Elle s'installa à côté de moi, planta son regard sombre dans le mien comme on enfonce une petite graine noire dans du terreau.

« Quand vous la retrouverez, sauvez-la. Des autres, d'elle-même, de la vie, sauvez-la et dites-lui qu'elle a toujours sa place (elle effleura sa tempe, puis son cœur) là et là. J'ai envers Maria une dette éternelle.

— Quelle dette ? »

Je la vis triturer un secret dans sa tête, hésiter à me le confier et, finalement, se résoudre à me le livrer sans retenue…

À l'hôpital

26 jours avant la Déchirure

Jo' va lui dire ce qu'il pense de son comportement. Oh ça oui, il va lui dire :

« Vous… Et vous… avez… le… moral ?

— On va bien. On gère.

— Vous avez… un peu d'aide ? »

Jo' va lui parler. Lui demander de venir plus souvent. Mettre les points sur les i. L'enfant serre la femme et la femme étreint l'enfant. Regardez-la ! C'est facile de se pointer quand ça lui chante ! Voilà, ça y est, Jo' va s'énerver.

« Pas d'aide, dit-elle. On n'est que tous les deux, mais on est une équipe. Hein, mon chéri ? »

Les yeux clairs de l'enfant captent toute la lumière de la chambre. Aucun enfant au monde ne sait regarder sa mère avec des yeux raisonnables. Jo' est à deux doigts de lui expliquer, à cette… femme. Il a failli penser « cette mère », mais il s'est retenu.

Ce n'est pas comme ça qu'on soutient son enfant malade, non. D'ailleurs, ils ont déjà rédigé une déclaration aux services sociaux.

« Oui, maman, une super-équipe. »

Même qu'elle a dû recevoir le courrier.

L'enfant donne à la femme ses baisers de petit garçon. La femme donne au petit garçon ses baisers de maman. Ce qui est dû est donné, cependant Jo' va lui dire, oui, sauf que là, il les voit et il se sent tout empêché de quoi que ce soit : on croirait que la mère pourrait le guérir comme ça, par convection de chaleur humaine. *« Tiens, enfant, voilà toute la tendresse du monde, je te la fais passer dans le sang… Là… Tu sens ? Je la verse dans ton petit corps vide, comme on verse ces vins chauds à Noël, ceux avec des épices et des couleurs de pierres précieuses. »*

Est-ce que ça existe, les vases communicants d'amour ?

Jo' ne sait pas.

Quand il les laisse, quand il ressort dans le couloir, sans avoir rien dit à la mère parce qu'il est un jeune homme un peu lâche, un peu menteur, le seul souvenir qui lui reste c'est lui, bloqué au milieu de la coursive tel un bambou en pot. Elle lui apparaît si sombre, cette coursive !

« Ah tiens, s'exclame-t-il, c'est vrai. On est en hiver… »

Après la Déchirure

Histoire de Maria

Elisabetta ouvrit un tiroir, souleva une ramette de papier et tira vers la lumière une vieille girafe en plastique, du genre qui couine quand on la serre.

« À l'âge de six ans, en voulant rattraper ce jouet, j'ai chuté d'un quai de métro. Une femme a sauté sans réfléchir sur les rails, m'a soulevée de toutes ses forces par les épaules, puis a eu le temps de me jeter aux passants qui tendaient leurs bras, juste avant que le train ne la percute, puis me broie la main gauche... »

Elle s'interrompit une minute. J'ouvris la bouche, mais elle me fit signe de la laisser terminer. Quand elle reprit son récit, sa voix était troublée, chancelante.

« Je me souviens de cet instant précis où nos doigts se serrent, puis se desserrent, juste au moment où le wagon de tête arrive. Je me souviens que cette femme a fermé les yeux. Même qu'elle a souri, un peu, pour que je ne m'inquiète pas. Là, à la fin, elle a souri. Face au train… Je ne comprends pas. »

Bien sûr qu'elle ne comprenait pas.

« Comme ça, là, regardez. »

Les lèvres d'Elisabetta se tendirent, son visage parut serein et inébranlable. Depuis ce matin-là, sur ce quai du métro, c'était devenu *son* sourire, pour toute la vie.

« Moi, j'aurais hurlé à sa place. Oui, d'ailleurs, j'ai hurlé. »

Un frisson secoua mon corps. Je détestais la mélancolie et je détestais qu'elle me prenne par surprise.

« Pourquoi me racontez-vous ça ?

— Pour que vous compreniez la nature profonde de celle que vous cherchez : Maria, ce n'est pas n'importe qui, non, pas n'importe qui…

— Excusez-moi, mais je ne vois pas le rapport avec cette pauvre femme du métro.

— Cette *pauvre femme*, celle qui a souri à la fin et qui m'a transmis ce sourire, elle s'appelait Anna Tulith. Sa fille était avec elle ce jour-là, et elle a assisté à toute la scène. Ça ne l'a jamais empêchée ni de devenir mon amie, ni… de me pardonner. Je crois que Maria a grandi avec cette idée-là que les mères sont des héroïnes et doivent se sacrifier pour leurs petits. »

Je manquai m'étouffer. Des mères courageuses, j'en avais connues. Aucune n'aurait laissé son enfant seul à l'hôpital. J'ai cherché le gosse des yeux. Il avait quitté son guéridon et jouait, les yeux bandés. Colin-maillard, je crois. Qui tentait-il d'attraper ? La pièce me parut bien sombre, soudain, et envahie de spectres. « Il est trop pâle ce gosse, pensai-je. Trop silencieux. Il devrait manger un bifteck, un tartare, des gésiers, il est trop absent. Ce gosse manque de sang. Ce gosse manque de tout. »

« Son bébé, reprit Elisabetta en me sortant brutalement de mes rêveries. Vous l'avez vraiment connu ? Vos logeuses m'ont dit que vous l'aviez soigné. »

Une pâleur froide, mêlée de fièvre, gagna instantanément mon front. J'ai dit, avec une voix au timbre cassé :

« Non. Si je l'avais vraiment soigné, je ne serais pas là. »

Silence. Je reluquai ma montre, adoptant un air de circonstance pour hâter mon départ, cependant Elisabetta me fit signe d'attendre une seconde.

Elle tira la main de sa poche, et je vis la prothèse couleur chair qui continuait son poignet. Des poulies miniatures, des coulisses, des articulations métalliques. Ce n'était pas une main, c'était un piano.

« Pozzinina m'a rapporté ce qui s'est passé dans cette chambre, à l'hôpital... »

Je me mis à trembler de la tête aux pieds et à coller plus fort mes pieds au sol. *Raccroche-toi au monde sensible, Jo'... Respire calmement...* Elisabetta posa un regard consolateur sur moi et je la surpris à me tutoyer.

« J'aurais voulu être musicienne, tu sais ? Ce n'est pas arrivé, pourtant je n'en veux à personne. J'ai… accepté. »

J'entendis cloc ! et je la vis déverrouiller, puis poser sa prothèse sur le plan de travail.

« Tu veux toucher ? Tu peux, si tu veux. »

Je refusai poliment, son corps se pencha insensiblement en avant, si bien que je crus voir, presque physiquement voir je veux dire, le train de ses souvenirs foncer sur elle.

Le silence entre nous était oppressant. Je levai le regard vers No' pour solliciter son avis sur ces étranges collisions d'humanités qu'on appelle *une rencontre*. Lassé d'attraper des ombres, le gosse avait gagné le milieu du bureau, assis en tailleur sur la table blanche et devant un mur blanc, les coudes plantés dans les cuisses, le menton dans les paumes. Face à lui, la petite girafe en plastique qu'il couvait des yeux. Impression vive d'un étrange dialogue entre ces deux-là.

« Excusez-moi, Elisabetta, mais… cela vous dérange-t-il si je prends… une photo avant de m'en aller ?

— Non, non, vas-y. »

Je la remerciai.

« À propos ! fis-je en sortant mon appareil et en visant l'enfant. Tout à l'heure, vous m'avez dit qu'elle faisait des cauchemars, la nuit. Lui est-il arrivé de mentionner le prénom de cet homme, l'Israélien ?

— Oui. Elle le répétait encore et encore.

— Comment s'appelait-il ?

— Il s'appelait Noah. »

Il me fallut déambuler des heures dans les couloirs du musée du Vatican pour mettre mes idées en ordre.

Ce Noah, qui était-il ? Pourquoi Maria Tulith s'était-elle sentie coupable de cette relation ? Que s'était-il passé à Jérusalem ? Et où était-il ? Savait-il qu'il était père ? Que son fils portait son prénom ? Si oui, pourquoi les avait-il abandonnés ?

J'avais des oiseaux dans la tête. Un millier d'oiseaux avec des rasoirs en guise de plumes. Et des balafrés/tatoués. Les avertissements menaçants sous ma porte, qui les avait déposés ? Ma tête était une volière où bruissaient tellement d'ailes, ces questions me harcelaient tant et si bien, je ne voyais qu'à peine les sculptures. D'ailleurs, l'art, en général, je n'y entendais rien. Un bruit résonna dans mon dos : No' était drôle et beau, il aurait fallu que sa maman soit là pour le voir... Son petit garçon portait un costume de kangourou (un vrai costume, pas le chiffon couleur de citrouille que je lui avais bricolé à l'hôpital). Plusieurs fois – et c'était une première depuis que je le connaissais –, il a caracolé, puis opéré une culbute périlleuse. Ses petits pieds ont décrit dans l'air la courbe gracieuse d'un jet de fontaine qui retombe et il a atterri à califourchon sur une statue de Santa Lucìa, assurant sa prise en coinçant la nuque entre ses cuisses. Puis il a formé avec ses moufles de marsupial deux ronds qu'il a posés sur les yeux de la sainte.

Oh, regarde, No', tu lui as inventé des lunettes !

Si Santa Lucìa, qui voyait pour la première fois depuis deux mille ans, a paru très surprise de tous ces touristes qui venaient la scruter, ça je ne l'ai jamais su.

Je sentais la lettre dans ma poche, celle que Maria avait écrite à Elisabetta, je la sentais comme un cadeau qui brûle ou *pourrait* brûler.

J'aurais voulu que sainte Lucie dise au gosse qu'elle était désolée pour ce qui lui était arrivé et lui adresse un clin d'œil. J'aurais voulu que sainte Lucie nous parle de Maria Tulith : « Je l'ai observée en passer, des heures, ta maman, à errer dans ces couloirs, prenant des notes, admirant le génie humain sous toutes ses formes, rêvant, rêveuse, amoureuse... »

Je frissonnai.

J'ai tiré la lettre de ma poche, et, les doigts tremblants, je l'ai ouverte en grand.

À l'hôpital

26 jours avant la Déchirure

Des peintres viennent régulièrement : jungle, animaux fantastiques, voyages et expéditions lunaires, châteaux forts et dragons, tout est bon à peindre pour éloigner le spectre de l'hôpital dans l'esprit des enfants. Leur raconter des histoires où le bien triomphe du mal, et où la maladie est une succession d'épreuves à affronter. Mais c'est un mensonge, pense Jo', une tromperie, une mystification consentie par tous pour endormir la peur, la juguler.

Dans l'après-midi, il voit la mère de Noah venir les remercier, puis les quitter sans un regard en arrière. Dans l'embrasure de sa chambre, le petit sanglote.

Jo' retient un hurlement terrible. Ce petit qui pleure, au milieu du couloir coloré, c'est insupportable. À quoi servent les histoires, devant les pleurs d'un enfant ?

« Sa mère ne devait-elle pas rester un peu ? », murmure-t-il à Crinchon.

L'infirmière lève les bras, les laisse retomber. On dirait une lavandière. Il y a cette énorme tache, là, l'absence d'une mère, et Crinchon n'arrive pas à la faire partir, même à grande eau.

« Ce qu'elle dit chaque fois. Elle téléphone, elle s'excuse, mais elle ne reste pas. Roulure, radasse, résidus, ramassis de chiure ! conclut-elle en mettant ses deux mains devant la bouche. Désolée…

— Elle bosse ?

— Même pas ! J'ai eu son travail au bout du fil : madame a pris un congé sans solde depuis six mois, au prétexte que son enfant est très malade.

— Quoi ?

— Attends ! Le pire c'est que, quand elle appelle, elle est obligée de “faire vite” car elle “n'est pas en France et capte mal”.

— Tu es en train de me dire que… »

L'infirmière hoche plusieurs fois la tête. Jo' frappe le mur du poing, et une vague de douleur lui remonte jusqu'au coude.

« Mais c'est dégueulasse ! Elle se barre à l'étranger et laisse le petit seul… ici… à l'hôpital… »

Silence.

« Tu me diras quand tu auras les résultats ? »

Il lui donne son numéro personnel.

« Appelle. N'importe quand.

— Promis, on devrait avoir ça la semaine prochaine. »

Jo' fait demi-tour, pense à l'enfant, pense à la mort, pense à Manon, se dit qu'elle le trompe avec un autre, que ce n'est pas si grave, puisqu'il la trompe aussi : une nana qu'il a rencontrée comme ça, en boîte, mais bon, il n'y peut rien, aimer Manon, c'est dangereux, car après aimer, il y a marier, puis après marier il y a enfanter, puis construire une maison, s'endetter, devenir retraité, puis mourir, et il a peur, oui, il a tellement peur de mourir.

Il a presque atteint la sortie quand il entend l'infirmière crier dans son dos :

« Jo' ! Tu ne m'as toujours pas dit : pourquoi lui ? »

Jo' se retourne et lui sourit.

Plus tard, ce jour-là, une idée l'effleure, aussitôt pensée, aussitôt envolée : pas une fois, il n'a songé au père de Noah. Comme si son absence était plus légitime, plus normale que celle de la mère, comme s'il ne fallait pas être deux pour concevoir un enfant, que la responsabilité incombait à elle seule. D'ailleurs, il a entendu les filles parler en salle de repos : « Moi, je te fiche mon billet que si le petit est malade, c'est peut-être parce que sa mère n'est pas là… » Ou, quand elle est là, elle est trop fusionnelle, trop collante, trop ceci, trop cela, trop « comme si elle mangeait l'enfant d'un amour aussi lourd qu'une montagne ! ». Et de hocher la tête en meute : « Comme je dis tout le temps, on n'a pas encore percé tous les mystères de l'être humain… » Pourtant, Jo' se demande : « Qu'aurait-on dit si seul le père était là, à son poste de père ? Si c'était la mère qui les avait abandonnés ? »

Aurait-on prétendu : « Les globules blancs du petit fuient parce que le père est trop fusionnel » ?

Aurait-on plutôt dit : « Les globules blancs du petit fuient, parce que la mère n'est pas là » ?

Qu'aurait-on dit ?

Après la Déchirure
Histoire de Maria

Ma Liz,

J'ai cherché comment t'avouer la vérité, seulement je n'y arrive pas. J'ai peur de ta réaction, peur de te perdre. Alors, à la place, je te parlerai d'amour. Je te parlerai de Noah.

Avant Noah, tout était gris dans ma vie. Tout était mensonge. Le matin, je me levais et c'était comme si j'enfilais une peau qui n'était pas la mienne, un sourire faux, et je mettais cette peau depuis si longtemps, elle était si bien ajustée, personne n'aurait deviné les coutures de mon déguisement. Noah a déboulé dans ma vie comme le feu du soleil dans une cave humide.

Noah me répète sans cesse : « Quoi que tu puisses penser de toi, quel que soit le dégoût que tu t'inspires, tu es quelqu'un d'aimable au sens littéral du terme. »

Je le comprends et je l'accepte. Je le proclame, même. Oui, Liz, je suis digne d'être aimée. Par Noah et par les autres. Je ne me détesterai plus jamais. Plus jamais.

Noah me regarde comme personne ne m'a jamais regardée. Ses yeux paraissent neufs, jamais atteints par les souillures du monde. Avec ces yeux-là, qui lavent le monde partout où ils se posent, on oublie que tout est laid. Ces deux grandes gouttes vertes...

Tu sais, Noah a écopé de six mois de prison pour refus de servir dans l'armée israélienne... Je ne sais pas pourquoi je t'en parle, mais cela en dit tant sur sa personnalité...

Quand je suis à vélo sous la pluie, que le feu passe au rouge devant moi, et que pestant j'entends un bruit d'oie et lève la tête pour les voir passer, une cinquantaine, en un beau et immense V, quand le soir, dans le tramway une vieille dame me sourit, heureuse tout simplement, quand le matin aux aurores, je me dis que je pourrais marcher sans m'arrêter jusqu'à la tombée de la nuit, aller voir la mer et que cette infinité des possibles est merveilleuse, quand tout cela arrive, c'est Noah.

Tu dois te dire « que Maria est bête d'écrire ainsi, on dirait une adolescente ! ». Seulement j'ai dix-neuf ans, Liz, j'ai le droit, je crois. Si je n'aime pas passionnément maintenant, quand ? Si je ne *m'enivre pas de la seule odeur d'un tee-shirt ou d'un pantalon maintenant, quand alors ?*

J'ai la claire et sereine conscience d'avoir rencontré le grand amour, le seul, l'unique. Je veux vivre chaque seconde du reste de mon existence à ses côtés. Partager ses peines, chérir chacune de ses respirations. Je n'ai pas encore osé, mais bientôt j'y arriverai : je vais tout quitter pour qu'on vive ensemble, Noah et moi, à Jérusalem.

Noah me pousse à grandir, aimer la vie, m'aimer moi. Enfin.

Ton amie pour toujours,

Maria.

Le gosse pendu aux basques, j'ai replié la lettre et l'ai enfouie profondément dans mon sac, tant il me semblait que sa seule vision suffisait à convoquer Maria, à m'entraîner dans les méandres de cette âme autrefois jeune, cette belle âme amoureuse et pleine d'espérance. Résumons : une jeune fille, sage, lumineuse, la joie et la foi chevillées au corps, avait rencontré un certain Noah, Israélien et militant féministe. Un drame terrible (je n'imaginais pas, à cet instant, combien j'étais loin du compte…) avait éclaté et leur belle histoire d'amour était tombée à l'eau. Pourtant, elle avait suffisamment aimé cet homme pour donner son prénom à son enfant.

Cela n'expliquait pas les raisons de son retour ici après la mort de son fils. Recoller les morceaux de son histoire ? Errer sur les lieux de l'enfance et des amitiés juvéniles, pour, de pièce en pièce, de lieu en lieu, reconstituer la mosaïque éparse et comprendre comment sa vie avait pu foirer à ce point, comment *elle en était arrivée là* ?

Peut-être faisais-je fausse route : et si elle était revenue pour régler des comptes ? Brûler son passé, faire table rase ? Quand Elisabetta avait évoqué les soirées Ponce Pilate, elle s'était signée plusieurs fois : « C'est terrible ce que Maria faisait là-bas. Terrible… » En revanche, elle avait refusé d'en dire plus. Que devais-je en conclure, moi ?

Tiens, No', fis-je en direction du gosse, suspendu à une Diane chasseresse de marbre blanc, *tu vois un peu la terrible condition des vivants : se poser encore et encore tant de questions sans réponse !*

C'est ainsi que, progressant de rêve éveillé en rêve éveillé, j'ai atterri sous la chapelle Sixtine, où le gosse a eu l'air de perdre la tête. Il tournait sur lui-même, comme un derviche, la nuque renversée vers la coupole, l'air presque heureux.

J'ai tendu la main vers le centre de la voûte, et ce qu'on appelle communément « la main de Dieu ».

Regarde, No' ! Là… Et là… À l'époque, on voyait Dieu tendre un billet à Adam en lui disant : « Voilà 500 €, va t'acheter un pantalon et engage un avocat pour ton divorce ! »

C'était écrit à la peinture noire, dans une grande bulle blanche de bande dessinée. Le temps avait effacé toute trace du billet, des bulles et de leur discussion… Restait que la fissure qui courait entre le doigt du Créateur et celle de sa première créature, un interstice assez large pour laisser passer un insecte sans l'écraser.

Je me suis affalé lourdement sur un banc, vaincu par la vie et cette femme, Maria, affalé face à un miroir dans lequel, venant du fond de la salle, le mot ROMA se reflétait. On lisait donc : AMOR.

J'y vis un présage de première importance, comme la réponse évidente à une énigme informulée. Le gosse tournait, encore et encore. Je sortis un papier, patiemment trituré dans ma poche depuis une heure. Une entrée pour la « *grande soirée Ponce Pilate* »... J'avais très envie de savoir ce qu'était une grande soirée, je n'en avais que des petites depuis que l'enfant était là.

Elle cherchait quoi, ta maman, là-bas, No' ?

J'étais jeune, encore. Je ne comprenais pas combien certaines questions ne devraient jamais être posées, ou à la seule condition de rester toujours, absolument toujours, sans réponse.

Je regardai ma montre.

Elle est encore cassée, No' !

Il était 15 h 16 et nous étions – *encore* – dimanche.

J'ai couché avec une fille cette nuit-là, aux Amarinis. C'était la zombie blonde de l'autre soir, celle qui m'avait remis mon ticket. Elle s'appelait Cora ; toutefois, elle aurait tout aussi bien pu s'appeler Floria, ou Sophia, ou... Antonia, tiens ! J'avais décidé de tomber amoureux du premier être humain disponible pour oublier Manon, les petits seins de Manon, les yeux de Manon. Je me morigénais, « N'y pense plus, Jo', c'est le passé ! », mais toujours revenait le souvenir de l'autre, Manon, que j'avais aimée et qui m'avait aimé. Les projos colorés du plafond habillaient les danseurs d'une robe de lumière verte puis bleue, puis rouge, puis violette, violette, violette – la robe restait violette longtemps. Je me disais que la vie doit ressembler à ça, une sorte de capharnaüm bruyant où s'ouvrent des yeux multicolores, quand une fille a pris ma main, a insisté pour me payer à boire et pour danser deux minutes. Je ne voulais pas, il y avait des gens partout, et moi je danse mal, je n'avais pas assez bu, ou trop, je ne savais plus. Elle a dit : « Ce n'est pas grave, les gens n'existent pas », j'étais d'accord, c'était pas grave, les gens n'existaient pas. J'ai dansé presque une heure, elle mettait sa main dans mon froc, et moi j'étais content : ce début d'une grande et belle histoire d'amour ou, au moins, ce début de quelque chose, n'était pas si lamentable, ça existait pour de vrai. « Ça », ça existait.

Je lui ai demandé si elle venait souvent. Elle a dit oui.

« Et depuis quand ?

— Au moins dix ans.

— L'ambiance a changé en dix ans ?

— C'est beaucoup moins trash aujourd'hui !

— Et par le plus grand des hasards : aurais-tu connu une certaine Maria Tulith ?

— Maria Tulith ? Ça me dit quelque chose… »

Elle prit ma main et m'entraîna vers le bar derrière lequel étaient épinglées des dizaines et des dizaines de photos. Zombie blonde pointa du doigt l'une d'entre elles, la plus grande et la plus centrale. Je me penchai par-dessus le comptoir pour mieux examiner le cliché : je reconnus sur plusieurs d'entre eux Maria, entourée d'autres fêtards. Maria avait les yeux vitreux, les cheveux en désordre et collés sur la peau humide de son visage défait, les vêtements trempés de sueur et un air assez sinistre, déconnecté du monde. Une légende indiquait : « Maria Tulith, reine du Golgotime ». J'allais demander ce qu'était le Golgotime quand Zombie blonde m'a poussé sur le côté, vers les sanitaires. Nous avons fait l'amour dans les toilettes, moi l'embrassant, essayant de bien faire – paraît que les Français ont, dans ce domaine-là, une « réputation à tenir » –, donc moi tenant la réputation et les globes de ses fesses, elle s'en foutant, y mettant même un peu de violence, m'empêchant à jamais de pouvoir dire que ça avait été agréable. En vrai, j'avais l'impression qu'elle comptait mes dents avec sa langue.

Mine de rien, ça a fini quand même plus ou moins bien : nous nous frottions si fort qu'à 4 h 36 exactement, une étincelle jaillit entre nos hanches. Puis tout s'arrêta. L'amour fou nous a pris vingt-trois minutes. Lors de la vingt-troisième, j'avais enfin oublié l'enfant gris, sa mère et l'hôpital. Je voulais Manon. Je ne voulais *que* Manon… Comment allais-je me remettre de ma rupture ? Y arriverais-je jamais ? On tambourinait sur la porte, les gens-qui-n'existaient-pas avaient des vessies à vider. « *Grazie mille* », a conclu la fille avec l'air d'une serveuse qui rend la monnaie. Elle a remonté sa culotte, rajusté sa jupe, puis est partie rejoindre son groupe d'amis en boitillant un peu.

La nana, je me souviens avoir joui en elle, parce qu'on avait fait ça comme ça, sans capote. J'ai songé qu'il me faudrait faire des tests HIV, syphilis, hépatite B, etc., et un test de QI parce que j'étais trop con. Peut-être que, maintenant, je suis père sans le savoir ? Peut-être qu'elle appellera son fils Jo' et qu'un jour il tombera malade ?

J'ai continué à danser comme un idiot, en ruminant l'idée selon laquelle nos parents et les parents de nos parents n'apprécieraient jamais à sa juste valeur la bonne fortune d'être nés dans un monde où le sida n'existait pas, où on pouvait aimer, jouir, se quitter, sans être hanté par la mort. Un moment, vers 5 heures, ma famille m'a manqué, j'ai eu envie de hurler : « Hey, les gens ! Vous êtes tous tellement seuls ! » Je buvais, je me disais que la seule activité pire que boire seul, c'était de ne pas boire du tout, j'étais pas trop en colère, j'étais trop saoul pour ça, mais j'en voulais au gosse. No' était revenu. La nana l'avait évacué de mes pensées vingt-trois minutes, c'était tout, et ce n'était pas assez, bien sûr.

Fous le camp, Noah ! Va-t'en ! Laisse-moi, je voudrais être comme avant, ne jamais t'avoir connu ! Tu ne sers à RIEN ! lui ai-je craché, et ça a marché, je crois. Il a eu l'air touché. Il a tourné les talons, est parti de la boîte de nuit en traînant les pieds, la tête enfoncée dans les épaules, les yeux rouges, la goutte au nez. La totale. Putain, ce qu'il avait l'air triste. La vie, quelle merde ! On y blesse des gosses.

No' ! Reviens ! Je voulais pas ! Reviens ! J'irai jeter des bonbons à la poubelle, tout à l'heure !

Ça a très bien fonctionné. Trop ? Peut-être, oui… Je dansais, et lui c'était comme s'il me mourait dans la tête un millier de fois. Tout à coup, la lumière s'est rallumée, la musique a stoppé net, puis un frisson d'excitation a parcouru les clubbers, portant à son comble le sentiment d'oppression qui me submergeait. C'était donc maintenant, le clou de la soirée, le moment culminant des festivités de la semaine, le « Golgotime » !

J'avais beau me rassurer, me répétant que rien de grave n'arriverait, que j'étais vivant et en vacances, mon cœur battait de plus en plus vite, mes mains restaient moites.

La *grande* soirée allait devenir *immense*.

À l'hôpital

22 jours avant la Déchirure

« Alors, demande-t-il, s'avançant. Ces résultats ? »

Le visage de l'infirmière s'assombrit.

« Négatif. Et toujours cette maudite et mystérieuse fièvre. »

Il sent un coup dans la poitrine, comme si un mauvais génie avait placé un lance-pierre derrière son cœur et venait de lancer son palpitant devant, très loin, par terre, dans une boue épaisse et visqueuse.

« Et le père ? »

L'infirmière balaye ce mot d'un revers de main.

« Je crois que la mère vit seule. J'ai demandé au gosse, il me dit que sa maman en parle peu : je l'ai surprise en train de lui expliquer qu'il n'avait pas de père ! "Je t'ai porté, tu es né, je ne me l'explique pas"… »

Jo' fronce les sourcils.

« Quoi ? Comme Jésus ?

— Quand on essaye d'aborder le sujet avec elle, on n'en tire rien du tout. Elle bégaye, baisse les yeux et se met à transpirer. Tout ce que j'ai réussi à comprendre, c'est qu'elle aurait rencontré quelqu'un à Rome, puis que le gosse aurait été conçu à Jérusalem... J'en sais rien, moi, vois avec madame. Si t'arrives à l'attraper. C'est pas humain, ça, pondre un gamin et le laisser seul ensuite, pas correct, non... pas humain... Et le petit, il la réclame tout le temps. Saloperie de souillon spermiducte ! Troubignole de tire-couille à traînée ! » conclut Crinchon, la main posée sur la bouche, honteuse comme chaque fois que le monstre qu'elle a dans la bouche brise ses chaînes.

Le soir, Jo' feuillette ses livres, ses abécédaires, compulse encyclopédies, dictionnaires et atlas d'anatomie. Mais rien sur les mystérieuses fièvres inexpliquées chez l'enfant, rien !

Jo' croit pouvoir sauver l'enfant, or Jo' se trompe. Des milliards d'êtres humains ont cru la même chose avant lui. Pères, mères, frères, sœurs, enfants, des milliards y ont cru, y croient et y croiront encore tant que l'amour existera sur cette terre. Mais Jo' ferait tout pour ne pas regarder le réel, alors il regarde des livres.

Trois jours passent. La mère est là, revenue de voyage. D'ailleurs, note Jo', elle est *légèrement hâlée*.

Gardera-t-il son calme ? Bien sûr que non, il ne le gardera pas. Colère, joie, plaisir, honte, désir, Jo' est un être humain assez banal, soumis aux mêmes bas instincts que ses frères.

Après la Déchirure

Jo' et No'

Une trappe s'ouvrit au plafond, vers le milieu de la scène, libérant une brise fétide, une émanation nauséabonde qui nous parvint brutalement. Une carcasse d'agneau fut descendue au moyen d'un treuil de bateau, à grand renfort de « hi ! » et de « ho ! ». La salle entière retint son souffle. L'enfant gris s'est rapproché, presque à me toucher. On l'aurait cru apeuré ; seulement, c'était difficile à dire, c'était la première fois qu'il exprimait ça, *la peur*.

Les gens autour ont sorti leurs tickets surprises. J'ai suivi avec le mien. Des chiffres défilaient sur un écran. Il tenait une petite ardoise où on lisait : « *Ça va aller, Jo', je suis là* », mais il n'avait pas l'air d'aller bien du tout. Une sorte de grand échalas attifé en bourreau, tablier noir et cagoule en latex, s'est emparé d'un micro : douze personnes seraient tirées au sort pour brutaliser la carcasse, dévoila-t-il. Une bouteille de champagne pour celui qui s'en sortirait le mieux !

Ça ne m'a pas paru très généreux, mais comme les gens applaudissaient, j'ai applaudi. L'enfant gris semblait épuisé, comme vidé de toute espérance. L'un après l'autre, onze numéros sont tombés. Des filles, des mecs sont montés. Chacun d'entre eux avait droit à une arme différente et trois minutes en tête à tête avec la viande.

J'ai pensé à la maman de No', longue silhouette fine, revenant de Jérusalem, errant parmi les danseurs, promenant son visage triste et mélancolique dans la foule surexcitée, une main sur le ventre, ayant perdu toute espérance, déçue par la vie, l'amour, les hommes…

Oh Maria, Maria, qu'est-ce qu'il t'a fait, ce type, ce Noah ? Qu'est-ce qu'elle t'a fait, la vie ?

Pourquoi venait-elle ici, ta maman, tu le sais, petit No', hein ? Pourquoi ?

Ai-je été étonné d'être le douzième ? Je ne me souviens plus. La foule m'a poussé en avant, je me suis tourné pour chercher un soutien. J'ai tendu le bras vers l'enfant, qui n'en menait pas large, qui n'avait pas l'air très en forme même pour un mort. J'ai tendu le bras vers lui, pourtant mes pas allaient dans l'autre sens. La curiosité était la plus forte. Je repoussai un sentiment d'effroi, puis montai sur scène. J'étais ailleurs. Ce n'était pas vraiment réel, ou moins réel que les trucs bizarres que je vois depuis l'affaire avec le gosse. Bourreau m'a calé dans la paume une batte au bout de laquelle étaient fichés une dizaine de clous rouillés.

J'ai pensé à l'enfant gris et à ce que j'avais vu, dans cette chambre, le matin de sa mort. À ce que sa mère nous avait fait ce matin-là, en nous liant tous les deux. J'ai pensé à ma maison, à ma famille, et combien elle me manquait. La main crispée sur le bois, j'ai porté le premier coup, puis les autres, je frappais, frappais, frappais encore, mais en réalité je me disputais avec le monde.

Quand je suis tombé à genoux de fatigue, le bourreau a levé mon bras en hurlant : « Voilà notre Ponce Pilate ! »

Il y a eu des cris, et des bravos, puis comme un voile vermillon posé sur le monde. Il me semble qu'on m'a dit que j'avais été formidable, je me suis retrouvé avec une bouteille de champagne bas de gamme dans la main, j'ai essuyé mon visage et couru droit devant moi, hors de la boîte, comme si je craignais d'être inexorablement happé par cet endroit. Alors ? Alors courir dans les rues dix, quinze, vingt minutes, courir à perdre haleine. Puis boire, seul, au pied du Colisée. Même faire pipi dessus. Tout le mousseux a été bu, puis tout le mousseux a été pissé. Le ciel était piqueté d'étoiles, les rues étaient désertes et il y avait quelque chose de fragile, mille et une teintes de jaune et toutes les vies des Hommes – même celle, très mystérieuse, de Maria. J'ai jeté au sol la bouteille vide. Elle a rebondi une fois, s'est cassée à la deuxième. Je me souviens que c'était beau et calme, et que les vieilles pierres racontaient une histoire. L'enfant avait disparu et je me suis demandé où était Dieu.

Je crois que je pleurais.

Rome, 3 h 54 du matin. Près du pont Saint-Ange. Alors que je progressais sur les berges du Tibre, ivre, réfrénant les tremblements qui s'étaient emparés de moi depuis ma fuite et retrouvant peu à peu mon sang-froid, je levai la tête, cherchai une bonne latitude pour un bon miracle. Je fouillai les frondaisons… Voilà, je la tenais ! Un coin de ciel étoilé ! Un coin parfait ! J'y vissai le regard, avant de tourner sur moi-même. L'effet ne tarda pas à se faire sentir, l'incoercible course du temps… lentement… s'inversa… à mesure de ma volte… les voitures rétrogradaient, puis reculaient… les enfants gris du monde entier revenaient sur leurs pas… et pffffiou ! Et on les retrouvait, ces gosses ! On les retrouvait sous des blouses blanches en papier rêche… On les retrouvait vivants !

Là, je m'arrêtai. Mes jambes, montées sur toupie, se mirent à danser dans l'autre sens, alors le galop du cosmos repartit de l'avant… Je l'épuisais, ce ciel… Il fallait tout remettre en place ! Ça fonctionna… Au milieu des draps d'hôpital, les gosses trépignaient, toussaient beaucoup… Kof ! Kof ! Kof… ils crachaient même leurs maladies par petits paquets gluants… Kof ! Tout était craché… Alors ils redevenaient roses, comme avant la Grande Maladie Grise, et les larmes remontaient les joues des mères pour se cacher dans des paupières qui restaient sèches. Les enfants roses reprenaient une vie normale… Un jour, ils entraient au collège... ils embrassaient pour la première fois, c'était mouillé, mais pas désagréable... Ça embrassait plus fort, ça battait plus vite sous les côtes... Ensuite, c'était la faculté... C'était la fête, les mères étaient là, les larmes coulaient pour la première fois, mais des larmes de joie, parce que c'étaient des diplômes, des obstacles franchis, des espoirs accomplis et du vrai bonheur... et pas si rare que ça... « C'est mon fils ! », s'enorgueillissaient les mères en les montrant du doigt... puis ça rencontrait une fille... ça faisait l'amour dans une chambre d'étudiant... sur des sièges en cuir de vachette bleu... ça vieillissait bien... ça devenait père... ça faisait de son mieux, celles-qui-pleurent devenaient grands-mères et à la fin, sur mon parapet de pierre, sous cette putain de nuit romaine aux mille milliards de milliards d'étoiles, sous ces putains de dieux et déesses romains, des milliers de grands-pères, les tempes grises, ramassaient des milliers de petits-fils tombés de vélo, séchaient des larmes et les remettaient en selle avec un encouragement.

J'étais ravi, ravi et triomphant, je rapiéçais une histoire, une histoire toute trouée, je corrigeais la réalité qui fait parfois n'importe quoi aux gosses, c'est facile, on tourne sur soi-même, comme ça, on tourne et voilà, même sans trop d'entraînement, on contraint le bonheur... être heureux devient une simple question de force brute opposée à la marche naturelle du monde... on tord la vérité... je la tordais si bien, si fort, qu'au moment de chercher l'enfant gris, rien ! Il avait disparu ! Mon cœur éclatait de joie, j'avais réussi, le gosse avait enfin la vie qu'il méritait... Oui...

La vie qu'il méritait… Je me suis dit que Dieu n'était peut-être pas si merdique, que Dieu était le…

Blam !

Là, je ne me souviens plus de rien. Je venais de tomber tête la première.

Dans le Tibre.

À l'hôpital

19 jours avant la Déchirure

Jo' entre, la femme est installée près de son fils, des paquets-cadeaux sont posés partout, elle vient d'accrocher au-dessus du lit une grande photographie dans un beau cadre noir et de s'installer près de son fils. Elle écrit dans un carnet à spirale. Le petit, contre son sein, fait aller et venir maladroitement de vieux crayons de couleurs sur une feuille arrachée au carnet de sa mère. À droite, à gauche. Deux grands bras. Un corps voûté. Une silhouette sur un pont apparaît : une vieille dame ?

« Dis, maman, c'est vrai que, avant, mamie Anna était un singe ? »

Comment font les autres petits garçons pour grandir avec d'autres mères que la mienne ? semblent crier les yeux béats d'admiration du gosse. Je t'aime, maman, je t'aime, je t'aime, je t'aime…

« Non. Le singe, c'était la mamie de la mamie de sa mamie, répond-elle, mal à l'aise en apercevant Jo'. C'était il y a très longtemps. Personne ne s'en souvient plus. »

La mère embrasse l'enfant, laisse la place à Jo', au stéthoscope de Jo', aux bilans d'examen de Jo'.

« Salut, No'.

— Salut, Jo'. »

Le jeune homme tâte les ganglions du gosse. Sous la mandibule, à l'aine, au creux des aisselles. Pour détendre le petit, Jo' montre la longue dame habillée en beige avec son beau cuir marron au col fourré. Sur le côté, Maria semble vouloir disparaître, son teint se confond avec la blancheur du mur.

« Comment elle s'appelle, ta mère ?

— Bah maman !

— Ah, oui. Je suis bête. Et là, tu dessines quoi ?

— Mamie Anna avec son costume de superhéroïne sauveuse de petite fille. Ou alors c'est un singe, je sais pas. Le singe, c'est la mamie de la mamie de ma mamie.

— Ah, ah, ah, si vous voulez savoir si vous êtes grosse, demandez à un enfant de vous crayonner ! » dit la mère avec un entrain contrefait, dans une tentative maladroite d'alléger l'atmosphère électrique qui règne entre elle et le jeune médecin.

Établir cette connivence que les adultes témoignent face à la candeur enfantine, celle qu'on espérerait savoir préserver toujours, ne fonctionne pas : Jo' la fixe, froid, sinistre. Pour *qui* se prend-elle ?

« Tiens, No', dit-il en ramassant un crayon tombé par terre. Si tu veux dessiner un singe, il te faudra du marron. »

L'enfant le glisse dans la boîte, avec les autres. Tous rangés par taille.

« Il est chanceux, le crayon blanc… fait-il remarquer en continuant de gribouiller. Lui, il vit plus longtemps que les autres. »

Jo' voit la mère pâlir et se mordre les joues. « L'interne a raison, songe-t-elle. Je devrais être auprès de mon fils. Le soutenir. Soutenir l'infirmière, l'interne, l'équipe. Et ne pas écrire ce que j'écris dans ce carnet. Je devrais parler d'amour. Parler d'amour au bord du gouffre… » Finalement, elle se lève, pétrit de sa main droite son chemisier, comme s'il lui collait à la poitrine, « Qu'est-ce qu'il fait chaud, et qu'est-ce que j'ai soif », prétend-elle d'un ton faussement léger, puis elle part se réfugier dans le couloir. Surtout, ne pas éclater en sanglots devant son fils.

« Tu m'attends, No' ? Je vais parler avec ta maman… »

Après la Déchirure

Jo' et No'

Trop ivre, j'avais glissé. La chute, l'effrayante chute, puis la température de l'eau, glacée, impitoyable, tout m'a saisi. Où trouvai-je la force de nager jusqu'à la berge ? Je l'ignore… Mon unique souvenir : je suis mouillé et j'ai froid, mais je suis bien, car le gosse est heureux, le gosse est vivant. Je ris, je pleure un peu. J'ai mal, je porte un doigt à ma bouche, je me suis cassé une incisive. Elle tombe comme ça, dans ma main, tel le fruit de l'arbre, alors je la fourre dans ma poche. Après, je vomis sur mes chaussures, en pensant : « *Tout ce qui se passera de vraiment important dans le monde arrivera après ma mort.* » Mon front saigne. Je suis super bien. C'est l'un des moments les plus heureux de ce voyage très heureux.

Je débarquai vers 6 heures dans le hall de la pension, recouvert de limon verdâtre, mes lèvres bleuies par le froid décochant des sourires à gober la lune (comme je devais être laid, avec ce trou dans le sourire !). Sous la boue, on me voyait toutes les dents – moins une.

S'éveillant, Pozzinina poussa un cri strident. « Mais qu'est-ce que tu as fait ? » Elle se mit aussitôt à pleurer, me serra contre elle.

« Chut ! fis-je en lui tenant les mains avec douceur. Pozzinina, vous allez réveiller Luci ! Ne vous inquiétez pas, tout va très bien, je me suis juste cassé une dent en échappant à la noyade. »

Mais non, ses cris montèrent au ciel, elle m'entraîna jusqu'à la cuisine où je me jetai sur l'évier. Croyant voir des milliards de bactéries courir sur mes paumes, je m'y récurai les mains deux fois, pendant qu'elle inspectait mon incisive avec des précautions de joaillier. Elle la déposa dans une petite fiole remplie de lait, la bénit une fois, deux fois, trois fois, alignant quelques mots sans suite, puis elle insista pour me déshabiller, me palper les bras, les genoux, les hanches, tout le cadre osseux, rien n'était brisé, elle leva les bras au ciel, *Grazie ! Grazie !*, puis me serra contre elle encore, et encore, et encore. Elle récitait maintenant des *Padre nostro* et des *Ave Maria* et, quand je racontai mon aventure au pont Saint-Ange, elle s'effraya trois fois plus. Elle alluma des bougies, fit couler un bain très chaud dans la salle de bains qui jouxtait leur loge et m'obligea à m'y plonger tout entier. Cette vieille grosse bonne femme à l'odeur de sous-bois se révélait un tyran de tendresse maternelle. Quand je la rejoignis, l'hiver et le charbon de bois embaumaient la cantine. La table avait été mise, Pozzinina éparpillait même des pétales d'hortensia à même la nappe en papier crépon.

« Je t'ai préparé une petite dînette sans prétention. *Prima colazione !* »

Et que je te sers de la soupe, des gâteaux au miel tout chauds et bien mous ! Et que je te verse trois fois du Limoncello ! Dans un verre à pied ! Un mot de moi, et elle me prémâcherait la viande ! Elle empila trois châles sur mes épaules, je me sentis peu à peu envahi par la douce chaleur du logis et celle qui irradiait de mon estomac plein.

« Tout va bien », la rassurai-je, quand elle se mit à sangloter de nouveau, telle une petite fille dont on tordrait le bras.

Entre deux spasmes, elle indiqua la porte d'entrée et les pots de peinture des ouvriers : ce n'était pas moi, le problème, ni ma dent toute cassée, ni la nuit, ni le fleuve, ni les noyades ! Elle se dandina jusqu'à l'entrée, attrapa un pot de peinture, l'ouvrit et y plongea le regard : tout l'univers semblait dedans, l'existence passée, les souvenirs, les bons, les beaux, ceux qui cassent la tête, déchirent le ventre, qui vous tourmentent le dedans.

Ensuite, elle ranima les braises du feu, défit le nœud de son tablier, qu'elle abandonna sur un tabouret, avant de m'observer manger lentement, hochant la tête, cramponnée à son pot. La lune projetait des raies blafardes au travers des volets, dessinant une nuit à histoires, une nuit de conte.

La vieille Pozzinina, emprisonnée dans cette baraque branlante, s'apprêtait à m'offrir sa blessure, la grande blessure, l'immense blessure de sa vie, un secret qu'elle contemplait tous les jours dans ces pots, un secret de vieille qui n'avait jamais cessé d'être maman.

Et d'aimer.

Et d'attendre.

À l'hôpital

19 jours avant la Déchirure

Le jeune homme suit la mère dans le couloir, lui tend un mouchoir :

« Il est bien temps de pleurer.

— Qu'est-ce q-que vous v-voulez dire ? balbutie la mère entre deux hoquets.

— Je veux dire que le petit vous attend. Tous les jours. Il vous attend et il a besoin de vous. Pas d'appels téléphoniques ou de jouets. De vous. (Jo', ses mâchoires de petit mâle sont serrées, sa voix dure, vibrante d'indignation et de colère froide.) *On* a besoin de vous. »

La mère s'enfouit le visage dans les mains, comme pour échapper au regard de procureur du jeune homme.

« Je… Je suis désolée, bégaye-t-elle.

— Ce n'est pas à moi d'entendre ça ! fulmine le jeune homme. Pourquoi ne venez-vous pas, hein ? Pourquoi l'abandonnez-vous ? Vous croyez quoi ? Que les enfants sont heureux d'être là ? Qu'on peut remplacer une maman ? On s'en fout, de vos gâteaux, on n'en veut pas ! Je ne sais pas pourquoi vous ne venez pas, mais le petit... dites-le-lui ! Il faut lui dire, vous le lui devez *absolument* !

— Je ne *peux* pas lui raconter la vérité ! crie-t-elle, et son menton se met à trembler quand elle prononça "vérité", comme si Jo' se trompait, comme si, d'une étrange manière, c'était son absence qui était un mensonge, que Maria était là, toujours, tout le temps, et pas à l'autre bout du monde à bronzer sur des plages.

— Il doit la savoir, insiste Jo' froidement. Il demande et je refuse qu'il... *parte* en pensant que sa mère ne l'aimait pas *assez*. »

Puis le jeune homme fait volte-face et revient dans la chambre, plaquant sur son visage une gaieté toute contrefaite.

« Pourquoi elle va là-bas, ma mère ? demande No' en l'accueillant.

— Elle est partie dans le couloir pour que tu ne la voies pas pleurer.

— C'est pas parce qu'elle m'aime plus, hein ?

— Bien sûr que non !

— Tu peux lui dire quelque chose, Jo' ? Dis-lui qu'elle ne doit pas pleurer. Dis-lui que je l'aime, que je suis vraiment content de l'avoir choisie comme maman et d'être sorti de son ventre à elle. Tu t'en souviendras ?

— Bien sûr ! »

Le petit exige un gage.

« Regarde exactement comment je lui dirai : "No' dit que vous ne devez pas pleurer. Il vous répète qu'il vous aime, qu'il est vraiment content de vous avoir choisie comme maman et d'être sorti de votre ventre." Mais je pense qu'elle le sait déjà, No'... »

Le jeune homme se penche, pose la membrane de son stéthoscope sur le cœur de l'enfant ; seulement, le gosse est bavard, intarissable même, et ses mots résonnent dans sa poitrine comme dans un tonneau.

« Oui, ce serait dommage, si maman ne m'aimait plus. Parce que tout le monde dit tout le temps que les mamans souffrent pour avoir les bébés... »

De l'autre côté du mur, les mots tachés de larmes que la mère écrivaient frénétiquement dans son carnet résonnaient étrangement avec ceux de son fils.

Il y a cinq ans, No', je t'ai abandonné dans un grand magasin. Il s'étendait sur cinq niveaux et j'ai erré des heures avant de me décider. J'ai finalement emmené la poussette au rayon puériculture, au milieu des chaises hautes, des tétines, des bodies en coton, des berceaux et des couffins. J'ai guetté à droite, guetté à gauche. Personne. J'ai glissé une lettre dans le landau, adressée à la personne qui te trouverait. Une lettre où je te demandais pardon. Je me suis penchée, j'ai respiré ton odeur une dernière fois, ai déposé un baiser sur ton front, puis je me suis enfuie sans un regard en arrière.

Je m'en allais sur le boulevard en pleurant quand, derrière moi, un écolier d'une douzaine d'années a crié « Maman ! » et je me suis retournée.

Je me suis retournée spontanément.

Alors, sans comprendre ce qui m'arrivait dans le ventre, ce qui crépitait sous ma peau et s'épanouissait au milieu du cœur telle une rose, j'ai remonté la rue en courant, suis entrée en trombe dans le magasin, ai retrouvé la poussette abandonnée et toi, mon fils, mon amour, mon petit, toi qui dormais. Je t'ai serré contre moi à te réveiller, et je me suis mise à rire.

Pour la première fois, ce jour-là a été un jour sans souffrance.

Ceux qui ont suivi m'ont trouvée apaisée et souriante.

Je venais de devenir maman.

Après la Déchirure

Jo' et No'

Un jour, le mari de Pozzinina était allé chercher leur fille unique au lycée, et il n'était jamais revenu. Sous la dictature, les voisins dénonçaient les voisins, les amis d'enfance donnaient les amis d'enfance, « on partait en prison, et on ne revenait jamais ». Sur simples lettres anonymes, les milices vous jetaient dehors, en pleine nuit.

« En pyjama ! Tu te rends compte, petit ? En pyjama ! », s'indignait Pozzinina en serrant les dents. Quand elle pensait trop fort au passé, quand les images devenaient trop envahissantes, elle s'interrompait, serrait ses paumes l'une contre l'autre, ses doigts tordus s'entortillant en nid de vipères, puis elle agitait les mains dans les airs comme pour chasser serpents venimeux et mauvaises pensées.

Sa fille, on la lui avait prise.

« Elle manifestait dans la rue avec des milliers d'autres étudiants. La police d'État a déboulé et aspergé les manifestants de peinture écarlate, avant de les poursuivre dans les ruelles. Tous ceux qui avaient de la peinture sur eux étaient arrêtés, puis conduits en prison. Ma petite était maligne... »

Elle s'était faufilée entre les lignes, jusqu'à la maison. Elle était vermillon de la tête aux pieds, la peinture était passée sous les vêtements.

« Toute la nuit j'ai frotté ! Derrière les oreilles, entre les cheveux, entre les doigts de pied. J'ai frotté, si tu savais comme j'ai frotté. Pendant ce temps, quartier par quartier, ils entraient dans les maisons, ils fouillaient. Au petit matin, quand la police a forcé la porte, elle l'a trouvée comme ça, nue comme un ver. Elle n'était plus rouge, ma fille, alors ils n'auraient pas dû l'emmener... Non... Ils n'auraient pas dû, mais ils ont vu l'éponge. Je la tenais cachée dans le dos, tu comprends ? C'est ma faute. Je n'avais pas jeté l'éponge à temps. Pas à temps, non. Ils l'ont emmenée et je ne l'ai jamais revue. Et je l'attends. Et c'est ma faute pour l'éternité. »

Elle attrapa son pull, tira le bout de sa manche, puis s'essuya le coin des yeux avec.

« Les mères donnent la vie, tout ce qui arrive après est donc leur faute ! », murmura-t-elle.

Silence.

« Comment s'appelait votre fille ? demandai-je en étouffant un bâillement.

— Comment elle s'appelle, tu veux dire ? (Elle écarta les bras pour englober la pièce, le plafond, tout l'immeuble.) Elle s'appelle Lili, ma fille. »

Elle me vit hoqueter de surprise.

« Hé, hé, petit, il faut bien qu'elle sache où me trouver quand elle reviendra ! »

Elle y songea, à ce retour, et, à l'instant précis où elle y songea, son sourire fut plein de plis, ce fut comme si la joie mangeait ses yeux. Elle serra le pot de peinture contre elle une dernière fois, puis enfonça le couvercle dessus. Cette odeur, c'était celle de la nuit où ils avaient pris sa gamine, et cet endroit, la *Pension Lili*, c'était une banderole dans le ciel, de celles qui sont tirées par des coucous le long des plages. Je croyais coucher dans une pension ? Je me pelotonnais dans une déclaration d'amour.

« Je serai là quand elle reviendra, c'est ça l'important. Parce que tu connais le dicton, hein ? "Tous les chemins mènent à Rome" ! Ha ha ha ! Oui, oui… Tous les chemins. »

Je me suis levé, j'ai fait le tour de la table et enlevé mon châle pour le poser sur ses épaules. No' allait revenir, je le savais. Aussi sûrement que la fille de Pozzinina ne reviendrait pas, ça aussi, je le savais. C'est horrible, un gosse, comme un sixième doigt qui te pousse, dont tu ne sais quoi faire, et que tu ne peux même pas couper.

« *Vuoi che ti dica qualcosa, bambino ?* », fit Pozzinina tandis que je lui tendais un bonbon relaxant tiré de ma trousse à pharmacie.

Oui, oui, j'avais très envie qu'elle me dise quelque chose.

« Le pistolet, c'est ce qui vous permet de vivre quand vous ne l'utilisez pas », annonça-t-elle.

Même maintenant, après tout ce temps, j'ignore pourquoi elle a dit ça là, à cet instant précis.

Je l'ai serrée dans mes bras, très fort, en me disant que les mères – toutes les mères – sauveront le monde à la fin des temps, puis j'ai vomi encore, mais c'était la soupe, les gâteaux au miel et l'alcool de citron. Ma mâchoire me faisait un mal de chien.

« Demain, je te prendrai rendez-vous chez le dentiste, tu verras ! a promis la vieille dame, puis elle m'a aidé à nettoyer les vomissures comme si c'était sa faute, en promettant qu'elle recuisinerait tout ! Qu'est-ce que tu veux manger demain, hein ? Dis-moi, je le ferai ! »

J'ai souri tristement. J'ai dit que je voulais une « *Torta meringata al limone* », mais surtout, surtout, qu'elle soit ratée, *un peu*.

La journée aurait pu, aurait dû en rester là. Or c'était sans compter les cachoteries de Lucinda. Quand je gagnai ma chambre, j'eus un sursaut de frayeur et un cri s'échappa de mes lèvres. Elle m'attendait, immobile dans l'obscurité, cheveux de feu sur la tête, et chaise à la main, rempaillant encore, rempaillant toujours, au rythme de sa respiration, profonde, douloureuse.

« Vous êtes là depuis longtemps ?

— Assez pour avoir tout entendu. »

Ses mots, elle me les lançait comme on pousse un morceau de viande vers une bête qu'on n'aime pas ou dont on se méfie. Elle donna un coup sur le dossier de sa chaise, la posa devant elle pour voir si son travail avançait. Plusieurs jours que je la voyais enlever la paille sitôt qu'elle avait terminé pour tout recommencer à zéro.

« Tu veux savoir la vérité, petit ? »

Petit... Pas « Antonia ». Je notai le progrès.

« Tu la sauras. Néanmoins, en échange, tu dois me promettre : tu iras jusqu'au bout du monde pour sauver Maria s'il l'faut. Jusqu'au bout. Moi, j'suis trop vieille. Tu promets ?

— Oui. »

Je tenais mieux l'alcool que les promesses. Elle devait s'en douter, car elle renifla d'un air suspicieux.

« Comment j'peux être sûre ?

— Quand je m'ennuie, je meurs.

— C'est une saine maladie, petit. Demain soir. 18 heures. Ici. J'te dirai tout. Prépare tes bagages.

— Et moi, comment je peux être sûr que vous parlerez ? »

Elle se tourna, sourit avec la dureté d'une pierre.

« D'abord, ça se peut que je veuille plus voir ce tatoué/balafré remettre les pieds ici. Ensuite... Ensuite, p't-être bien qu'y a des choses impardonnables et mauvaises, on s'dit qu'on peut pas, qu'on doit pas les faire, mais on les fait. On se pardonne pas, mais on oublie. Ces choses-là, nous les commettons tout l'temps. Nous sommes tout le temps impardonnables. »

Et elle disparut.

Je me jetai sur mon lit, sonné. L'alcool, le froid, la chute, ma mâchoire, l'enfant gris, tout me blessait. Je n'avais qu'une envie : dormir.

Dormir et tomber lentement dans un éblouissant oubli.

À l'hôpital

15 jours avant la Déchirure

Ismaël, Louise, Arthur. Trois prénoms. Huit, neuf et dix ans. Trois enfants. Ils accompagnaient Noah, le soutenaient à tour de rôle.

Entre Jo' et Ismaël, c'était une longue histoire : quand Jo' l'avait rencontré six mois auparavant, en plus de sa maladie du sang, Ismaël avait des douleurs abdominales inexpliquées, à l'image de Noah et de sa fièvre mystérieuse.

« T'as mal où ? », demandaient les infirmières.

Ismaël montrait le téton droit en plissant les lèvres. La mère corrigeait :

« Non, non, c'est le ventre ! »

Tous les mois, c'était pareil. Pendant deux, trois jours, il avait mal.

On avait procédé à des examens. Échographies. Prises de sang. Rendez-vous avec le spécialiste.

On épuisait l'enfant, les parents, les crédits hospitaliers.

Rien.

« Tous les mois, dites-vous ?

— Tous les mois.

— À la même période ?

— À la même période. »

Perplexité dans le service.

Ce fut Jo', le brillant et toujours intuitif Jo', qui avait trouvé la solution au milieu de l'automne.

« Combien a-t-il de sœurs ?

— Quatre, lui avait précisé la maman d'Ismaël.

— Ont-elles leurs règles ?

— Oui.

— À peu près au même moment dans le mois ?

— Oui.

— Ont-elles mal ?

— Elles ont leurs règles. Bien sûr qu'elles ont mal ! avait dit la mère comme si, pis que naturelle, la douleur menstruelle était attendue, *légitime*.

— Il me vient... une idée idiote, avait fait Jo'. Les douleurs d'Ismaël apparaîtraient-elles au moment où vos filles ont leurs règles ? »

La mère s'était étonnée.

« Maintenant que vous le dites, c'est peut-être au même moment, oui.

— Alors essayons ça : chaque mois, quand vos filles auront leurs règles, vous leur demanderez de prendre leur antidouleur discrètement, puis de prétendre devant le petit qu'elles n'ont pas mal. Ça vous va ? »

Les douleurs du petit s'amendèrent en deux mois, et on tapa sur l'épaule de Jo', on le félicita en lui serrant la main, on parla de lui pendant les pauses. *Qu'est-ce qu'il est bon, il a du nez, et de l'intuition, quel futur médecin il sera !*

Jo' ne s'était jamais senti aussi fier de toute sa vie, même s'il savait n'y être pour rien.

« J'ai deux sœurs et une mère. Je sais que l'homme est prêt à tout pour appartenir à la tribu qui veut bien de lui, confia-t-il à Manon. À tout' ! »

Même à être femme.

Après la Déchirure

Histoire de Maria

L'enfant gris et moi avons marché, marché et marché encore, du pont Sublicio au pont Ulberto, en longeant les berges dans une sorte d'« apathie de trajectoire » indolente et bienheureuse, jusqu'aux faubourgs de la ville, en zone industrielle.

Jamais je n'oublierais cette après-midi à courir sur le terrain vague, près du parking d'un supermarché. Quelques vieilles voitures, des caddies rouillés, un lieu sans vie, nulle part, gris et désert… Trop gris…

J'ai donc décidé que le gosse et moi étions à la plage.

Jamais je n'oublierais cette après-midi à courir sur *la plage*. C'était la plus belle du monde. Il n'y avait ni entrée ni sortie à la mer. Les regards des rares promeneurs se perdaient dans toute cette immensité, j'avais envie de rire éternellement et de rêver aussi. J'avais envie de monter sur un bateau, d'y devenir capitaine. Explorer les océans, un singe sur l'épaule jouant d'un tambourin à sa taille.

Le bonheur consiste-t-il à aimer les choses comme elles vous arrivent ?

J'ai posé la question à l'enfant en désignant le vaste espace devant nous, espace immense, sans fond, comme une invitation pour lui à prendre le large. Ses yeux noirs brillaient d'intelligence. Il comprenait, mais il restait.

Qu'est-ce qu'on fait, le gosse ?

Il a creusé dans le sable et sorti de nulle part un très mince et très long crucifix. Ensuite, il a découpé patiemment un grand carré d'étoffe dans sa blouse d'hôpital. Ça lui a bien pris trois, quatre minutes. Je patientais sur le côté, je donnais de petits coups de pied dans le sable, déplaçant des montagnes minuscules, méditant que, pour les crabes, j'étais peut-être un Dieu…

Enfin, No' a fixé les angles du carré aux quatre extrémités de la croix avec des clous de tapissier longs comme mes doigts (quelqu'un avait dû en jeter ou en brûler quelque part, comme le crucifix). Il a brandi ce drôle de cerf-volant – qui s'est envolé aussitôt –, et j'ai eu l'impression d'avoir attendu ce moment-là *toute ma vie.*

Hormis les cartes postales envoyées à mes sœurs, je n'avais pas donné de nouvelles à ma famille et c'était une grande première. Nous qui avions l'habitude de nous appeler tous les jours ! Une partie de moi avait envie de les punir de trop m'aimer. Sans doute ma mère campait-elle au siège de la police nationale, ou se fatiguait-elle les mollets devant le ministère de l'Intérieur ? J'imaginais très bien mes sœurs appeler tous les hôpitaux de la région pour y décrire un jeune homme d'environ vingt-six ans, blond tirant sur le roux, les yeux vert d'eau, mesurant 1,76 mètre et pesant soixante-dix kilos de rêveries. Même si mon enfance me manquait, même si ma vie d'avant me manquait, je devais bien le reconnaître : il ne se passe pas grand-chose quand on est heureux.

Lucinda allait nous attendre. J'ai remballé nos affaires et nous avons quitté le parking du hard-discount. Je n'avais pas l'impression d'avoir menti au gosse : un terrain vague, c'est un drôle de mot, il commence mal et finit bien. *Qui sait s'il n'y a pas, au bout du terrain, la vague ? Hein, No' ?*

À l'hôpital

14 jours avant la Déchirure

« Noah et Ismaël sont fâchés, sais-tu pourquoi ? demande Jo' à Mme Crinchon.

— Oui, c'est le père d'Ismaël, il trouve que Noah n'est pas assez… garçon.

— Mais, ce sont des enfants ! Et No' a deux amoureuses !

— Je sais, m'engueule pas ! Je te répète juste ce que l'équipe m'a dit. De toute manière, c'est mieux qu'il reste calme et ne partage pas ses microbes avec les autres.

— Son état se dégrade ?

— De qui tu parles ?

— Heu… des deux, bien sûr.

— On en saura plus dans quelques jours. »

Il laisse l'infirmière. Noah, sur son lit, tient devant lui un grand livre de contes.

« Ils ont emmené Ismaël chambre 33 », dit-il en voyant Jo'.

Le jeune homme sent son sang se figer. La vérité, on a toujours le temps de la dire. Elle ne presse jamais. Le mensonge, lui, il est impératif, il bouscule. Il est urgent.

« Ce n'est peut-être pas si grave, No', pourquoi t'inquiètes-tu ? »

Ce fut son premier mensonge, et ce fut comme sauter d'un toit immensément haut, d'un toit dont il n'allait cesser de chuter durant des jours et des jours et des jours, jusqu'à la Déchirure.

« Oui, mais son père, il a crié sur Mme Crinchon, et sa mère, elle pleurait, et son père, il a encore crié, et après il a cogné le mur en disant... en disant... »

La voix de l'enfant tremble, ses joues rosissent et ses paupières se remplissent de larmes.

« Ne te mets pas dans cet état, No'.

— Est-ce que... Est-ce que c'est mieux pour les filles, ce qui y a dans la chambre 33 ?

— Je... Non, écoute, Noah, c'est pas une question de filles ou de garçons... Pourquoi ce serait mieux pour les filles ? Je ne comprends pas ce que tu veux me dire. Qu'est-ce qu'il a raconté le papa d'Ismaël, je suis sûr que ce n'est pas si terrible, hein ? »

Silence. Et No' :

« Il a dit : "J'aurais préféré que ce soit une de ses sœurs." »

Après la Déchirure

Histoire de Maria

« Elle était devenue bête », grinça Lucinda.

Nous étions revenus à la pension à l'heure dite pour écouter ses confessions. La vieille dame nous attendait dans la cuisine, sa chaise en paille sur les genoux, sa colère naturelle coincée entre les lèvres. Pozzinina tricotait dans sa chambre, nous laissant seuls en tête à tête. J'avais pris place de l'autre côté de la table, tandis que No' se tenait sur mes genoux, aussi gris et léger qu'une poussière.

« C'est ce type, là, ce… Noah. Il lui a tourné la tête, l'a rendue idiote… V'là ce qui arrive quand les filles trop jeunes s'font choyer le cœur fendu par les hommes !

— Le cœur fendu ? », fis-je (je ne connaissais pas cette expression pour désigner le sexe féminin).

Lucinda haussa les épaules, l'air de dire « oui, je parle mal et je suis beaucoup plus âgée que toi ».

« Saviez-vous pour le bébé ? »

Elle montra les dents en roulant des yeux fous : « Pour sûr que j'savais. » Elle se frappa la cuisse du plat de la main, en colère, mais contre elle-même. Elle fit rouler son fauteuil jusqu'à un placard, écarta des bocaux de farines diverses et sortit une boîte en bois cachée au fond.

« Quand elle est revenue de son voyage d'étude il y a sept ans, c'était une femme brisée en deux. Quand elle a réapparu il y a deux semaines, c'était une femme brisée en quatre. J'ai rien pu faire pour elle… Comme Pozzinina te l'a dit, elle a débarqué de Paris, a jeté au feu des dizaines d'objets, de vêtements et de p'tits feuillets. Ce que Pozzi ne t'a pas dit, c'est qu'j'ai fouillé les cendres, sauvé trois pages… Cela commence le jour de sa rencontre avec ce Noah, jusqu'à son premier voyage à Jérusalem. Avant qu'tout déraille dans sa vie… »

Je tendis la main vers la boîte, elle replia le bras dessus avec brutalité.

« Promets-moi d'en prendre soin. De les lire avec tout le respect qu'ça mérite. »

J'étais allé trop loin pour ne pas jurer. Je mis la main sur mon cœur, elle me tendit la boîte.

« Savez-vous où est-elle, maintenant ?

— Oui. À peu près. Avant, je dois t'avouer quelque chose : les papiers glissés sous la porte…

— Oui ?

— C'était moi.

— Vous ?

— Oui. Je te connaissais pas. Je pensais que tu pouvais être Noah.

— Le Russe tatoué, balafré, boucher… Vous l'avez inventé ?

— Oui.

— Le sang sur la lettre ?

— Récupéré sur la compresse que j'ai posée sur ta plaie l'autre matin. »

No' ne la quittait pas des yeux, hypnotisé comme Mowgli, l'enfant-loup du *Livre de la jungle* quand il se retrouve face au serpent.

« Pourquoi m'aidez-vous ?

— Il y a sept ans, quand elle est rentrée d'Israël en catastrophe, elle avait ce bébé dans le ventre. Elle a imploré mon aide et je… j'ai été égoïste. Je crois que j'étais jalouse… »

Elle baissa le front, pour se soustraire à mon regard.

« Alors je lui ai donné le pire conseil qui soit… »

Tout à coup, le cœur cognant à en jaillir de la poitrine, je me souvins des mots prononcés par la maman de l'enfant gris… Le jour de la Déchirure… Je m'en souvins encore et encore et, comme chaque fois, les larmes affluèrent.

« Oh mon Dieu ! cria Lucinda en se tordant les mains. Qu'est-ce que j'ai fait ! Maria avait pris rendez-vous dans une clinique, j'lui ai dit que c'était un péché, qu'elle le regretterait jusqu'à la fin d'sa vie. Alors elle a gardé l'enfant. Mais elle a puni son corps… »

Je compris, tout à coup, le rôle qu'elle avait joué dans cette terrible histoire.

« Les Amarinis... C'était vous ! »

Elle confirma, semblant porter tout le poids du monde sur ses épaules.

« Ces soirées, la danse, l'alcool, les drogues... C'était pour faire passer le p'tit... »

Silence. No' ne bougeait pas, mais je pouvais discerner une larme qui coulait le long de ses joues. J'aurais voulu lui boucher les oreilles, lui briser une télévision pour l'abrutir devant des dessins animés bruyants et colorés.

« Parfois, le soir, je la surprenais en train de se frapper le ventre à coups de poing. Je l'ai laissée faire... »

Elle prit sa tête entre les mains, l'air de réclamer grâce. Je profitai de ce moment pour essayer de prendre Noah dans mes bras, de le serrer très fort... Hélas, mes mains ne saisirent que du vide.

« Savez-vous ce qu'il s'est passé à Jérusalem ?

— Non. Mais son histoire d'amour a mal tourné. Vraiment, vraiment mal tourné. Ce bébé, elle n'en voulait pas. Au point que, une fois, elle est montée sur un pont, puis elle s'est jetée dans l'eau.

— Elle a tenté de se... »

Ma dent me fit souffrir, tout à coup, je laissai la phrase en suspens. Lucinda opina du chef.

« Oui, *elle a tenté de se...* comme tu dis. Je l'entendais tous les soirs... Elle pleurait cet homme, ce (ses traits prirent un air de dégoût)... Noah. Elle le pleurait toutes les nuits...

— Attendez, vous voulez dire que… Elle… Elle n'était pas en colère contre lui ?

— Au contraire ! Elle lui demandait pardon ! Bête, je te dis, elle était devenue bête. »

L'enfant se pelotonna contre mon torse, et je sentis comme un courant d'air frais appuyer au travers de ma chemise. Ce que racontait Lucinda paraissait logique : pourquoi Maria aurait-elle doté son fils du prénom d'un homme qu'elle haïssait ? Cela rendait le mystère de leur séparation encore plus touffu.

« Où est-elle ?

— En Israël.

— Est-elle partie retrouver cet homme ?

— Je n'en sais rien. J'ai peur que ce ne soit pour faire une bêtise ! gémit-elle. Dans quelques jours, cela fera huit ans qu'elle est rentrée de Jérusalem. »

Elle se mit à pleurer, attrapa sa chaise, commença à en tirer de longues fibres de paille, qu'elle saisissait d'un coup sec, puis dévidait avec nervosité.

« Dans le doute, je t'ai réservé un billet pour Tel-Aviv.

— Quoi ! Mais je ne vais pas aller à… »

Je m'interrompis net, je venais de me souvenir de ma promesse de la veille. Ça et un mot que Lucinda avait prononcé, un peu plus tôt.

« Égoïste… murmurai-je. Vous avez dit : “J'ai été égoïste” et que c'était à cause de cela que vous l'aviez mal conseillée… Pourquoi ? »

Elle renifla, serra le dossier contre elle, posa son front brûlant contre la traverse supérieure.

« À cause de la jalousie. À cause de l'amour, mais pas n'importe lequel : celui qui aurait pu avoir lieu. C'est terrible, les amours qui auraient pu avoir lieu. Rien n'est pire dans la vie. Il n'y a pas d'autres douleurs. »

L'enfant se redressa, plus attentif que jamais. Je me sentis près de découvrir un pan essentiel de son existence et de celle de sa mère. Mon cœur battit plus vite.

« Que voulez-vous dire ?

— Ce n'était pas un hasard si Maria a été hébergée ici pendant ses études… Je l'ai fait venir…

— Quoi ?!

— C'était ma faute ! fit-elle en tendant des mains suppliantes. Tout était ma faute. »

À l'hôpital

13 jours avant la Déchirure

J'ai un cadeau pour toi. Tu voulais aller à la mer ? Je t'ai apporté un coquillage. Tiens. Tu vois, No', il y a un grand géant dans le ciel, il ronge la lumière des étoiles et quand elles ne brillent plus, il les décroche et les jette par-dessus l'épaule, dans la mer ! Ce drôle de bruit quand tu les colles à l'oreille : c'est le chant qu'elles faisaient quand elles tournaient dans l'espace. Elles sont nostalgiques, les étoiles tombées sur terre. Elles ont connu l'amour au sein de l'univers… Plus rien n'est pareil après ça… Quoi ? Que dis-tu ? Le nombre d'étoiles dans l'univers ? Je ne sais pas. Tiens, j'ai apporté de la farine… Tu veux pas qu'on aille en mettre dans le sèche-cheveux des internes de garde ? Quoi ? Ismaël n'est pas revenu et tu veux savoir ce qu'il y a dans la chambre 33 ? Tu veux savoir ? Es-tu sûr de le vouloir vraiment ? Attends, je m'assieds. Elle est jolie, cette chaise, je l'aime bien. Tu crois que j'en trouverais des comme ça pour chez moi ? Mais Manon n'aimerait pas. De toute manière, Manon n'aime plus rien quand ça vient de moi. C'est quel bois, à ton avis ? Du hêtre ? Du chêne ? Quoi ? La chambre 33 ? Tu préfères pas mettre la farine au fond du sèche-cheveux des infirmières ? Tu lâcheras pas l'affaire, No'. J'arriverai pas à t'avoir en changeant de sujet. La chambre… Qu'est-ce qu'il y a derrière la porte 33. Moi, je crois que tu n'es pas encore prêt. Je le sens bien. La prochaine fois, promis, si tu es prêt, je te le dis. Non, arrête, tu n'es pas prêt… Tu es prêt ? Tu es sûr ? Juré ? Je veux t'entendre dire « juré ». Très bien, je vais te le dire. Mais c'est un secret. Alors, derrière cette porte, il y a…

Après la Déchirure

Histoire de Maria

« C'était il y a longtemps, s'appelait Elio, l'avait la taille fine, les épaules larges, et des pommettes à faire saigner la main qui vous gifle ! Venait d'une bonne famille, et moi je rempaillais des chaises. Rempailler. Mon Dieu, ce mot m'rajeunit pas ! Tout est en plastique, à c't'heure, on rempaille pas, on répare pas… On jette. »

Elle attrapa une sorte de clou tapissier qu'elle enfonça profondément dans le pied de la chaise, clac !

« J'suis tombée enceinte. Lui, il voulait pas d'enfant. Il viendrait avec moi, y m'jurait, il abandonnerait sa famille, mais je devais interrompre ma grossesse. À la messe on nous disait que les filles qui faisaient ça seraient damnées dans l'au-delà pour des siècles et des siècles. Mais moi, c'était qu'y revienne ici et maintenant que je voulais. Alors j'l'ai fait. Pour lui… Et ça n'a rien changé, non. »

Elle passa au deuxième pied, clac ! Chaque fois, l'enfant sur mes genoux sursautait.

« Il a refusé de dire à ses parents que j'existais. "T'es rempailleuse, et tu resteras toujours rempailleuse", qu'y m'a dit, et c'était comme une malédiction qu'il me lançait. »

Troisième pied, clac !

« La dernière fois où j'l'ai vu, c'était un vendredi, sur un trottoir… Je devais aller dans un sens, lui dans l'autre. Sa famille nous regardait. M'suis arrêtée à sa hauteur. Un instant, nous étions côte à côte. Ça sentait bon, c'était le printemps. La lumière devenait de plus en plus jaune. J'ai fermé les yeux. J'me plais à penser qu'il a fermé les siens, mais p't-être qu'il a ri aux éclats, je sais plus, on ne choisit pas la vérité. J'ai embrassé son ombre sur le mur. Le meilleur baiser de ma vie. L'meilleur de tous. Le dernier. Pas un jour ne passe sans qu'j'me demande à quel point ma vie aurait changé s'y m'avait dit oui… »

Dernier pied, CLAC !

« Est-ce qu'on aurait eu une grande maison ? Et nos enfants ? À qui auraient-ils le plus ressemblé ? À lui ? À moi ? J'y pense quand j'mange, j'y pense quand j'me lave, j'y pense quand j'nettoie ce bar, quand j'me regarde dans le miroir. Tu veux savoir les seuls moments de répit, ceux où j'y pense plus ? »

Je n'osais rien dire, tant la détresse de cette femme me serrait la gorge. J'hésitais entre un sentiment d'imposture absolue – qui étais-je pour ainsi écouter les confessions de ce vieux cœur malade ? – et une curiosité mal placée, mais irrépressible.

« Oui, Lucinda, dites-le-moi.

— Quand j'rempaille cette chaise. Sitôt mon travail terminé, j'décide de tout recommencer. Parce que… c'était cette chaise qu'je rempaillais le jour où nous nous sommes vus pour la dernière fois, ce fameux vendredi, quand il a lancé sa malédiction. Et parfois j'me dis que c'est toujours le cas, que c'est le printemps, que j'ai vingt ans, que je vais me lever de ce… (regard de dégoût) fauteuil roulant, que je vais laisser sur le côté la chaise enfin rempaillée, gagner la rue et le voir une dernière fois. Le retenir. Avoir la vie que j'aurais méritée, une vie d'amour, et non de solitude. »

Ses yeux se remplirent de larmes.

« Et lui ? Qu'est-il devenu ?

— Comme on dit, il a fait un mariage d'amour : il a épousé une femme très riche. »

Elle fit rouler son fauteuil jusqu'à moi, posa sa tête contre mon épaule. Je restai interdit devant ce geste qui semblait quémander un pardon.

« Cette femme s'appelait Anna, dit-elle. Anna Tulith. »

Elle secoua la tête.

« Ils ont eu une fille, Maria. Puis Anna a sauvé Elisabetta, dans le métro. Le père s'est retrouvé veuf, il a pris les sous de sa femme, et s'est évaporé à l'autre bout du monde, en Jordanie, j'crois, ou un pays exotique dans ce genre-là, à repeupler les déserts de petits bâtards aussi beaux qu'lui. Petite Maria s'est retrouvée à l'assistance. Et moi, moi qu'étais jalouse, j'ai attendu patiemment la première occasion pour lui proposer de crécher ici à petit prix. Je crois que…

C'était un peu de lui que je gardais près de moi… Comme si on l'avait eue, notre famille, finalement. »

Elle posa la chaise devant nous, le petit en profita pour sauter dessus.

« Tu dois penser que j'suis un monstre, dit Lucinda.

— Je ne pense rien.

— T'as quelqu'un dans ta vie ? »

Je secouai négativement la tête.

« Alors méfie-toi des gens qui te disent : "L'amour, y ne faut pas le chercher, y vient tout seul." En général, ces gens ont soixante ans, sont célibataires, ont cinq chats et des mycoses aux pieds. Ou alors, c'est pire, y finissent comme moi. »

Silence.

« C'est pour cela que Maria est partie il y a sept ans ? demandai-je. Parce qu'elle avait appris la vérité ?

— Pour ça et pour cacher sa grossesse. Quand je lui ai avoué tout l'amour que j'avais pour son père, elle était bouleversée. Je l'ai suppliée à genoux de me pardonner. Je crois qu'elle a réussi… Au bout de sept ans, mais elle a réussi.

— Que s'est-il passé, à Jérusalem ? Que leur est-il arrivé, à Maria et à Noah ?

— Je sais pas. Mais je crois que c'est terrible. Horrible, même. Malgré ça, je crois que Maria l'aime encore. L'aime comme une folle. Et ça, je peux comprendre, petit. »

Je n'arrêtais pas de me répéter en boucle les mots de Lucinda : « *Il a pris les sous de sa femme, et s'est évaporé à l'autre bout du monde, en Jordanie, j'crois, ou un pays exotique dans ce genre-là, à repeupler les déserts de petits bâtards aussi beaux qu'lui.* » Une idée absurde, terrible, une idée de roman de gare ou de tragédie grecque, me venait à l'esprit : et si, par le plus cruel des hasards, le fameux Elio avait vécu quelques semaines en Israël ? Et s'il avait eu un fils, par exemple ? Et que ce fils, devenu homme, avait voyagé en Italie où il avait croisé la route de Maria ? Qu'ils étaient tombés amoureux avant de découvrir, mais trop tard, les liens de sang qui les unissaient ? Cela justifierait le retour précipité de Maria à Rome, ainsi que sa descente aux enfers... Toutefois, cela n'expliquait pas le désintérêt qu'elle avait témoigné lors de l'hospitalisation de son fils...

« Quand l'avion part-il pour Tel-Aviv ?

— Dans deux heures.

— Ce soir ? Mais... mais c'est Noël ! m'exclamai-je en ayant la sensation d'un saut dans le vide.

— Je sais, je suis désolée. J'ai jamais voyagé et j'voyagerai jamais. Le seul tour que j'ai fait dans ma vie, c'est l'tour d'la casserole pour attraper la poignée. D'ailleurs, Jérusalem, j'suis trop vieille pour y aller, sinon... »

Elle laissa sa phrase en suspens et son interlocuteur dans le doute. Comment pouvais-je refuser ? Ma promesse, l'insupportable hantise dont j'étais victime, ces questions sans réponse et taraudantes, tout m'obligeait à courber l'échine.

« Comment je fais ? demandai-je d'une voix faible et vaincue.

— J't'ai écrit une liste : y a six Noah Korber à Jérusalem.

— Korber ?

— C'est son nom. Celui qu'j'ai lu dans le feu quand elle a brûlé ses lettres. »

Elle me tendit un papier, je l'empochai en silence.

« Trouve l'bon, et tu trouveras Maria. Sauve-la, s'il te plaît, sauve-la ! »

Silence. Je dégainai mon appareil photo. Lucinda avait abandonné la chaise sur le côté, devant un mur blanc, et l'enfant se tenait dessus, accroupi, les genoux groupés sous le menton. En collant mon nez sur la photo, je le discernais presque : ici le bras gauche, noué autour des genoux, là le bras droit, posé sur le dossier en bois. Sans sourire pour autant, il avait l'air apaisé d'en apprendre un peu plus sur ses origines. Je ne voulais pas rater ça, *l'enfant apaisé*. Peut-être que, de vérités divulguées en secrets dévoilés, je lui faisais la courte échelle vers le paradis. Peut-être que, lorsqu'il connaîtrait enfin toute l'histoire, il s'en irait.

« Tu sais à quoi elle ressemble, Maria, p'tit ? demanda Lucinda qui m'avait regardé prendre le cliché sans un mot.

— Je l'ai déjà rencontrée au travail, mais seulement trois à quatre fois. Elle ne venait pas beaucoup… Je crois qu'elle fuyait son fils ou l'hôpital. Peut-être même les deux…

— Toute façon, tu la reconnaîtras assez facilement : depuis sept ans, sûr de sûr, elle marche en serrant des secrets dans les poings. »

Je passai la presque totalité du vol à somnoler, ne rouvrant l'œil que vers 22 heures. Notre avion survolait alors ce qui ressemblait à une goutte d'un bleu limpide sur l'écran d'information…

No' était blotti contre moi, endormi, et son visage se contractait parfois sous l'effet d'une peur ou d'un stress intense.

Tu le sais, toi, ce qu'on va découvrir là-bas ?

Le gosse ne pouvait pas imaginer.

D'ailleurs, moi non plus.

À l'hôpital

13 jours avant la Déchirure

« Derrière la porte 33, il y a une chambre comme la tienne, avec une fenêtre, des jouets, une chaise et un lit. Cependant, ce n'est pas un lit ordinaire car, dans le matelas, il y a encore une porte, mais minuscule. »

Le cœur de Noah se met à cogner aussi fort que celui de Jo'. Le premier bat, parce qu'il est excité par la peur, le deuxième, parce qu'il ment à un enfant.

« Dans le lit ?

— Oui, mais ce n'est pas une porte comme les autres, elle est... *particulièrement* petite.

— Petite ?

— Un vrai trou d'aiguille, No' ! Et toute en or et en ivoire ! Tu veux savoir ce qu'il y a derrière cette porte ?

— Oui.

— Il y a un pont arc-en-ciel, et après ce pont arc-en-ciel, il y a une route, la Route 33, qui permet d'aller n'importe où.

— N'importe où ?

— Oui, n'importe où, pour manger ce que tu veux, et jouer avec la personne que tu veux. Jouer tout le temps.

— Comment ils font, les autres enfants, pour aller dans la chambre ? »

Jo' prend la chaise en bois posée dans le coin de la chambre, s'installe près du lit. La vérité, il ne peut pas s'y soustraire, elle existe en dehors de lui. Mais le mensonge, ça, il peut l'inventer. Mieux : il peut *le créer.* Créer un lieu rassurant. Celui souhaité par l'enfant. Voilà, pense-t-il, l'essentiel : *que l'enfant solitaire qu'il a bercé et porté dans ses bras déguisé en kangourou n'ait pas peur de ce qui va arriver.*

« Il faut s'en montrer digne, explique le jeune homme. Ne pas avoir peur. Être brave.

— Pourquoi ?

— Ce pont, c'est un pont arc-en-ciel. Il ne s'ouvre pas pour n'importe qui. On doit réunir trois qualités : la Sérénité du sage, le Cœur pur d'un chevalier et la Solidité d'une armure blanche. »

Il est nul pour les histoires, Jo'. Nul, nul, nul ! La Solidité d'une armure blanche ? Sérieusement ? C'est vu, revu. Cousu de fil blanc. Sans imagination.

« Comment on sait si on a tout ça, Jo' ?

— Tu dois surmonter des épreuves. Des épreuves difficiles. Connais-tu la première ? »

Le petit secoue vigoureusement la tête. Jo' roule de grands yeux énigmatiques, se lève, passe la tête dans le couloir, vérifie exagérément qu'il n'y a personne, puis il revient vers l'enfant, un doigt sur la bouche.

« Alors prépare-toi, parce que je vais tout te révéler. »

Troisième partie

À JÉRUSALEM, LE PÈRE

Après la Déchirure

Histoire de Maria

Partir à Jérusalem, sur un coup de tête, la veille de Noël, sans avoir réservé d'endroit où dormir... Y a-t-il plus téméraire au monde ? Hormis fumer une clope à côté d'une bouteille à oxygène, je ne conçois rien d'autre, rien.

Après quarante minutes de bus, j'ai roulé ma bosse presque quatre heures dans les ruelles à la recherche d'une chambre d'hôtel. Tous affichaient complet. Cette nuit, un dieu était censé naître dans les parages, quelque part à Bethléem et au pied des cheminées.

No', blanc et serein, se promenait avec un matelas derrière lui, un matelas à la verticale, et qui semblait collé à son dos et à ses mollets, et qui le suivait comme son ombre. Inconscient de la complexité de notre situation, le gosse occupait son éternité à reluquer les jouets colorés derrière les vitrines. Je m'approchai : panoplie d'infirmière pour les petites filles, panoplie de médecin pour les petits garçons... Ça m'a filé le cafard.

Finalement, il était 23 heures quand nous avons escaladé les grilles d'un jardin qui s'appelait le parc de l'Indépendance. J'ai contrôlé à droite, à gauche, personne. Le froid, taquin, m'entrechoquait les mâchoires comme un joueur d'osselets. J'ai enfilé trois pantalons les uns sur les autres. Pour le haut, quatre tee-shirts, quatre pulls. Ensuite, j'ai passé deux paires de chaussettes. Un tapis miteux, déniché dans une poubelle du parc, s'est changé en couverture entre mes mains et un coin de fourré derrière un banc, entre deux déjections, m'a servi de gîte. Plus haut, abandonnés au pied d'une poubelle, une seringue et un préservatif, usagés.

On n'est pas bien, là, No' ? Et le soir de Noël en plus !

Apercevant des balançoires, un toboggan, un tape-cul, tout plein de choses pour s'ébaudir, le petit de Maria a laissé s'évanouir le matelas derrière lui, puis il est monté sur un tourniquet en tôle tagué de dessins d'une obscénité sans nom.

Avec toute la conviction dont j'étais capable, j'ai apostrophé l'enfant : *Vas-y, No', amuse-toi ! Vas-y !*

Il n'avait pas la moindre idée de toute cette pouillerie autour de nous ou de l'abominable vulgarité du monde des adultes.

J'ai sorti de mon sac les feuillets de Maria, sauvés du feu par Lucinda, puis je les ai triés par ordre chronologique. La plupart d'entre eux avait les coins noircis par les flammes. Le premier datait de l'époque où Maria était étudiante au département de théologie, deux mois avant son départ pour Jérusalem. J'ai resserré les pans du tapis sur mes épaules, incliné le papier et profité de la lumière de la lune, heureux de retrouver les pleins et les déliés de la belle écriture de Maria.

... Et combien je suis heureuse depuis que j'ai rencontré Noah.

C'est arrivé comme ça : j'étais sortie vers Borghese, faire courir Gatsby. Assise sur un banc, j'avais coincé entre les cuisses un paquet de biscuits, et j'en jetais régulièrement au chien. Il courait les avaler, faisait des roulades dans son empressement. Je riais. Un moment, Gatsby a disparu dans les fourrés, et un grand type tatoué est venu s'asseoir à côté de moi.

« Tu es charmante, petite, ça me ferait bien plaisir de te connaître. »

Il a glissé le long du banc, m'a collée suffisamment pour que je sente son odeur de musc.

« T'as de jolies jambes, elles ouvrent à quelle heure ? »

Il a plongé sa main dans le paquet de biscuits, s'est servi, s'est mis à les engloutir les uns après les autres. J'étais tétanisée et, chaque fois qu'il piochait, je sentais sa main farfouiller entre mes cuisses. Il ne me quittait pas des yeux, sûr de lui, l'air triomphant, comme si je lui appartenais déjà. Je l'ai laissé faire jusqu'au bout.

Quand il a terminé la boîte, je me suis levée, j'ai crié « Gatsby ! » et Gatsby a accouru.

« Eh ben, petite, tu restes pas ? » m'a fait le type.

Je me suis forcée à rire, de toutes mes forces, puis je lui ai montré la boîte de biscuits.

« Je ne peux pas, je dois ramener Gatsby à ma meilleure amie, et vous avez mangé tous mes biscuits pour chien ! »

L'homme tatoué s'est levé – j'ai eu peur, j'ai cru qu'il allait me frapper –, s'est essuyé la bouche, a traité ma mère de tout un tas de noms désagréables... Pauvre Anna ! Puis il a donné un coup de pied dans un carton, seulement le carton était plein de cailloux. L'homme a crié, juré encore, puis il est reparti en boitillant.

Alors j'ai entendu un bruit derrière moi. Quelqu'un avait assisté à la scène et riait. Un rire fracassant, cristallin, innocent. Puéril.

Ce rire entier, facile, insolent, c'était Noah.

S'ensuivait la description de leur premier dîner, puis de leur première nuit. Le lendemain matin, Maria s'était levée à côté de Noah dans un état d'agitation intérieure insupportable et avait décidé de mettre immédiatement fin à leur relation :

« Ce qui s'est passé hier, ça ne se reproduira pas. »

Je tremblais de la tête aux pieds.

« Comme tu veux.

— Ça ne regarde que nous.

— *Comme tu veux, Maria.*

— *C'était une erreur, Noah.*

— *Comme tu veux.*

— *Pourquoi tu répètes ça, "comme tu veux" ?*

— *Je ne sais pas... Qu'est-ce que tu veux ?*

— *Je veux arrêter de trembler ! ai-je crié. Je ne veux plus avoir peur. Je veux être heureuse ! Être libre ! Je veux m'aimer un peu et que Dieu m'aime. Et je veux arrêter de crier !*

— *Très bien, a fait Noah d'une voix sereine. Comme tu veux.* »

J'aurais voulu continuer ma lecture, or il s'était mis à neiger et j'ai eu peur de mouiller les feuillets. Devant moi, l'innocent de trois pouces tournicotait, les bras tendus loin vers le ciel.

Je lui ai souri, comme si on ne risquait rien.

Être là, avec cette petite âme flottante, et lire l'histoire de sa maman, je ne regrettais rien : avoir tout essayé pour le rendre à sa mère, c'était là le plus important.

L'enfant gris agitait la main vers moi à chaque tour et, à chaque tour, je lui rendais son geste. C'était idiot... Les parents font ça avec leurs enfants, alors j'ai fait comme eux.

Les flocons tombaient, de plus en plus gros.

C'est pas tous les jours que les nuages perdent leurs plumes, hein, No' ?

Il a décéléré, les talons dans la terre, et la boue, et la neige, et l'au-delà. Il m'a fixé. Il y avait ce monde, le mien, et celui de l'enfant. Rien de vraiment solide ne les séparait.

Tu viens, dis ? Je te fais de la place.

Il s'est campé à mes côtés, sur du papier journal gondolé par l'humidité, puis nous avons contemplé les lumières, sans rien dire. Des épaisseurs de silence nous tombaient dessus, insupportables. Mes mains-moufles-chaussettes se sont agitées nerveusement sur mes genoux.

Noah, dis quelque chose, s'il te plaît… C'est Noël… Allez ! Dis quelque chose…

Il a appuyé son petit menton sur ses petites paumes, le regard espiègle, mais les lèvres désespérément serrées. Tout était calme. Minuit a sonné quelque part, et il n'y a eu ni cadeau, ni bruit de grelots, ni bonhomme pansu à barbe fournie, attifé de rouge. Juste des cloches d'église. Des milliers de clochers dans des milliers d'églises. Je me suis demandé quel âge j'avais quand j'ai tué la magie de Noël ou si elle était simplement morte de vieillesse, puis je me suis couché sur le côté.

Ils te plaisaient vraiment, ces jouets, derrière la vitrine, hein ?

No' s'est mordillé les lèvres.

Faudra laisser le père Noël te les offrir, d'accord ?

Nouveau mordillement. Trop malheureux, je n'ai rien ajouté. Qu'un fantôme de sept ans croie encore au père Noël était le reflet accablant d'un monde mal pensé, mal confectionné et mal bricolé ; la preuve ultime que Dieu n'existe pas, en quelque sorte.

La photo du gosse accroupi, de dos, sous la lumière orange d'un réverbère, le regard tourné vers la ville illuminée qui disparaissait derrière un mur blanc de neige en train de s'abattre, cette photo du gosse accroupi, ses petits pieds glissés dans une paire de tennis abandonnée, voilà tout ce qui me reste de cette veillée de Noël. Des chaussures pour adulte, noires, quasi neuves, logo blanc au talon et les lacets défaits. Il n'en mettrait jamais, des comme ça.

À l'hôpital

13 jours avant la Déchirure

« Tu dois commencer par porter l'écharpe du Silence, car la porte ne s'ouvre que pour enfants qui savent garder un secret. Tout ce que je te dis sur cet endroit, tu ne dois le répéter à personne, sous aucun prétexte. Certaines personnes te tendront des pièges : il y aura des fausses infirmières, des faux médecins, ils prétendront venir pour te faire une prise de sang, t'ausculter, te prendre le pouls, te peser, or cela fera partie du premier test, car ils voudront savoir ce qu'il y a derrière la porte et comment y entrer, mais tu feindras de ne rien savoir, tu montreras la Sérénité du sage, OK ?

— OK ! »

Jo' lève ses deux mains vers le plafond, décroche un cintre invisible et présente ses avant-bras tendus, comme s'il portait une étoffe douce et précieuse.

« Tu ne la vois pas, tu ne la sens pas, pourtant elle est là. »

Il fait mine de dévider une longue, très longue écharpe, puis opère plusieurs cercles autour du cou de l'enfant émerveillé par la légèreté de l'étole.

« Lève ton menton !

— Comme ça ?

— Oui, comme ça. Elle ne te serre pas trop ?

— Non. »

Il termine de nouer l'écharpe mystérieuse, puis marque un pas en arrière.

« Parfaite ! Absolument parfaite !

— Je dois l'enlever quand je me lave, Jo' ?

— Non, tu dois la garder. La garder jusqu'à la fin des épreuves, OK ?

— OK ! »

L'enfant lève la main droite, on lui tape dans la paume.

« Tu croyais vraiment être à l'hôpital ?

— Ben oui. »

Jo' étouffe un rire dans le col de sa blouse.

« Pffff ! Les choses sont tellement, tellement plus compliquées que ça ! »

Quand il quitte la chambre, une infirmière entre, poussant un chariot de soins. Jo' adresse un clin d'œil à l'enfant, que l'enfant lui rend aussitôt.

La première épreuve a commencé.

Après la Déchirure

Jo' et No'

Au matin, surpris d'être encore en vie, j'ai repoussé le tapis – devenu tombe blanche –, je me suis redressé dans mes vêtements malodorants, la neige a glissé à mes pieds par plaques entières et j'ai découvert qu'une bonne âme avait posé entre le tapis et moi un manteau en peau retournée. Coupe droite, boutons en ancre de bateau, col surmonté d'un renard au lustre chatoyant... La texture charnue du cuir, les plis nervurés des froissures, la tenue rigide du col et le velouté de la fourrure... ce cadeau du ciel donnait l'impression d'avoir été moulé dans une conque.

Je n'ai pas douté une seule seconde du sort qui aurait été le mien sans le manteau. Adressant une prière muette au bon Samaritain qui était passé par là, j'en ai vêtu mes épaules. Ce col... au contact si soyeux... impression de faire rouler de l'or fondu entre les doigts... Quelle émotion !... Héraclès jetant sur son crâne la dépouille vintage du lion de Némée n'aurait pas ressenti de plus vif plaisir ni d'aussi forts tressaillements qu'à ce moment précis où, parfaitement à l'écoute de mes sens, mon cou vint s'emboîter dans ce renard avec la perfection d'une clef dans sa serrure. Il ne me vint même pas à l'idée qu'il s'agissait là d'un manteau de femme. J'ai accepté sans poser de question, après tout c'était Noël.

Tu vois, lui aussi, il est sur mon dos, maintenant. Mais il y est bien mieux que toi, No' !

J'avais parlé tout haut, mais l'enfant s'était volatilisé, et ça m'a soulagé d'un poids immense ; il s'absente rarement ; cependant, quand il le fait, je respire. Sa présence ? Un doigt glacé posé au bas d'un dos brûlant de fièvre, et qui, pour minuscule qu'il soit, parvient à raidir le corps tout entier du malade.

Il avait tant neigé cette nuit-là que la terre était aussi *rutilante* que le ciel. C'est comme ça que j'ai découvert Jérusalem pour la première fois, toute d'ivoire, de perles immaculées, toute pure. Le soleil se levait et, par degrés successifs, doraient l'antique tour de David et les créneaux de la citadelle. Les portiques en pierre, les anneaux de bronze accrochés aux vieux murs, le sable et les maisons basses, tout était baigné du rouge limpide des matins d'Orient. Le soleil excitait la ville, et la température grimpait. La vie, les hommes, comme les bacilles à la lumière du microscope, sortaient de leur torpeur. On commençait à s'agiter sur les avenues.

J'ai quitté mon bivouac sans un regard en arrière, et la seule pension que j'ai pu trouver, je l'ai dégotée après quatre heures d'appels sans réponse, de désespoirs et d'errances acharnées. Elle était plantée entre un centre commercial flambant neuf et la vieille ville de Jérusalem, côté porte de Jaffa. Il restait une place de libre. Un escalier raide et perfide, huit couches par dortoir, des draps beiges, des murs blanc cassé et un carrelage couleur sable complétaient la symphonie de tons clairs de ma nouvelle chambre.

La pension Chlomo Dodo était administrée par un gros monsieur qui ne s'appelait pas Chlomo, mais Saül, et dont les cheveux étaient « Made in China » : il disposait de sept postiches différents, qu'il exhibait sur une coiffeuse près du hall d'entrée. Il célébrait Shabbat, mais à seules fins de préserver la réputation du lieu, car il n'était pas juif. D'ailleurs, il n'était ni musulman ni catholique, il était quelque chose de moderne : scientologue. Ainsi, il tient à disposition des pensionnaires un télescope pour contempler les étoiles et être aux premières loges lorsque, prétend-il sérieusement, les descendants du dictateur Prince Xenu de la Confédération galactique reviendront sur Teegeeack (la Terre) pour nous délivrer des Thethans, sortes de fantômes d'extraterrestres qui s'accrochent à nos pensées et provoquent dépression, asthénie et cauchemars…

La tête de mon logeur était grosse et molle, avec des déformations fantastiques. « Sa mère avait dû accoucher par le cul », aurait dit mon grand-père en rougissant un peu. Ce qui est sûr, c'est que Saül en avait gardé la forme. Sous des arcades sourcilières saillantes, un œil cueillait les cerises et l'autre surveillait le garde champêtre. N'empêche, j'étais bien heureux de poser mes fesses au chaud et de manger.

Licencié d'un poste important dans l'aérospatiale américaine, Saül avait débarqué à Jérusalem six ans plus tôt. Pour oublier ses déboires professionnels, il avait intégré une association d'apprentis cuisiniers israélo-palestiniens œuvrant pour la paix : on y apprenait à cuisiner la nourriture de l'autre, avant de la partager tous ensemble. Ainsi avait-il été ordonné, prétendait-il, « grand chevalier de l'ordre du Houmous », une distinction rare à Jérusalem, où l'on ne plaisante pas avec les pois chiches (dans la semaine qui suivit la terrible guerre des Six-Jours, les Juifs affamés s'étaient réapprovisionnés en masse dans les quartiers musulmans, hissant le houmous au rang de symbole national d'une tentative de paix où Israéliens et Palestiniens s'étaient enfin accordés sur un point : le houmous, c'est bon !).

Le petit déjeuner constitue le repas principal en Israël, et des restaurants en servent toute la journée. La shakshuka se compose d'œufs pochés dans une sauce tomate, accompagnés de fromage, de thon, d'olives, de salade et de tartinades. J'aurais souhaité l'attendre pour lire, mais comme No' n'avait toujours pas réapparu depuis mon réveil, j'ai attrapé un deuxième feuillet du journal et parcouru des yeux l'écriture fine et penchée de la maman de No'. La date était un peu cramée, le début du texte manquant, et les idées partaient dans tous les sens, néanmoins je compris l'idée principale : Maria venait d'arriver à Jérusalem et Noah, après l'avoir initiée aux joies de la gastronomie israélienne, lui avait fait découvrir un bar pas comme les autres et dont elle avait déjà fait mention dans la carte postale envoyée à Pozzinina et Lucinda : le Shoshan Bar, « le lieu le plus courageux du monde ».

... qui tente de se faire oublier dans une ruelle adjacente au grand boulevard de Jaffa Street. On lui a tout fait à ce bar... Caillassé, vandalisé... La dernière fois, c'était des cocktails Molotov.

« Deux fois détruit, deux fois reconstruit, comme le Temple ! », clame Noah, les yeux brillants de fierté.

À la nuit tombée, les jeunes y convergent des quatre coins de la ville, rasant les murs du quartier de Mea Shearim pour les ultra-orthodoxes, se faufilant dans les tunnels qui relient Israël à la bande de Gaza pour les jeunes Palestiniens. Les groupes se changent en ombres mouvantes qui se coulent dans les allées, se séparent, ralentissent, accélèrent, se retrouvent, se séparent encore, claquent des dents à l'idée d'être pris, reprennent leur jeu de piste mortel, puis de fil en aiguille, parviennent enfin au Shoshan et c'est la baraka !

« Ici, il n'y a pas de Palestiniens, pas d'Israéliens, seulement des gouines et des pédés ! », dit Noah en riant, le poing levé et dur. Ce que tous les diplomates du monde ont échoué à faire, une simple orientation

sexuelle minoritaire et opprimée le fait tous les soirs. La concorde ! La fraternité ! L'amour !

La façade est un comptoir en bois. Des filles, des garçons y descendent des bières en riant très fort. On y danse toute la nuit. Puis, le matin venu, pas question de rentrer seul.

À l'angle de la rue, il n'est pas rare de voir un ou deux barbus en djellaba, les yeux fixés sur le bar... On ne comprend pas leurs regards, pas tout de suite du moins... Hier soir, j'en ai vu un, les yeux fixes, les mains dans les plis de la robe, triturant un couteau.

« Laisse-le, a dit Noah. Il n'a pas le droit d'aimer qui il voudrait aimer. Son cœur a fendu son âme en deux. »

J'ai rejoint le groupe, Noah y donnait un cours de bras de fer (Noah est incollable au bras de fer) et des conseils d'autodéfense verbale à des copines :

« Quand un type te dit : "Tu es charmante, petite, ça te dirait de prendre un café pour faire connaissance ?" et que ça te gonfle, il faut rire, lui dire que tu te fiches de son avis et que tu n'as pas envie de le connaître, puis mettre un doigt dans ton nez et le fouiller de toutes tes forces en faisant loucher tes yeux. »

J'ai ri. Noah aussi. Noah : un rire parfait. Décidément, ce rire, jamais je ne pourrai l'enlever de ma mémoire... Ça sauve de tout, un rire comme ça... Pourtant, je ne pouvais m'empêcher de relever régulièrement la tête vers le coin de la rue et les regards menaçants des hommes. Un type restait là, l'œil gauche rempli de haine, mais l'œil droit rempli d'envie. Le désir se concentrait sur son visage en une tache molle et sale, tremblotait à la pointe de la barbe, puis gouttait sur le sol. Il avance, recule, « J'y vais ? J'y vais pas ? »... Hier soir, c'est moche, j'ai vu un homme qui piétinait dans une flaque de honte. Il ne m'a pas quittée des yeux. Et beau comme Antinoüs avec ça, avec des prunelles en feu ! Comme c'est terrible de se détester au point de vouloir tuer un autre... C'est très dur d'arrêter de mentir. Planter quelqu'un est moins difficile que de se regarder dans le miroir...

Mon Dieu ! Comme je suis sinistre, ce soir ! Reprends-toi, ma fille ! Tout cela pour dire : j'adore l'endroit, et Noah et moi y avons dansé jusqu'au bout de la nuit ! J'ai rencontré tous ses amis. Nous y retournons ce soir, mais en mission, cette fois. Je m'explique : à Jérusalem, les affiches de cinéma, sur les bus, doivent répondre à un certain nombre de critères pour ne pas heurter les ultra-orthodoxes... Tarzan, par exemple, le héros de Disney, s'est vu rallonger son short de 20 bons centimètres de tissu. Il ne faut surtout pas imaginer les bonnes grosses cuisses poilues et musclées de Tarzan. Quand Sex and the City est sorti, ils ont enlevé le mot Sex ! On lisait juste And the City, mais du coup tout le monde en ville pensait à la même chose et ils ont préféré annuler la campagne de promotion.

La nuit, des brigades – que Noah dirige – vont coller des affiches sur les murs. Rien de lascif ou d'osé, non. Pas des corps nus non plus. Ce sont des portraits de femmes, juste des portraits de femmes. J'aime bien cette *forme-là de résistance. Elle occupe l'espace, le dispute à l'ordre moral.*

P-S : hier soir, avant de dormir, les derniers mots de Noah ont été : « Je t'aime, Maria, je n'ai jamais aimé personne comme ça et parce que mon monde serait plus triste sans toi, je me réjouis que tu existes. » Personne ne m'avait jamais dit cela ! Nous faisons l'amour matin, midi et soir. Je me sens belle, femme, désirable, désirée et... épuisée !

Je tressaillis en reposant la feuille. Sous mes yeux, lentement, éclosait une identité féminine. Les origines de No' s'annonçaient aussi, par les balbutiements d'une histoire d'amour dont je savais, indistinctement, qu'elle s'était mal terminée...

Je terminai mon assiette, puis embarquai dans un Sherout (c'est ainsi qu'on nomme les minibus, ici) pour trouver le premier Noah Korber de la liste.

À l'arrivée, j'ai descendu les marches du bus et accueilli avec bonheur le soleil de milieu d'après-midi.

Tiens, te revoilà, toi ! me suis-je exclamé en reconnaissant l'enfant, pelotonné au pied d'un arbre. Il tressait des touffes d'herbes mortes qui sortaient de terre comme les mèches de ces saintes espagnoles, celles dont la chevelure fantastique continue de pousser même après leur trépas.

Tu viens, No' ? On n'a pas toute la vie !

Il m'a regardé, s'est levé, a marché vers moi. Il a tendu sa main, a presque pris la mienne, l'a traversée, a laissé retomber le bras.

Quelle ne fut pas ma surprise en me retrouvant à l'adresse indiquée, après trois nouvelles heures d'errements au hasard des ruelles. C'était un vieil hôpital psychiatrique. Je fis valoir ma qualité de médecin, fourrant ma carte professionnelle sous le nez de l'infirmier de garde, en prétendant être de la famille. Ce Noah Korber-là, cordonnier russe de trente ans, avait réalisé son Alyah et souffrait du « syndrome de Jérusalem ». À peine un pied posé sur la Terre sainte et pan !, il s'était pris pour Jésus, Aristide ou même Marie, courant tout nu dans la rue, en mode Adam. Il prêchait la fin du monde pour demain… depuis dix ans.

« Faut comprendre, sa vie était morne et très calibrée. Ici, il s'est mis à espérer. Pour la première fois de sa vie, il espérait », fit l'infirmier qui s'en occupait, avant de gentiment me raccompagner vers la sortie.

Il était déjà tard et j'étais déçu. L'après-midi était trop avancée pour s'occuper du deuxième Noah Korber de ma liste. J'ai quand même rayé le premier avec la satisfaction du travail accompli.

J'avais décidé de me rabattre sur la piste du Shoshan Bar quand, de passage à l'hôtel pour me doucher et me préparer, Saül agita les deux fesses qui lui servaient de joues.

« Hep ! Une femme est passée ce matin, et elle vous a laissé un mot.

— Une femme ? Quelle femme ?

— Plutôt jolie, la trentaine. »

Il me tendit une longue bande de papier déchirée, avant de rajuster ses grosses lunettes.

« Une blondinette. Les yeux humides, le menton qui tremble. Je lui ai même offert un carré de papier-toilette : "Quand on pleure, on renifle. Dieu a inventé la morve pour qu'on puisse faire passer toute la tristesse dans les mouchoirs", puis je lui ai proposé un thé, mais non, elle voulait pas attendre... Alors elle a... »

Je l'interrompis en lui arrachant la note des mains et tombai sur le sofa de l'entrée en reconnaissant l'écriture, serrée et vive, de la maman de Noah :

Pardon, pardon, je suis désolée, pardon, je suis désolée, pardon

À l'hôpital

12 jours avant la Déchirure

L'avant-dernière fois que Maria Tulith passe voir son enfant, c'est en coup de vent et c'est douze jours avant la Déchirure.

Maria pénètre dans le service, s'avance lentement devant le personnel, ne courbe pas l'échine, elle va, la tête haute, les épaules sorties, fait mine de ne rien entendre des chuchotements derrière son dos.

Elle toque à la porte, entre dans la chambre.

« Coucou, devine qui est là ? »

L'enfant lui saute au cou en hurlant de joie. Ils jouent ensemble toute la matinée, jusqu'à l'arrivée d'une infirmière.

« Vous pouvez filer, si vous le souhaitez, c'est l'heure des soins. »

Le ton est sec, sans chaleur. Maria embrasse son fils, lui chuchote à l'oreille : « Je te promets d'être encore là à ton retour, No' », puis dit à l'infirmière : « Je vais attendre dans le couloir. J'ai vu qu'il y avait des chaises et la télévision. »

Elle part s'installer devant l'écran, son carnet à spirale à la main. Elle l'ouvre, attrape son stylo, hésite. « Est-ce que je peux ? » Elle secoue la tête, là n'est pas la question : elle peut, et surtout, elle doit.

Il y a eu ce mois quand, durant plusieurs jours, tu t'es levé le matin, groggy, titubant. Comme ivre. Tu me disais « je suis fatigué » et tu dormais en classe. La maîtresse d'école m'a téléphoné. « Demain, je l'emmène chez notre médecin de famille », lui ai-je promis (toi tu disais « le médecin de nous » parce que ta famille, c'était toi et moi, et notre petit appartement à Paris). On t'a fait une prise de sang, et le médecin a voulu qu'on voit un spécialiste : dans la salle d'attente du Docteur Cheaumont, où j'écrivais et te regardais jouer, je repensais à ta conception, au jour de ta naissance, à mes sentiments contrariés. Je ne te voulais pas, No'. Pourtant, c'est moi qui t'ai appris à parler. Tu babillais. Tu disais M, sans cesse. M, M, M... Pas maman, non, « M ». Et c'était comme une exhortation, un encouragement.

Je suis nul !

AIME.

J'ai si peur !

AIME.

Est-ce que je vais y arriver ?

AIME.

Tu me répondais M comme un mode d'emploi : AIME !

Tu as marché très vite et, ensuite, je t'ai appris à faire du vélo. Un bicycle, rose, franges violines qui pendent du guidon, petites roues à l'arrière. Une occasion que j'avais disputée à une autre maman dans un discount minable pour mères célibataires en détresse.

Tu n'avais jamais peur de tomber. À vrai dire, tu n'avais jamais peur de rien. Moi si, en permanence.

Je te criais : « Tiens ta trajectoire ! Ni trop à droite, ni trop à gauche, imagine-toi sur une aile d'avion ! »

Est venu le temps de l'écriture. Le soir, je courais en sortant du travail : dévaler les rues, les escaliers, s'engouffrer dans le bus, puis le métro, tout pour venir te chercher à l'école. Je n'ai jamais demandé à personne de le faire à ma place. Nous rentrions main dans la main, puis on montait à l'appartement, et je vérifiais que tu dessinais bien tes lettres. À chaque progrès, on faisait la Danse de la Lettre, une ronde idiote où on chantait et tapait dans les mains. Tu apprenais avec application, tu voulais bien faire. Par intérêt, ai-je cru. Mais non, c'était pour me rendre heureuse, me voir rire, et danser et tourner avec toi.

Je t'ai donné cette ardoise, des craies, et le goût des petits messages laissés à l'autre. Je t'encourageais à lire partout, sur le paquet de corn-flakes à 1 euro, à l'arrêt de bus, dans ta tête et à haute voix...

Un enfant, ça a ce pouvoir d'attendrir même ce qu'il y a de plus âpre en toi, de plus inflexible. Sa tête posée sur une épaule, son souffle sur ta joue quand il dort dans tes bras, ses gestes malhabiles quand il peigne ses cheveux, ces gestes d'adulte en miniature, la chaleur de son corps, sa manière de manger vorace et festive, à chaque fois.

Ça te retourne l'âme comme on retourne un gant, No', ça te lave de tout, avant de tout remettre en place, mais pure.

J'étais perdue dans mes pensées quand le Docteur Cheaumont est venu me chercher.

« Il saigne souvent des gencives ? » a-t-il demandé en premier.

Cela t'arrivait de temps en temps. Jamais beaucoup, sinon je me serais inquiétée.

Le spécialiste n'a rien dit. Mais j'ai analysé ses gestes. Lents. Pleins de précautions. Son hésitation. Le temps qu'il essayait de gagner en se lavant les mains. En se raclant la gorge. En cherchant la bonne position sur sa chaise de l'autre côté du bureau.

J'ai compris alors ce qui allait arriver. C'était très primitif, comme pressentiment. Animal.

Je ne te voulais pas. Je t'ai même détesté, No'. Puis je t'ai accepté. Et j'ai follement aimé ce que j'ai accepté.

Alors que j'avais longtemps cru qu'on n'avait rien pu faire de pire que de te mettre dans mon ventre, ça et tout ce qu'on m'avait pris à ta naissance, voilà qu'on allait bientôt me dire : « Vous l'aimez ? Vous l'aimez enfin ? Follement, c'est bien ça ? Eh bien, la mort va vous le prendre. »

Et c'était comme une malédiction dans une malédiction, un châtiment dans le châtiment.

Maria est obligée d'interrompre son récit comme un homme s'approche d'elle. Grand, brun, l'air bourru. Il désigne le siège à sa droite :

« La place est libre ? »

Après la Déchirure

Jo' et No'

Aujourd'hui encore, lorsque je remonte le fil des événements, je me dis qu'à ce stade de mon voyage tout aurait pu en rester là. J'aurais quitté Israël comme on abandonne une pièce dans laquelle on est entré par inadvertance. Si seulement je ne m'étais pas entêté à trouver cet endroit, le Shoshan Bar, et si je n'y avais pas fait la connaissance de cette fille, Nini…

Elle vint à moi, top jaune fluo en haut, slim bleu en bas, aussi mince et dure qu'un coup de couteau dans un ventre plat, et belle, aussi, tellement maigre, les yeux attaqués de khôl noir. Autour de nous, il y avait cette musique, très bête, très binaire, qui poussait des poum-tchak dans nos conduits auditifs avec la même subtilité qu'un coloscope. La fille aux grandes prunelles sombres a avancé d'un pas. Poum-tchak. Elle a ri, baissé le front, l'a relevé, a souri ; elle savait déjà qu'elle avait gagné, devinait que je trimbalais un lourd secret, seulement elle s'en foutait, elle aimait même un peu ça. Elle m'a dit dans un anglais impeccable :

« Tu as quelque chose d'illuminé dans le regard, je veux jouer avec ça ! »

J'ai acquiescé, puis j'ai soutenu son regard en essayant d'avoir l'air présent. J'avais vraiment bu et j'étais vraiment obnubilé par le mot de la mère. Ainsi, Maria Tulith savait que j'étais à sa poursuite… Elle le savait et elle me fuyait… Une femme fuyant un jeune homme fuyant un enfant ! Une histoire de fous. Il restait encore cinq Noah sur ma liste. Sans doute Maria le cherchait-elle aussi ? Et comment m'avait-elle trouvé ? Et pourquoi m'écrire ce message ? Étais-je donc si proche de la vérité ? Du mystère qui enveloppait la naissance de l'enfant ? En repliant le mot, tout à l'heure, j'avais pris la décision de me rendre ici et danser, un moyen comme un autre pour ne plus penser, car penser est parfois comme fixer le soleil en face.

Nous avons discuté longtemps avec Nini, le charmant raton laveur à la chevelure interminable. C'était ce genre de nana qui aime se battre : elle donnait des cours d'anglais et de français dans une école dite *inclusive* (les cours y sont donnés en arabe et en hébreu, à des étudiants de toutes origines, avec des cours obligatoires d'« histoire commune », où on essaye de dégager les points culturels qui relient Arabes et Israéliens plutôt que ceux qui les divisent). Ses connaissances en histoire lui avaient également permis de décrocher un emploi d'accompagnatrice free-lance pour des agences de tourisme. Je sautai sur l'occasion.

« Je cherche un homme qui vivrait à Jérusalem, figure-toi. Me servirais-tu de guide ? »

Elle agita sa main.

« Seulement si on danse !

— Quoi ?

— Danser ! », cria-t-elle.

Soudain, un type a surgi entre nous. J'ai pensé : « Voilà, Jo', c'est son fiancé, et si tu continues à jacter avec sa meuf, il te fera une bise avec son poing. » Mais non, rien n'est arrivé. Rien de mauvais, je veux dire. Le type, c'était son meilleur ami et je lui plaisais. Me prenant en sandwich, Nini s'est faufilée derrière moi, a frotté son bassin contre le mien. Deux issues possibles : soit je passais la meilleure nuit de ma vie, soit je venais de tomber dans un guet-apens et je me réveillerais demain matin dans une baignoire, délesté de mon rein droit et de ma dignité.

J'avais deux reins, mais une seule vie. Les garçons, les filles, le trafic d'organes, quelle importance ? Il n'y a pas assez de nuits dans une vie pour se permettre de les gâcher en dormant seul, me raisonnai-je. La vérité, c'est que je m'apercevais qu'il y avait une vie après Manon et, qui sait, peut-être une possibilité de bonheur.

Le garçon, lui, s'appelait Ibraheem. Il équarrissait des bœufs dans des boucheries halal. « Les bêtes sont déjà mortes, je n'égorge pas », me précisa-t-il dans un anglais plus qu'acceptable. Il était également danseur dans un ballet. L'abattoir, c'était purement alimentaire. Le jeune homme partageait sa vie entre Tel-Aviv et Naplouse, en Cisjordanie, mais il était de plus en plus difficile de passer les check-points. « J'envisage une installation définitive à Jérusalem », me confia-t-il, plein d'espoir.

Très vite, un deuxième mec nous a rejoints. Avram. Il était avec Ibraheem sans l'être. Avec Nini, aussi. À tous les trois, leur arrangement au pieu était simple : « On se tient chaud l'hiver et le reste de l'année. »

C'était quelques minutes avant que l'ambiance ne tourne au vinaigre. Des mecs louches, excédés par la liberté de mœurs qui régnait ici, exactement comme dans les feuillets de Maria, s'approchèrent depuis le coin de la rue et une insulte « Sales gouines ! » fut proférée en arabe.

En quelques secondes, je vis Nini s'emparer d'un tesson de bouteille sur le sol, le tenir haut comme un fleuret d'escrime, puis faire fuir les mecs, à elle seule ! (Je compris plus tard que c'était à cause de son sang : il coulait de sa main coupée par le tesson et les mecs louches en avaient été dégoûtés.)

Nini, elle, se retourna, revint, leva un poing triomphant, lécha son avant-bras où un mince filet de sang avait tracé son sillon, m'embrassa. J'avais les lèvres toutes rouges. Elle cria « *Music !* », alors que la musique n'avait jamais cessé – puis elle me tira par le bras en disant le plus naturellement du monde :

« Ça te dirait de venir chez moi fumer la chicha ? Hein ? Allez, dis oui ! »

Bien sûr, je ne savais pas encore que si tu changes beaucoup de lettres à « fumer la chicha » tu obtiens

« célébrer la vie en trinquant du nombril tous les quatre et toute la nuit ».

J'ai cherché l'enfant gris des yeux. Il était dans un coin de la pièce, en train de jouer. Le chanceux avait trouvé un pistolet en plastique qui émettait trois types de sons : mitraillette, revolver, bazooka. Ça clignotait. Bleu, vert et violet. *Je fais quoi, No' ?* Il a collé l'arme contre son cœur, a appuyé : bazooka et lumière violette, mais en dehors de ça, rien ne s'est passé, et il a eu l'air déçu de ne pas mourir davantage. J'ai pris ça pour un assentiment, presque un ordre : « *Jo', tombe amoureux et cogne-toi en tombant !* »

Sur le chemin de l'appartement, Avram a raté une marche et s'est étalé de tout son long sur le trottoir.

Ibraheem l'a relevé en le saisissant aux aisselles, puis il lui a dit : « Je suis là, Avram, je suis là » avant de déposer sur sa joue un baiser brutal et sonore.

Ils ont ri, titubé, beaux comme des soleils.

J'ai lancé timidement :

« Nini ?

— *Yes ?*

— Tu as vraiment... des yeux incroyables ! »

Elle a ri aux éclats, redressé fièrement le torse, tellement maigre qu'elle ne pourrait pas marcher droit et mâcher un chewing-gum en même temps.

« Pourquoi ris-tu ?

— Si un mec se souvient de la couleur de tes yeux après ton premier rendez-vous, alors tu peux en être sûre : tu as de petits seins. »

Nini, oh Nini, inoubliable Nini !

« Tu l'aurais vraiment fait ?

— *What ?*

— Planter le type ?

— Quel type ? a-t-elle dit avec un accent français très charmant et beaucoup de désinvolture, comme si elle avait l'habitude de menacer les gens avec des tessons.

— Celui qui a traité les filles de lesbiennes. »

Elle me corrigea : il ne les avait pas traitées de lesbiennes – ce qu'elles étaient après tout –, mais de « gouines ». Nini aimait les filles *et* les garçons, mais elle avait tout de même une nette préférence pour les filles. Et elle détestait ce mot, « gouine ».

« Oui, mais est-ce que tu l'aurais fait ?

— Bien sûr que non, je suis vegan ! »

Silence. Elle a ajouté en faisant la moue :

« Tu danses vraiment très mal, on te l'a déjà dit ? »

Derrière, No' suivait, pistolet à la main. Je crois qu'il venait de se tirer une balle qui n'existait pas dans un pied qui n'existait plus.

À l'hôpital

12 jours avant la Déchirure

Quand il pousse les portes à battant du service, Jo' trouve Maria Tulith rouge de colère, le nez collé au visage du père d'Ismaël, donnant tout à fait l'impression de vouloir y distribuer une salade de doigts.

Les infirmières s'occupaient des petits, les deux parents étaient donc sortis patienter dans le couloir. Maria était en train d'écrire dans son carnet à spirale, quand le père d'Ismaël l'avait rejointe devant le poste de télévision installé en salle d'attente. Un présentateur y parlait droits des femmes, oppression masculine, féminisation de la société, etc. Le père d'Ismaël avait claironné :

« Veulent transformer les filles en camionneurs et les garçons en fiottes ! »

Maria avait eu un mouvement de recul, avant de poser son carnet et de faire face à son voisin :

« Excusez-moi, monsieur, qu'est-ce que vous entendez par fiottes ? »

Une infirmière, qui avait assisté à la scène, avait la conviction intime que la mère de Noah avait été mise au courant des réflexions faites par le père d'Ismaël visant à éloigner son fils de celui de Maria.

Le père avait répété à mi-voix, goguenard, « fiottes » et « camionneuses ».

Aussitôt, Maria était montée dans les tours. Il l'avait traitée de « conne », seulement *a priori* le mot « con » désignait étymologiquement le sexe féminin, poussant à bout la jeune femme.

« Être un vagin n'est pas une insulte », avait-elle rétorqué.

À la suite de quoi, Maria avait énuméré en hurlant l'interminable liste des insultes sexistes que nous utilisons tous les jours : *connasse, salope, enculée, pétasse, pédale, enfoiré,* etc., sous le regard d'abord admiratif, puis profondément choqué de Mme Crinchon.

Ils en étaient là de la confrontation, lorsque Jo', qui finissait d'écouter les explications d'une infirmière, entendit le père d'Ismaël lancer au visage de Maria : « Piquez-la, cette hystérique ! »

La gifle vole dans les airs, Jo' se jette entre eux, essayant de les séparer. Il sourit à l'un et à l'autre, il a tellement envie de paix, il a l'impression d'être Miss France. Il emmène Maria à part.

« Vous me jugez, vous me jugez tous ! l'entend-il murmurer derrière un rideau de larmes. Je le vois bien que vous me jugez ! Mais vous ne savez rien, rien du tout ! »

Elle tremble de tous ses membres. Et Jo' la serre contre lui, et elle pleure longtemps, là comme ça, abandonnée dans ses bras, jusqu'à ce qu'ils entendent, comme un murmure porté depuis les bouches des médecins et des infirmiers du service : « Si elle mettait autant d'énergie à s'occuper de son fils qu'elle en met à crier pour des conneries… » À cet instant, Jo' la sent se raidir, elle le repousse, se tourne vers l'équipe, relève le menton, les affronte tous du regard, attrape son sac, puis s'en va sans un mot, sans un geste, sans même tenir parole.

« Je te promets d'être encore là à ton retour, No'. »

La parole donnée est reprise.

Maria ne sera pas là quand son fils reviendra des soins.

Après la Déchirure

Jo' et No'

Nini habitait un petit appartement dans Jérusalem-Ouest, une colonie appelée Neeve Yaakov jouxtant le quartier arabe de Beit Hanina, un des coins les plus modernes de la ville, contrairement à Jérusalem-Est qui s'entête à rester vétuste, poussiéreuse et délicieusement déglinguée. S'y loger est devenu infernal pour les jeunes : de plus en plus de Juifs font leurs Alyah, et les prix de l'immobilier flambent.

Il n'y avait que deux pièces, avec un grand lit métallique. Des stores vénitiens disposés de travers laissaient filtrer un disque de lumière orange. Les murs, le sol, tout était recouvert de moquette verte. Je décidai aussitôt que c'était ma couleur préférée. La première fenêtre donnait sur un mur en brique, la deuxième aussi. Le hasard faisant bien les choses, je me découvris immédiatement une passion secrète pour les murs en brique. Deux meubles en plastique complétaient le garni. J'aimais aussi le plastique, même éraflé, roussi ou cassé, surtout usé d'ailleurs : il y a une histoire derrière. Comme cet énorme cendrier en bakélite débordant de mégots…

Quelques heures plus tard, je me revois, gagnant le balcon, emmitouflé dans une couverture. Avram, Ibraheem et Nini dormaient nus, emmêlés, amoureux.

Dehors, Jérusalem dormait, et le froid me saisit. Je donnai un coup de pied dans le vide, comme pour en faire surgir le gosse. Cela fonctionna, le gosse surgit. En même temps que le soleil se levait.

Devant nous, la ville avait l'air calme et en paix. Petit miracle.

Je fumai comme je n'avais jamais fumé. Je ne sus pas si je détestais ou si j'adorais ça. No' ne fumait pas, il fabriquait des bulles. Elles montaient, irisées et dodues, puis éclataient dans un jaillissement de postillons savonneux dans la molle pesanteur de la ville assommée par la fête.

Tu sais, No', je suis tellement fatigué… Fatigué de marcher, fatigué de chercher ta mère, d'avoir mal aux pieds, de déchiffrer son histoire. Fatigué de t'accompagner, tu comprends ? De me demander pourquoi le mal existe. Pourquoi les hommes souffrent. Tellement fatigué… je pourrais fermer mes yeux avec mes paupières inférieures. Pourquoi des enfants meurent-ils avant leurs parents ? Pourquoi, hein, pourquoi ?

Il sortit sa pancarte, où était écrit à la craie : « *Ça va aller, Jo', je suis là.* » Je levai les yeux au ciel. *Je le sais que tu es là… Tu es TOUT LE TEMPS LÀ ! Arrête avec cette maudite pancarte !*

Dehors, la nuit finissait, le jour commençait, c'était comme le début du monde. J'étais sur le balcon, j'allais lire la dernière feuille du carnet intime de sa mère. Si Noah pouvait parler, il dirait que ça a été la plus belle nuit de sa mort. Je lui répondrais alors que c'est normal, ça a été la plus belle nuit de ma vie et maintenant qu'elle était terminée, je la lui donnais.

Ce matin, nous visitions le mémorial de la Shoah, lorsque Noah m'a raconté une histoire.

Il y avait un petit garçon, âgé de quatre ans, qui s'appelait Joseph. Un soir, sa maman ne vint pas le chercher à la sortie de l'école.

C'était le 15 juin 1942.

Joseph n'avait pas de famille, sa maman l'élevait seule. Faute de mieux, le petit garçon fut confié à l'assistance publique. Les mois passèrent, les saisons… Joseph eut douze ans, puis seize, puis vingt. Joseph se maria, eut des enfants, mais il ne sut jamais pourquoi sa mère l'avait abandonné.

« Il est décédé à l'âge de soixante-six ans, m'a expliqué Noah dans les allées du mémorial. Ses derniers mots furent : "Et ma mère ?" »

Quelques années plus tard, la femme de Joseph a découvert par le plus formidable des hasards le nom de la mère de son époux sur la liste, régulièrement réactualisée, des victimes d'Auschwitz.

La jeune maman de vingt-huit ans avait été raflée par la police française le 15 juin 1942.

« L'assistance publique vient de rendre justice à Joseph, m'a informée Noah en écrasant une larme, elle a enfin reconnu le préjudice subi pour une vie entière à se demander si sa mère l'avait abandonné. »

Voilà.

La matinée est passée, puis l'après-midi et le soir. Nous avons couru les boutiques, les musées et les bars avec les amies de Noah. Pourtant, j'ai beau m'étourdir de bruits et d'activités, je n'arrête pas de penser à Joseph. Je suis sur un balcon, face à la ville assoupie, et j'écris.

J'ignore pourquoi, mais je me sens encore « pleine » de cette tragédie. C'est fou comme on se sent mal quand on ne peut pas « boucler » une histoire. Que ce Joseph n'ait pas pu savoir la réponse avant de mourir, c'est là, le drame, l'immense et intolérable drame. Mais pourquoi, au final ? Joseph est mort, alors pourquoi ? L'inquiétude qu'il ne voyage pas sereinement dans l'au-delà ?

Cela me glace le sang... Si, un jour, j'ai la chance de devenir maman, j'espère ne jamais être séparée de mon enfant. Cela doit être si intolérable, de vivre un tel drame, on doit le vivre dans sa chair, le sentir si fort... Je ne le supporterais pas, je crois. Non.

Cette simple évocation m'oblige à chercher la rambarde du balcon, pour me tenir à quelque chose. Mais Noah se glisse derrière moi, m'attrape par la taille, passe ses mains sous mes bras et me serre contre son ventre.

« Allez, mon amour, ma toute belle, viens, arrête de te tracasser pour rien. Viens, ma joie, ma toute belle, mon amour, viens ! »

Voilà. C'était le dernier feuillet. Mes mains tremblaient tellement, le papier m'a échappé et s'est envolé au loin, sur Jérusalem en train de se réveiller. J'ai essayé de le rattraper, mais peine perdue, il était déjà loin.

Sur ma droite, le gosse debout sur la rambarde observait la lettre de sa mère s'évanouir vers le petit jour. À l'instant précis de sa disparition à l'horizon, l'horizon bleu, vert et orange, à cet instant précis, elle a réapparu comme par magie, entre ses mains… Alors, il l'a pliée en quatre puis l'a glissée dans sa poche, pour plus tard.

J'ai dit :

On va bientôt savoir, No'. Je te le promets, on va bientôt tout découvrir et tu pourras rentrer chez toi.

Il a hoché la tête. Il avait le corps et le visage éblouissants de mélancolie, écrabouillés d'aurore.

Évidemment, à ce moment-là, je n'imaginais pas combien je pouvais me tromper sur absolument toute cette histoire.

À l'hôpital

11 jours avant la Déchirure

Jo' est comme tétanisé, ce jour-là. Depuis combien de temps vient-il tenir compagnie à l'enfant gris ? Deux mois ? Trois ? Il ne sait plus… Il ne s'explique pas pourquoi il vient, pourquoi il ment. *L'enfant va mourir.* Peut-être pour ça. Simplement pour ça.

Debout dans le couloir, il se ronge les sangs. Est-il normal ? Est-il de taille ? A-t-il, comme on dit, *la carrure* ? Ses camarades s'endurcissent plus que lui. Oh, ils luttent un peu, certes, pourtant tous se soumettent à l'idée. Chaque fois, ils s'y soumettent. Jo' est un étudiant attentif, pourtant. Ainsi se souvient-il des mots de son professeur : « Blablabla, parmi les symptômes de cette maladie du sang, il y a le teint gris très caractéristique, vous ne pourrez pas le louper, blablabla… » Jo' n'y avait pas cru. Teint gris ? Qu'est-ce que ça veut dire ? Le ciel du Nord est gris, les ardoises des toits sont grises, mais un enfant, même très malade, ça non. Un enfant, c'est blanc, noir, jaune, c'est pleurnichard ou souriant, c'est casse-pieds, attachant, ça a la crotte au nez vingt-quatre heures sur vingt-quatre, ça fait du bruit quand ses petits pieds nus courent sur du parquet en bois, c'est rose, un enfant, et essoufflé, et éreintant, mais gris ? En aucun cas, Monsieur le Professeur de Médecine, en aucun cas…

Puis Jo' est entré dans le service des maladies du sang de l'hôpital pédiatrique. Et là…

Jo' les a vus, les enfants gris, les Noah. Il a pris soin d'eux, il a eu peur pour eux, il a joué avec eux. Il a même posé ses mains sur leurs oreilles quand Crinchon déchargeait.

Il en a parlé à sa maman et à ses sœurs, des enfants gris.

« Gris ? a fait sa famille. Allons ! »

Comme lui-même a mis en doute la parole de son professeur, tous ont cru qu'il exagérait.

Qu'il mentait.

Jo' ment très bien, et sur beaucoup, beaucoup de choses. Mais pas là. Là, c'est la vérité, ils sont gris. Comme l'ardoise sur les toits de Paris et comme le ciel de Normandie.

Ni plus, ni moins. Gris, exactement gris.

Et quand on ne peut plus rien faire, quand la fin est trop proche, quand on veut qu'ils soient *au calme*, on les déplace.

Chambre 33.

Après la Déchirure

Jo' et No'

Nini s'était réveillée la première, vers 13 heures, avec des ronronnements de chatte. Nous sommes convenus de mon emploi du temps : je me débrouillerais en début d'après-midi pour rencontrer le deuxième Noah Korber de ma liste, puis je retrouverais Avram plus tard, car le Noah numéro 3 habitait Mea Shearim, le quartier ultra-orthodoxe, et il était trop dangereux d'y aller seul. Je les rejoindrais tous ce soir, après dîner.

Mes pas étaient lourds, mes chaussures traînaient sur les pavés. Je n'avais pas vraiment envie d'y aller, j'étais fatigué, je voulais dormir dix jours, seulement il fallait bien sortir, trouver Noah, trouver la mère, sinon ce qui s'était passé dans la chambre allait revenir me hanter et je ne voulais pas, je ne voulais plus. Non, non et non.

Derrière moi, l'enfant suivait.

On va la trouver, No'. Je te le promets. Et tu verras : elle t'aime, j'en suis sûr. Ta maman t'aime, oui…

Un mensonge n'a aucun pouvoir en lui-même. Il devient important dès lors qu'on accepte d'y croire. Le mensonge est un acte coopératif. Et utile. Il sert à tout. Combler le fossé entre les souhaits et la réalité, par exemple.

C'est à l'aquarium de Jérusalem, un des plus immenses aquariums sous-marins du Moyen-Orient, que je rencontrai le directeur, Noah Korber, soixante-six ans, gentil bonhomme aux habits bariolés, qui n'avait « jamais, jamais, jamais entendu parler de Maria Turpil… Turnil… Maria, qui ? » Pendant notre entretien, je guettais le gosse, en contrebas, qui vagabondait dans le grand bassin, entre les anémones de mer.

Quelqu'un avait envoyé par le fond un poisson clown en plastique. Le gosse s'est planté devant, délivrant des coups de pied et de tendresse au-dessus du limon blanc. Mais rien. Le jouet est resté inerte. No' a fait mine de lui passer une fine cordelette autour du corps, et j'ai cru lire les mouvements de ses lèvres, « *Mais oui, mais oui, Jo', j'ai sept ans, et je veux promener un saumon en laisse* », mais rien. Rien du tout. Du plastique. Inerte, encore. Et la tête du gosse, de profil, penchée comme pour écouter en lui la résurgence inattendue des émotions éteintes.

J'ai pris une photo du gamin : bras ballants, fesses sur le sable blanc, jambes de chaque côté du jouet, visage affaissé et déçu. Minuscule et seul au milieu du bassin obscur. C'est, de toutes les photos, celle où il m'est le plus difficile d'apercevoir le gosse. Il faut tordre le papier dans tous les sens, le pencher sur le côté, sous l'éclairage adéquat, et encore le résultat n'est-il pas garanti…

En sortant de l'aquarium, j'avais décidé de passer à l'hôtel avant de retrouver Avram, quand je me fis contrôler par Tsahal, l'armée israélienne, incarnée dans un grand casqué, gilet-pare-ballisé, fusil-mitrailleurisé.

« Tu as un couteau sur toi ? aboya-t-il en anglais.

— Non.

— C'est quoi, ce sac ?

— Mon sac de voyage.
— Dans ton sac, est-ce que tu as un couteau ?
— Non, non.
— Il est petit, ton sac.
— Je suis parti rapidement.
— Pourquoi ?
— Pourquoi quoi ?
— Pourquoi tu es parti rapidement ? »

Pas sûr que la réponse « Je suis venu à Jérusalem pour qu'un enfant connaisse enfin le mystère de ses origines » fonctionne très bien. Alors je haussai les épaules, sans rien dire.

Lui : « Tu fuyais quelque chose ? »

Moi : « Non. »

(Quoique…)

« Tu fuyais quelqu'un ?
— Non !
— Pourquoi tu as un sac ? insista-t-il.
— Je ne sais pas, moi, pour transporter mon guide touristique, mon pull…
— C'est pas plutôt pour mettre des couteaux ?
— Mais non ! »

Je m'évertuais à rester doux et posé. Calmer le jeu.

« Pas de couteau ? insista Goldorak.
— Puisque je vous l'dis !
— Tu viens d'où ?
— De l'aquarium.
— Tu as fait quoi là-bas ?
— Regardé les poissons.
— T'as pas plutôt acheté un couteau ?
— Non !

— C'est quoi, ton pays d'origine ?
— La France.
— Les Français ont toujours des couteaux dans leur sac. »

Que rétorquer à une affirmation aussi péremptoire ? J'ai tendu le sac, en manière d'invitation.

« Si je fouille et que je trouve un couteau, tu me suis au poste de police.
— Allez-y.
— Tu es sûr ? », dit-il avec un air de convoitise.

Tout à coup, j'hésitai : y aurait-il vraiment un couteau dans mon sac ?

« Alors, tu es sûr ? »

Je secouai la tête en guise de réponse.

« Sûr-sûr ou pas sûr-pas sûr ? répéta-t-il.
— Ben oui, sûr-sûr, monsieur. J'opine, là... »

Le mot le fit rire.

« Tu "opines" ?
— Oui, oui, j'opine. J'opine à fond, même. J'ai jamais autant opiné de toute ma vie. »

Il approcha lentement ses mains du sac, la mine soudain redevenue très sérieuse. « Bon, c'est toi qui l'auras voulu », et il ouvrit la fermeture Éclair de mon sac.

Je sentis que mon front était en sueur et l'épongeai rapidement d'un revers de la main pendant que lieutenant Goldorak fouillait. Finalement, il poussa un petit cri de déception :

« Il n'y a pas de couteau ! »

Moi, épuisé :

« Je vous le dis depuis dix minutes, monsieur. »

Il m'adressa un clin d'œil, une révérence, puis finalement fit dans un français poussif et théâtral :

« *Au revoir, Molière.* »

L'aventure, comme la gastro-entérite, ça vous prend par surprise. Moi, je venais de me faire bizuter par l'armée israélienne…

À l'hôtel, le dos recroquevillé, je me faisais le plus discret possible, réduisant le volume circonscrit à mon âme, l'écrasant même un peu sous le poids de ma fatigue, en faisant une « *âmelette* ». Saül était là, avec sa grosse figure aux mâchoires de molosse, en train de mater des jeux télévisés. J'ai repensé à l'aquarium… Pas grand-chose de plus stupide au monde que la vie d'un poisson dans un bocal. Tu tournes, tu tournes, tu tournes. Peu de choses te préservent de l'anéantissement intellectuel complet (hormis l'absence de télé).

Sa main s'agita dans ma direction.

« Hep ! La pleureuse est repassée ! »

Il farfouilla dans une banane en cuir accrochée autour de sa taille, me tendit une enveloppe pliée en quatre, maculée de graisse.

« Je lui ai proposé de me laisser son numéro pour que vous la rappeliez, mais elle s'est affolée, comme si vous lui faisiez peur. (Il eut un rictus, découvrant des dents jaunies par le tabac.) J'veux pas de problème, ici, hein ? »

Je lui adressai un salut militaire : « Promis, chef ! » puis filai dans ma chambre ouvrir l'enveloppe.

L'écriture de Maria, et six mots. Juste six mots. Terribles.

Gardez-le, je vous en supplie

À l'hôpital

10 jours avant la Déchirure

Mme Crinchon est raide dans ses bottines, montre de gousset clippée sur la blouse, cheveux tirés en arrière, yeux cernés. Air las. Prête à mordre.

« Jo'… dit-elle en secouant la tête, dépitée. C'est quoi cette histoire avec la chambre 33 ?

— Ah… fait Jo'. Il t'a dit…

— Oui, il m'a dit.

— Tout ?

— Tout. L'écharpe de Silence, les épreuves… »

L'infirmière roule entre les doigts le pendentif en or qui pend à son cou. Un crucifix. Elle le fait toujours aller et venir nerveusement quand elle parle de la chambre 33.

« Pourquoi tu lui racontes ça, Jo' ? Pourquoi tu lui dis pas la vérité ? Ce n'est même pas ton patient ! Pourquoi tu es si… si… Trou du cul, trou de balle, tronche de cake, toqué, tocard !

— Tu veux dire si... lâche ? »

Mme Crinchon se tait.

Pourquoi, oui ? Et pour qui ? Il n'a pas menti pour l'enfant, il a menti pour lui-même. Il a été égoïste. Horriblement égoïste. Un mensonge en entraîne un autre, puis un autre, et à la fin, il ne savait plus comment s'en sortir, il avait perdu le fil, ne savait même plus ce qu'il avait dit, promis, inventé lors de ses précédentes visites, tout se mélangeait dans son esprit, sans cohérence. Une demi-vérité, même légèrement fardée, légèrement amputée d'elle-même, est déjà un mensonge tout entier. À trop user de la fable, la fable est devenue naturelle, et de naturelle, elle est devenue réelle : il n'a presque plus d'inquiétude pour l'enfant. La vie ici s'adoucit. Une partie de lui y croit peut-être même un peu : dans cette chambre il y a un lit, et dans ce lit... Dans ce lit, il y a une porte qui s'ouvre sur un pont et ce pont... magique... Ce pont mène nulle part, ailleurs, partout.

Mme Crinchon répète, plus doucement :

« Pourquoi, Jo' ? »

Jo', hypnotisé par le collier, ne lâche pas des yeux les doigts de l'infirmière qui vont, de maillon en maillon, jusqu'à la croix, puis repartent aussitôt.

« Il faut commencer par les petits mensonges », murmure-t-il.

Il pose sa main sur la porte de Noah, tourne la poignée.

« Puis de petits mensonges en petits mensonges, on arrive à croire aux gros. »

Après la Déchirure
Jo' et No'

Avram eut la gentillesse de nous faire visiter, à l'enfant gris et à moi, le quartier juif ultra-orthodoxe de Mea Shearim. Les loubavitch, hassidim ou quelque chose comme ça.

« Mea Shearim, ça veut dire "Cent portes", en hébreu.

— Cent portes ?

— Oui. Du temps de l'occupation ottomane, Jérusalem faisait partie de l'Empire turc. On désignait toute cette partie du monde sous le terme de "royaume de la Sublime Porte".

— Royaume de quoi ? fis-je, comme piqué par une guêpe.

— Royaume de la Sublime Porte. Pourquoi ?

— Non, non, pour rien. »

Nous avons payé nos tickets de bus, et nous nous sommes installés à l'arrière, tandis que le gosse s'installait à côté du chauffeur, vivement intéressé par sa machine. Je parlais peu, trop sonné par la note déposée à l'hôtel. Je l'avais ouverte et j'étais resté là, hébété, sans savoir que faire, seul au monde. « *Gardez-le, je vous en supplie.* » Pourquoi Maria ne reprenait-elle pas son fils ? Qui l'avait mise et au courant de la présence du fantôme de son fils à mes côtés ? Je n'en voulais plus. Je voulais être libre.

Au bout de cinq minutes, Avram a dû être embarrassé par mon air prostré. Il a brisé le silence :

« Jo' ?

— Oui ?

— C'était ta première fois, cette nuit ? Je veux dire, avec… des filles et des garçons ? »

J'ai acquiescé, penaud. Il a ri.

« Qu'y a-t-il de drôle ?

— Toi ! »

Je lui ai balancé une taloche sur l'épaule.

« Ne te moque pas de moi !

— Tu es homogarou, tu sors avec des hommes les soirs de pleine lune ! »

Et, se redressant, il s'est mis à hurler à la lune, là, comme ça, dans le bus. Aouuuuh ! Aouuuuh ! Cela m'a fait du bien.

« Tu sais, normalement, je devais aller au travail, je te fais une fleur en t'accompagnant.

— Je ne veux pas te mettre dans l'embarras.

— T'inquiète, mon patron passe son temps à dire que l'homosexualité est une maladie.

— Quel rapport avec ton absence au boulot ?

— J'ai appelé pour dire que j'étais très, très malade et que je pourrais pas venir ce matin. »

On a ri, puis Avram s'est rencogné dans son siège, et son visage est redevenu sérieux.

« Jo' ?

— Oui ?

— Qu'est-ce que tu fuis ?

— Je ne fuis pas.

— Te fous pas de ma gueule, hier tu as dansé, bu, fait l'amour comme un désespéré ! Depuis tout à l'heure tu tritures ce mot dans ta poche et tu passes ton temps à regarder par la fenêtre, ou par-dessus ton épaule, à fouiller le vide, et on ne sait pas si tu es soulagé ou inquiet de trouver ce que tu trouves, ce que toi seul, tu trouves. »

Je cherchais un bon mensonge, quand un homme portant un long manteau noir s'est assis devant nous, près d'une femme. Il a ôté son chapeau, et tout le temps du trajet il a maintenu son feutre sur le côté de son visage. J'ai filé un coup de coude à Avram.

« C'est pour ne pas être détourné de Dieu par la beauté de la jeune fille, m'a-t-il expliqué. Les femmes ont pour devoir de se raser le crâne et porter une perruque.

— Mais pourquoi ?

— La chevelure d'une femme, c'est déjà une part de son sexe. Comme la bouche, ou les yeux. Seulement tu peux pas couper les lèvres et crever les yeux de toutes les femmes. Tu peux pas. Mais cacher les poils pubiens qu'elles ont “sur la tête”, ça… »

Nous sommes descendus à l'arrêt de bus, puis nous avons gagné les ruelles du quartier de Mea Shearim. Elles sont larges, évasées au centre, ces ruelles. Les maisons y sont basses et lépreuses, serrées les unes contre les autres, tel un long rempart en pierre.

La couleur dominante, ici, c'est le sable.

Avram s'arrêta pour se repérer, et je sentis un désespoir immense le gagner, puis pointer dans sa voix.

« Il existe un drap, un grand drap blanc avec un trou au milieu. L'homme positionne le drap entre son épouse et lui-même, puis ils font l'amour. Enfin, "faire l'amour"... »

Je me souvins alors des affichettes aperçues à l'entrée du quartier. Elles invitaient les visiteuses à ne pas se promener vêtues de façon indécente.

« Le drap est important, précisa Avram : il ne faut pas que leurs peaux se touchent. Le coït ne doit pas être incarné, il doit être utile. La femme est un utérus, une valise, un réceptacle, un bocal qui lave, balaye, allaite... »

Je n'ai jamais réussi à démêler le vrai du faux dans ses propos, tant ils me paraissaient inconcevables, violents. Pourtant, plus Avram parlait, plus j'avais l'impression d'approcher Maria Tulith et la vérité de cette femme. Appelons cela une intuition, peu importe, mais j'étais convaincu que le mystère de Maria était intimement lié à cette ville, au mystère de cette ville. Venue à Jérusalem pour Noah Korber et pour ses études, un drame terrible l'avait frappée, ravageant sa vie de jeune femme, puis de mère, ravageant ses amitiés d'enfance, aussi. Même son histoire d'amour débutante, contrariée, mais enflammée, pour un jeune Israélien.

Huit ans plus tard, elle était de retour.

J'étais là, moi aussi. Maria le savait et Maria savait même pourquoi.

En revanche, l'idée d'une confrontation (avec moi ? avec son passé ?) la terrifiait.

Devant la maison du « troisième » Noah Korber de ma liste, un type d'une soixantaine d'années stationnait sur un fauteuil moelleux, posé sur le pas de l'entrée. Épais en barrique de vin, chaleureux en porte de prison, engoncé dans sa lévite qui lui descendait jusqu'aux chevilles, et le visage dur, encadré de deux longues papillotes, il me donna l'impression de sortir tout droit d'une gravure du XIXe siècle. La peau laiteuse, la chair grasse, il semblait avoir vécu soixante ans au fond d'une grotte. L'œil rivé sur la lentille d'un gros microscope, il examinait la manche d'un chemisier. Sur sa droite, guettant après lui, une dizaine de personnes faisaient la queue sur le trottoir, chacune portant qui un pantalon, qui un pull, qui des sous-vêtements.

« Que fait-il, Avram ? demandai-je tandis que l'enfant gris allait sagement prendre place dans la file d'attente, comme si sa blouse d'hôpital était suspecte et méritait l'examen.

— Il s'assure que les fibres textiles sont cent pour cent pures.

— Pures ?

— Ne contiennent que de la laine. Une loi de la Torah interdit de porter des vêtements en lin. »

En nous voyant approcher, Avram et moi, l'homme grogna. Mon compagnon posa vivement une kippa sur son crâne et une main ferme sur mon bras :

« Ça craint, dit-il, laisse-moi faire… Quoi qu'il arrive, ne t'en mêle pas… »

Je les vis parlementer durant plusieurs minutes, soufflant, hochant la tête, reculant le torse, le bombant aussitôt, ponctuant leurs phrases de grands gestes irrités. Un cri, tout à coup. L'homme jeta le vêtement qu'il tenait, leva le bras très haut, sur le point de frapper Avram. Mon nouvel ami se tourna vers moi :

« Vite, vite ! Cours ! »

Derrière nous, l'homme fulmina, puis ramassa un caillou.

« Quoi ? fis-je, sans rien comprendre à ce qui se déroulait sous mes yeux.

— Cours ! », hurla Avram.

Je déguerpis, Avram et l'enfant gris sur mes talons. Un caillou manqua ma tête d'une dizaine de centimètres. Nous nous engouffrâmes dans une rue latérale, puis dans une synagogue, qui nous déroba à ce brusque accès de violence.

« Que s'est-il passé, que t'a-t-il dit ? »

Avram, reprenant son souffle :

« Mon… yiddish… un peu rouillé… mais de ce que j'ai compris… il m'a prévenu : “Dis bien à Noah : j'ai une balle pour sa tête, une corde pour son cou et un couteau pour son ventre. Surtout un couteau d'ailleurs !” »

J'ai contenu un rictus.

« Et ? Tu sais où je peux le trouver ? »

Il leva le pouce.

« Affirmatif… Une librairie… au Mémorial… de la Shoah… »

Encore une adresse. Soupirs. De rue en rue, de fausse piste en fausse piste, ma vie allait passer sans moi. Peut-être était-ce ça, Maria Tulith : la vie qui passe sans vous.

« Je ne sais pas ce qu'il lui a fait, ce Noah Korber-là, mais le mec était furax ! a repris Avram. *Metoumtam !* »

J'allais lui répondre que c'était bien la preuve qu'il s'agissait du Noah que nous cherchions, quand No' réapparut. Sa blouse devait être impure, car il s'en était débarrassé. Tout nu sur la Bimah, l'estrade d'où est lue la Torah, il approchait du bout des doigts les rouleaux avec lesquels le texte peut défiler sans être effleuré. Ses yeux avaient l'immobilité ardente d'une flamme. J'ai posé la question, mais Avram m'a dit : « Pas de photo », avant d'ajouter, sans aucune transition : « Alors, je veux savoir : que fuis-tu ? Je t'ai aidé, j'ai pratiquement risqué ma peau pour toi. Je veux savoir. »

Pouvais-je lui parler de No' ? Il n'aurait pas compris.

« Une femme m'a confié quelque chose et je le porte en moi. Mais je n'en veux plus, alors je suis parti à la recherche de cette femme pour lui rendre son fardeau…

— Ne peux-tu t'en décharger sur quelqu'un d'autre ?

— Non, c'est à moi de le faire. À moi et à personne d'autre.

— Qu'est-ce qui te fait penser ça ? »

J'ai cherché une nouvelle vérité à lui dire. Une vérité qui n'expliquait rien, qui expliquait tout. Un os à ronger.

« Quand j'avais six ans, ai-je amorcé d'une voix chancelante, mon père est tombé malade. Très, très malade. J'aime pas trop me le rappeler parce que c'est le pire moment de ma vie. Sans cela, je pourrais vraiment prétendre avoir eu l'existence la plus parfaite au monde… Ma famille a été formidable. Personne ne l'a jamais laissé seul. Pas une fois. Surtout mon grand-père. Il a toujours été là, et bien plus terrifié que moi. »

J'ai levé mon index, tapoté ma tempe.

« C'est long, tu sais, les journées à l'hôpital. Je n'avais que sept ans, mais je réfléchissais beaucoup. À s'il allait sortir un jour. À comment attacher les draps à la fenêtre pour l'aider à s'évader, la nuit. À la vie et à la mort, aussi… Mon grand-père et mon père m'inventaient des histoires pour me rassurer, faire passer le temps. Ils me disaient que tout ça était un jeu, que je ne devais pas m'inquiéter, ça n'existait pas *vraiment*, et que jamais, jamais, jamais mon père ne nous abandonnerait… »

J'ai fait une pause, nous sommes sortis fumer. Dehors, tout était calme. Le gosse passait et repassait devant mes yeux. « *Ça va aller, Jo', je suis là.* » J'ai inspiré une première bouffée avec volupté.

« Un jour, pour nous changer les idées, mon grand-père est revenu du travail avec un poisson rouge. Mes sœurs et moi pouvions passer des heures à contempler l'aquarium. Il était beau, ce poisson. Un matin, je l'ai sorti et posé sur le carrelage... Peut-être savais-je comment ça allait se terminer, peut-être ne le savais-je pas... »

Le gosse était partout devant mes yeux, maintenant. « *Ça va aller, Jo', je suis là.* » Avram haussa les épaules, il ne voyait pas où je voulais en venir. Moi non plus, mais j'ai continué à me confier.

« ... Quand il l'a vu, mon grand-père a craqué. Il m'a secoué comme un prunier et il a dit que ce n'était pas bien d'avoir fait ça, que le petit poisson avait une famille, lui aussi, et qu'à cause de moi "il n'allait plus jamais revoir sa maman". Je me souviens, il a dit : "Pourquoi, oui, pourquoi tu as fait ça ?", et moi j'ai répondu : "Je l'ai tué parce que ça n'existe pas." Grand-père était au bord des larmes : "Ah bon, ça n'existe pas ? Tiens, tu vas voir si ça n'existe pas...", puis il a posé le poisson dans la paume de ma main pour m'obliger à le toucher.

— Alors ? fit Avram, suspendu à mes lèvres. Qu'as-tu fait ?

— Que voulais-tu que je fasse ? Je l'ai porté toute une journée et toute une nuit. »

À l'hôpital

9 jours avant la Déchirure

« Écoute, Jo', je suis infirmière depuis vingt-cinq ans. La vie commence à déconner le jour où notre pyjama Superman devient trop petit pour nous. Alors on grandit, on devient adulte, seulement, la vérité, c'est que nous portons tous un enfant mort dans nos bras. Nous le portons et le berçons. Notre enfance, c'est notre premier deuil, c'est le premier père ou la première mère que nous perdons. Vieillir, c'est être de plus en plus orphelin. Ce que tu ressens, c'est normal, mais tu sais où tu es, ici ? Notre travail est de soulager la souffrance, pas d'en rajouter une couche, tire-couille de trimard en tasse à foutre ! Pardon… Mais… Tu n'auras pas de seconde chance, Jo'. C'est ici et maintenant que ça se joue. Apprends à l'accepter. Même si No' ne vieillit jamais, il n'en aura pas moins été un enfant rieur, farceur et joueur, parce que c'est ce qu'il est, tu vois ? Même malade, c'est un enfant parfait : beau et rieur et farceur et joueur. Rien ne pourra effacer ça. C'est précieux. Bien sûr que ses derniers résultats sont mauvais ! Je sais quand c'est fini, quand il n'y a plus rien à faire. La mort va passer et ce qui aurait pu être ne sera pas. Il n'y a donc pas à y penser, et rien à en dire puisque ça n'existera pas. C'est comme ça, voilà tout. Après le jour de sa mort, d'autres choses arriveront, partout dans le monde, à d'autres gens. Ce qui est beau est beau, ce qui n'est pas n'est pas, tout simplement. Accepter le bonheur comme le malheur, c'est tomber d'accord avec le monde. Tu comprends, Jo' ? »

Elle l'attrape par les épaules.

« Tu comprends, bordel ? »

Pour la première fois de sa carrière, ce « bordel » de Mme Crinchon est un vrai bordel, pas une maladie de la bouche, de la langue ou de l'enfance. Mais Jo' est ailleurs. Derrière la vieille infirmière, une télévision diffuse un reportage animalier sur les îles Galápagos. On voit des papillons multicolores grands comme des livres ouverts s'abreuver d'une étrange façon : ils se posent au-dessus des yeux ronds et gluants de grosses tortues centenaires, déplient les disques de leurs ailes, déroulent en frétillant d'excitation le ressort serré qui leur sert de trompe, puis butinent leurs larmes avec application.

Jo' rêve. Il est là-bas, avec les papillons grands comme des livres de contes… Des livres de contes…

L'étudiant frappe dans ses mains.

Il vient de comprendre d'où vient la mystérieuse fièvre du petit garçon ! Comment n'y a-t-il pas pensé avant ? C'était tellement évident, pourtant.

Après la Déchirure

Jo' et No'

Nini nous rejoignit et nous emmena vers l'Est de la ville en passant par le mont des Oliviers, où se dresse, droite et triste, l'église de l'Agonie. Le trajet en tramway est rapide. La tradition jure que les morts enterrés sur le mont seront les premiers à ressusciter lors du Jugement dernier. La voix de Nini se fit ironique. « Et ils auront des bons d'achat gratuits et la sécurité sociale ! »

Tous ces gens devaient avoir bien peur de la mort pour inventer des trucs pareils, t'en penses quoi, No ?

À voir la tête qu'il tirait, nul doute qu'il s'en moquait...

Nous nous retrouvâmes tous vers Sha'ar Harahamim, la porte Dorée, une entrée célèbre, car elle constitue la plus ancienne ouverture sur la muraille Est de la Vieille Ville, et permettait à l'époque d'atteindre directement le mont du Temple. Nous gagnâmes le

Shoshan Bar, où Nini avait convié Haydja et Merav, ses meilleures amies. La fine fleur de la jeunesse israélienne, babillant sans fin en mâchant du chewing-gum. Aucun sujet ne passa à la trappe. Le conflit, les nouveaux check-points et heurts à la frontière, l'inquiétude grandissante de la communauté internationale… Le sexe, aussi, bien entendu. Bientôt, Merav, Haydja et Nini se rendraient en Europe, aimer des Italiens et des Français. Nini rêvait d'une belle romance à Rome.

Je laissai mon regard s'égarer derrière elles. Un bar en Formica jaune, des éléments en cuivre et bois, très « décorations industrielles », ainsi que quelques affiches de Broadway donnaient à ce bar de faux airs de pub new-yorkais. Les jeunes y buvaient dans un brouhaha enthousiasmant et vibrant d'énergie. Ici on riait à gorge déployée, là les cigarettes tournaient, les verres s'échangeaient.

Quand je revins à la conversation, le fil n'avait pas devié d'un iota. Le sexe, la politique, la religion. Nini sourit. Nini resservit du vin. Nini était fière. Nini serra les poings. Nini attrapa ses longs cheveux noirs, les entortilla à pleines mains et planta une cuillère dedans pour tenir le chignon fait à la va-vite. Nini rit, aussi, sans se douter combien ce rire me heurte. Rire, sourire, exprimer la plus intense et vive des joies, ce serait tellement bien que ça arrive à No'…

Le gosse était vautré sous une table, à côté. À plat ventre, coudes plantés dans le sol et menton dans les paumes, ses pieds battaient l'air au rythme des chansons qui venaient de se terminer. Une famille de touristes avait laissé tomber un livre illustré pour enfants et une boîte de Pez à la menthe. L'idée de brûler un livre – même si c'est pour que No' puisse le lire – me gênait. Je me promis de lui en gâcher un plus tard. La veille, j'avais déjà acheté des craies avant de, méthodiquement, les réduire en poudre. Aussitôt, elles avaient réapparu intactes entre les doigts dodus de l'enfant gris. En revanche, le livre, ça, ça le fascinait vraiment. Je pris une photo, pour ne jamais oublier. Jamais. Même si je ne le voyais presque pas sur le cliché, je voulais l'avoir. Sa blouse s'évasa, se déploya en corolle, se souleva d'invisibles courants d'air et cacha la table, le mur, le sol, le bar. Tout était gris, avec l'enfant, tout.

« Et toi, Merav, ta soirée ? », fit Haydja en glissant un sourire plein de sous-entendus.

Merav avait passé la nuit précédente avec un homme magnifique, mais fétichiste. Le mec avait insisté pour s'allonger sur le sol et lui lécher les pieds. Tandis que sa langue allait entre les orteils, elle avait souhaité en savoir un peu plus sur lui.

« Il venait de terminer une formation pour devenir imam ! », pérora Merav pour qui, imam, prêtre ou rabbin, il n'existait aucun fruit défendu.

J'explosai de rire : quelque part, il y avait encore de l'espoir en ce monde.

À l'hôpital

8 jours avant la Déchirure

« Il va aller où, Ismaël, grâce à la Route 33 ?

— Je ne sais pas, c'est lui qui choisit. Où irais-tu, toi ?

— Maman, elle parle jamais de papa, elle dit même que j'en ai pas, mais je sais que c'est faux… Quand elle dort, elle parle. Alors moi j'sais qu'elle l'a rencontré à Rome et qu'ils se sont aimés plus loin, à Merussalem.

— Jérusalem. C'est là que tu voudrais aller ? À Rome, puis à Jérusalem ?

— Je voudrais trouver mon papa. Savoir qui il est. »

Silence.

« Et pourquoi il nous a abandonnés », ajoute-t-il.

Silence. Jo' se souvient des douleurs abdominales mystérieuses d'Ismaël, puis il sourit tendrement.

« Tu sais, No', ça fait des semaines que les médecins du service essayent de comprendre d'où vient ta fièvre… Elle est trop forte, alors tout le monde s'inquiète. »

Silence.

« Or moi, je crois que c'est faux. Je crois que c'est une fable que tu nous racontes. »

Silence.

« Je crois que, la nuit, tu tournes le chauffage à fond dans les toilettes, tu tires ton matelas là-bas, et tu dors dans la petite pièce surchauffée. Le matin, tu remets tout à sa place très vite et quand l'infirmière fait son tour, tu as de la fièvre… C'est pour ça qu'ils t'ont trouvé plusieurs fois en train de dormir aux toilettes. »

Silence. No', enfin, réagit :

« Et pourquoi je ferais ça ?

— Je crois que c'est pour que ta maman vienne plus souvent.

— C'est pas vrai ! crie No'.

— Ah. »

Silence.

« Tu le diras pas, hein, Jo' ?

— Je te le promets, No' : je ne le dirai pas. Jamais. À personne. »

Silence. Soudain, un pli soucieux barre le front de l'enfant.

« Jo' ? chuchote No'.

— Oui ? chuchote Jo'.

— Quand est-ce qu'elle va revenir ?

— Bientôt… »

Silence.

« Jo' ? chuchote No'.

— Oui ? chuchote Jo'.

— Est-ce que maman ne m'aime pas ? »

Après la Déchirure

Jo' et No'

Pour gagner la colline du mémorial de la Shoah à Yad Vashem, prenez un tramway qui vous laisse en haut d'une grande colline verdoyante. Ensuite, avancez entre des rangées de pins tout droit sortis d'un conte de Noël. Cela sent bon : la sève colle aux doigts comme du sucre et les aiguilles sous les pieds font un bruit de papier crépon. On peut jouer avec les pignes qui jonchent le sol. Donnez-leur un coup, vous verrez de petites étincelles voler dans l'air – comme si le bout de vos chaussures s'était changé en pierre à briquet…

Le mémorial est entouré par des jardins et beaucoup de fleurs. À l'arrivée, c'est très joli, impossible d'imaginer où on met les pieds : tout est vert, marron, jaune et rouge. Coloré. L'inverse du gosse, en quelque sorte.

On entre, on voit des tronçons de train gris, des rails de chemin de fer gris, des morceaux de baraquements gris, des barbelés rouillés gris. On serait tenté de dire que le fascisme est une forme politique de leucémie. On s'arrête devant des photographies. Il y a des gens – tout nus, couverts de cendre et de déjections – qui n'ont pas l'air d'avoir mangé depuis un bout de temps.

« Entre cinq et six millions de juifs, sur les neuf millions de juifs qui vivaient en Europe, ont été tués pendant la Shoah. »

C'est marqué sur un panneau. Police corps 16, Times New Roman. L'écriture est noire, elle est répétée en plusieurs langues. Même si on le voulait, on ne la raterait pas. Il y a une photo, on voit des soldats jouer avec des enfants : ils les lancent en l'air, puis les reçoivent sur des baïonnettes ou au milieu de barbelés. Ça a l'air de les faire beaucoup marrer.

L'enfant s'était rabattu sur un banc et demeurait immobile, accablé. Ses bras ballants trahissaient une lassitude et une tristesse affreuses. Ses lèvres bougeaient de temps à autre, marmonnant des paroles inaudibles. D'autant plus pathétique qu'il serrait cette ardoise entre les mains : « *Ça va aller, Jo', je suis là.* » J'ai préféré l'ignorer et passer dans la salle suivante. Deux cônes inversés se font face. L'un descend du plafond, l'autre monte du sol, ils se rencontrent au milieu. Soudain, mes pas se sont alourdis. Des haut-parleurs égrènent des noms, chaque nom est suivi d'une ville. Ceux qui sont morts et la cité qui les a vus naître. La voix n'est pas triste. Oh, mais attention, elle n'est pas joyeuse non plus ! Elle n'est rien. D'ailleurs, je pense que c'est juste une voix parce qu'il faut bien qu'il y en ait une.

J'ai voulu sortir, pensant que l'air me manquait et que c'était pour cela que mes jambes pesaient subitement 31 457 kilos. Sensation de traverser une rivière à gué. Comment me suis-je trompé de sortie ? J'ai débarqué dans le mémorial dédié aux enfants où j'ai senti un souffle chaud sur ma nuque. Effrayé que Noah me collât de trop près, je n'ai pas osé me retourner. Le mémorial des gosses est un grand cube plongé dans l'obscurité. Posé au milieu, une petite bougie qu'un millier de miroirs savamment disposés répètent à l'infini, ce qui fait que l'endroit est à la fois très sombre *et* très lumineux. Impossible de prendre une bonne photo.

« Ça va, jeune homme ? », s'inquiéta une jeune femme aux cheveux longs couleur ébène, bouclant sur sa veste jaune d'employée du mémorial.

Nez rond, bouche pulpeuse, grands yeux de tigre verts. Ravissante.

« Oui », fis-je, très lentement, handicapé par ma carcasse devenue aussi ardue à manœuvrer qu'un 33 tonnes.

Quelle difficulté à marcher ! Et ce dos, il commençait à se faire sentir, ce dos ! Tel un marin en train de remonter une pêche miraculeuse, je traînai mes filets en grimaçant jusqu'à la sortie.

« Ça va, monsieur ? », fit de nouveau l'employée, décidément bien insistante.

Je répétai oui oui, en la fixant méchamment. Qu'elle me laisse un peu en paix, celle-là ! Je continuai, péniblement, le corps courbé vers l'avant, comme cassé par un vent venant de face.

Le fond de mes semelles, je le raclai jusqu'à un banc, m'écroulant dessus… et… là… juste dans mon dos… six millions de longues silhouettes pâles… je les vis… Les hommes, les femmes et les enfants… Elles étaient toutes là, les silhouettes… derrière moi, avec Noah… Toutes là…

L'employée aux yeux de tigre sortit en trombe et me récupéra *in extremis*. Je tombai dans ses bras comme un sac de larmes. Elle passa ses bras autour de moi, des bras d'une force insoupçonnée compte tenu de la finesse de sa taille. Sans me connaître, elle m'étreignit très fort.

« Allons, allons… Venez avec moi, je vais vous trouver un coin tranquille. »

Elle fut, l'espace de quelques secondes, la plus mignonne béquille du monde, et me conduisit jusqu'au vestiaire des employés où elle déverrouilla son casier d'un geste sec afin de me dégoter une boîte de mouchoirs. Je chialais comme un gosse, sans pouvoir m'arrêter. Elle me tendait les Kleenex, attentive, m'assurant que ça allait passer, que cela arrivait parfois…

Elle me donna une bouteille d'eau. La gorge en feu, j'en vidai la moitié d'un trait.

« Ce sont les noms ? demanda-t-elle. En général, ce sont les noms que les gens ne supportent pas. »

Sa voix était gracieuse et déterminée, une voix rassurante qu'on aurait voulu capturer dans sa main pour l'écouter de temps en temps comme on entend la mer dans les gros coquillages.

« Les noms, le nombre, les photos, tout… Je ne sais pas ce qui m'a pris, m'excusai-je en reniflant, une main pressant nerveusement la bouteille d'eau. J'aurais pas dû venir, mais j'suis à la recherche d'un collègue à vous. Il bosse à la librairie du mémorial.

— Comment s'appelle-t-il ? », demanda-t-elle.

Il y eut une minute de silence, le temps que le dernier fantôme s'évanouisse. Je pressai un mouchoir sur mon front et le saignement tarit très vite.

« Noah Korber. J'ignore à quoi il ressemble, mais de ce que j'en sais, ça doit être un sacré chieur.

— Noah, chieur ? Vous êtes en dessous de la vérité ! Carrément invivable, oui ! affirma-t-elle en riant très fort et en repoussant une mèche sombre sur son front.

— Vous le connaissez ?

— Très bien, et depuis très longtemps !

— Où est-il ?

— Devant vous.

— Vous ?

— Ben oui, moi.

— C'est pas un prénom de mec, Noah ?

— Ben non. Mec *et* fille. C'est unisexe.

— Et merde ! me lamentai-je en sortant ma liste et un stylo. Ce n'est pas vous que je cherche ! »

Et je rayai cette adresse de ma liste. Il m'en restait encore trois. Je la remerciai et me relevai pour partir, les jambes mal assurées, me faisant l'effet d'être une boule de billard blanche renvoyée de bande en bande, sans finalité.

C'est alors que, en ouvrant la porte du vestiaire, la lumière extérieure s'engouffra et j'aperçus, scotché sur le casier de l'employée, une vingtaine de vieux Polaroid, représentant successivement une cheville, un poignet, un œil, une main, une épaule…

Je clignai des yeux, des petites mouches blanches voletèrent devant moi. Je me tenais sur le seuil, les yeux écarquillés.

« Ça va ? », s'inquiéta la jeune femme.

Il était 18 h 12 et, sur ma montre cassée, nous étions toujours dimanche.

À l'hôpital

7 jours avant la Déchirure

Il pénètre en trombe dans la chambre de Noah, comme poursuivi par les chiens de l'enfer. Sa voix est essoufflée, ses mains se tordent sous l'effet d'une anxiété toute feinte.

« Pssstt, No' ! Vite, je ne peux pas rester longtemps. Écoute-moi, tu t'en sors super bien pour la première épreuve. Continue comme ça ! Demain, aura lieu la deuxième épreuve, celle de la vallée des Vents. »

L'enfant se redresse sur son lit, un immense sourire sur les lèvres, le cœur battant à tout rompre.

« C'est quoi ? »

Jo' adopte un air mystérieux.

« Une infirmière, qui n'est peut-être pas une infirmière, va venir et t'emmener voir des radiologues. Qui ne sont peut-être pas des radiologues. Là, il y aura un grand tube où sont enfermés tous les vents de l'Est.

— Pourquoi ?

— C'est une malédiction que la sorcière de l'Est leur a lancée... Du coup ils frappent contre les parois, ils tapent, cognent, roulent, râlent, ils font un bruit terrible !

— Qu'est-ce que je peux faire ?

— Si tu arrives à rester parfaitement immobile dans ce tube pendant dix minutes, tu montreras que ton cœur est pur. Alors la malédiction sera levée, les vents seront libres et la paix régnera à nouveau sur les terres de l'Est.

— Et la troisième épreuve ? C'est quoi la troisième ? »

Il y a un bruit dans le couloir, et Jo' en profite pour se raidir tout entier, à l'affût, les mains en l'air, le visage en alerte.

« Tu as entendu ça ?

— Oui.

— Mince ! Je dois filer ou quelqu'un risque de découvrir que je t'aide. Bonne chance pour demain, bonne chance ! »

Et Jo' quitte la pièce à reculons, un doigt sur les lèvres.

Dans le couloir, il ferme la porte, puis pose le front contre le chambranle, sur le nombre 207, en se mordant l'intérieur des joues.

Après la Déchirure

Histoire de Maria

« Ici, à la “pierre des Pertes”, venaient tous ceux qui avaient perdu *ou* trouvé quelque chose. C’était du temps de la domination romaine. Les premiers clamaient ce qu’ils cherchaient. Les deuxièmes clamaient ce qu’ils avaient trouvé. Parfois, ça coïncidait, et parfois pas », m’informa Noah en arrivant chez elle, près du dôme du Rocher, sur le mont du Temple.

La jeune femme avait prétexté un malaise et quitté précipitamment son travail : dès que j’avais prononcé le mot « Maria » et raconté les raisons de ma venue ici (lui ramener son fils, percer le secret de ses origines), ses mains s’étaient mises à trembler, tant et si bien qu’elle les avait enfouies dans ses poches tout le temps du trajet. Elle ne les sortit qu’à notre arrivée, pour allumer fébrilement une longue et fine cigarette.

« Je suis née dans une famille ultra-orthodoxe du quartier de Mea Shearim, me confia-t-elle. Mon enfance a été passable, je n'ai pas beaucoup de souvenirs joyeux. Quand j'y pense, jusqu'à l'arrivée de Maria dans ma vie, mon passé ressemble à une succession d'images fixes, en noir et blanc. Je n'ai jamais été enfant, et si je l'ai été, ce n'était pas heureux. Deux choses entraient dans la maison : la nourriture et la religion, c'est tout. J'obéissais, je faisais ce qu'on me disait. On m'a mariée à l'âge de dix-neuf ans avec un homme que je ne connaissais pas.

— Un gros au visage rongé par la barbe et qui a l'air en colère ? Avec un microscope ? », la coupai-je en repensant au type qui nous avait jeté des pierres la veille.

Elle n'essaya pas de dissimuler sa répugnance.

« Ohhh, vous vous êtes donc rencontrés… »

Elle tira profondément sur sa cigarette, la réduisant en quelques secondes à l'état de mégot incandescent. Je crois que c'était interdit de fumer, seulement elle s'en moquait. Arrivés sur les lieux, elle nous désigna, au loin, l'endroit hypothétique où se serait tenue la fameuse pierre des Pertes. Personnellement, j'ignorais si j'avais perdu quelque chose, mais j'ignorais aussi avoir trouvé quoi que ce soit. Alors je ne sais pas trop ce que je faisais là. J'écoutais le grand amour de Maria, et c'est vrai qu'il parlait avec une grâce irréfutable…

« Ses mains me dégoûtaient, reprit-elle en se recroquevillant, le ventre serré. Le soir des noces, j'ignorais ce qu'était l'amour. Le lendemain matin, je connaissais la haine. À l'âge de vingt-sept ans, j'avais déjà cinq enfants. Cela se passait vraiment mal à la maison, je refusais qu'il me touche. Il a fini par s'en plaindre à la synagogue et j'ai dû comparaître devant un tribunal de douze rabbins. "Justifiez vos refus", ont-ils exigé. Le manque d'amour n'était pas une raison suffisante, ils n'ont rien voulu entendre. J'avais des envies horribles, des envies de meurtre. Je rêvais toutes les nuits que je lui coupais les doigts et la… (Elle étouffa un rire désabusé.) À l'époque, je m'étais même renseignée sur la meilleure manière d'extraire l'arsenic des papiers tue-mouche ! »

Elle éventa la fumée avec la main. Autour de nous, j'imaginais des fantômes drapés de toges pourpres s'échanger des objets. J'avais bien dû perdre un truc, en y réfléchissant. J'avais oublié ce que c'était, voilà tout.

« Vous auriez pu divorcer ?

— Une fois, lorsque j'étais enfant, une femme a voulu divorcer. Tout le monde la connaissait à cause des bruits qui couraient sur son compte… On la suspectait d'aimer les femmes… »

Tout le haut de son corps semblait se ratatiner à vue d'œil.

« Elle a été lynchée. »

Je demandai : « Vous voulez dire lynchée à mort ? » Elle hocha la tête, fit avec une expression douloureuse : « Je n'ai jamais oublié son regard quand ils l'ont précipitée du haut de la poutre… Jamais… »

Elle jeta le mégot dans le caniveau avec violence. La cigarette réapparut aussitôt dans la bouche de No' qui tira dessus en se donnant des airs.

« C'est beau, hein ? », a fait la jeune femme en désignant le Mur des lamentations.

« Les sanglots, c'est de ça que Jérusalem est faite, affirma-t-elle en désignant les loubavitch qui, mains levées, paumes face au mur, étaient tous animés du même mouvement de va-et-vient. Les croyants viennent pleurer ce que Dieu leur a pris, ça leur enlève une pierre du cœur, qu'ils n'ont plus qu'à poser devant eux, sur les pierres précédentes. Et, de chagrin en chagrin, de soulagement en soulagement, on bâtit une ville éternelle. »

Elle tendit la main, désigna la large place devant nous, et les grands blocs de pierre qui constituaient les vestiges du plus sacré des temples hébreux du monde, le Kotel – 75 % du mur occidental est réservé aux hommes ; 20 % est dévolu aux femmes, parce qu'elles sont impures, à cause des menstrues.

« Ce qui est magnifique, c'est les milliers de minuscules plants de câpriers qui poussent dans les anfractuosités du Mur des lamentations, autour et par-dessus les tzetel, ces petits papiers pliés en quatre laissés par les fidèles. Ils y confient leurs souffrances, les fameuses *lamentations*. Les boutons de câpriers ne fleurissent qu'à la tombée du jour. Le temps d'une nuit, les petites fleurs blanches et violettes s'épanouissent, craquellent la pierre, et font pleuvoir au sol ces milliers de minuscules doléances. Le soleil se lève, tout se fane, on n'a plus qu'à se baisser pour ramasser fleurs mortes et réclamations. »

Elle tendit un index accusateur vers le ciel.

« Nos souffrances ne *Le* touchent pas, *Il* les entend, mais ne S'en mêle pas. Nos vies, nos problèmes, réglons-les nous-mêmes. »

Je me taisais. J'y voyais plutôt la preuve la plus éclatante de la liberté donnée aux hommes. La souffrance est un bouton de rose immature, un mot posé sur l'expérience avant qu'elle devienne mûre.

« Ces fleurs violettes, macérées dans du vinaigre, deviendront de délicieuses câpres, termina-t-elle en se levant, au goût de larmes inimitable. »

Nous avons quitté les lieux, emprunté une petite ruelle ombragée où le vent faisait tournoyer des groupes d'herbes mortes. De part et d'autre, des bâtiments à deux étages avec des toits de tuiles, mais utilisant la pierre de Jérusalem à la place du bois et des briques. Le sol était en pente, très raide, et nous avons gagné un immeuble bas couvert de végétations, d'où descendait une volée de marches en pierre. Le perron était froid sous nos fesses. Elle reprit son histoire, plus apaisée.

« Tu sais, l'argent du ménage lui appartenait de droit. J'ai quand même économisé. Pendant deux ans, en cachette, j'ai glissé des billets entre les pages de la vieille Torah de ma grand-mère. J'avais aussi quelques livres interdits. Tous remplis de billets. J'ai engagé un avocat. Mon ma… (Elle s'interrompit.) Mon ex-mari en a pris un aussi. Les voisins – *mes* voisins – se sont cotisés pour l'aider à se payer le plus cher de la ville. Finalement, au tribunal, ils ont dit que je pouvais partir à la seule condition de leur laisser mes enfants. Alors je suis restée… Je suis restée un an… »

Sa voix faisait des pauses et, de temps en temps, ses joues rosissaient. De colère ? De honte ? Je ne l'ai jamais su. J'avais baissé la tête. Ça me faisait mal, cette histoire. Elle s'est levée pour se dégourdir un peu les jambes, puis elle s'est rassise à côté de moi. Son épaule a cogné la mienne dans une forme de connivence qui m'apparut bienvenue.

« Un soir, à la synagogue, il m'a surprise… en train de… regarder une voisine… »

Elle ramena derrière l'oreille une boucle brune.

« Il a fait ma valise, je le suppliais de me laisser les petits, il… m'a jetée dehors. Cela fait neuf ans. Mon Dieu, neuf ans sans mes petits ! »

Elle ne tenait pas en place. D'un coup de rein, elle attrapa un vase en verre qui traînait sur une marche et le pressa contre son cœur, avant de le poser à nos pieds. Le gosse s'y jeta à quatre pattes, collant l'oreille contre l'ouverture comme pour écouter les battements cardiaques de la jeune femme. Un coup de vent le renversa, le vase était vide, le gosse sursauta. Je pris la photo à cet instant précis, de pleine stupeur. Des feuilles rouges et molles comme des membranes de chauve-souris tombaient lentement des arbres. Mais tout semblait gris et blanc, à cause de l'écrasante présence du gosse.

« Comment avez-vous fait ? Pour supporter ? »

La voix douce et mélodieuse de Noah Korber s'éleva de nouveau, plus résolue que jamais.

« J'ai choisi d'être heureuse plutôt que d'avoir raison. »

Silence. Puis, reprenant, cassée, contrainte et contrite :

« C'est à cause de ça que j'ai rencontré Maria et ruiné toute sa vie… J'avais ouvert un compte à la banque, puis travaillé dur. J'avais même un *profil Facebook* », dit-elle en allumant une nouvelle cigarette comme s'il s'agissait là de la démonstration d'une liberté si chèrement acquise.

Au début, pour faire des rencontres, elle avait coché la case « Célibataire ». Mais les pervers avaient pullulé comme les mouches sur le miel. Elle s'était donc déclarée veuve pour être tranquille. Alors les pubs pour sites de rencontre avaient été remplacées par des offres d'assurances vie et de prévoyance. Finalement, elle avait accompli son rêve : partir en voyage. Son *premier*. À Rome, évidemment (elle avait vu un film avec une femme qui se baigne dans une fontaine...). Là-bas, elle avait rencontré Maria.

« Je n'avais jamais ressenti ça. Pour quiconque. »

Elle attrapa ses cheveux bruns, les entortilla à pleines mains et planta une fine baguette dedans pour maintenir le chignon en place, haut sur la nuque.

« Elle était étudiante en théologie, et j'étais née à Jérusalem. Elle voulait tout savoir, le Saint-Sépulcre, le Golgotha, le mont des Oliviers, le dôme du Rocher, la grotte des Âmes... mes impressions sur la ville, aussi... "Je suis persuadée qu'il y a un secret là-bas", me soutenait-elle. C'est comme ça que je l'ai convaincue de m'y rejoindre. »

Le temps d'un verre, dans un petit café discret, via San Giovanni, Noah s'était laissée aller à certaines confidences : elle voulait juste ouvrir les volets un matin, regarder le monde, se dire : « Je suis libre d'aller où je le veux, mais non, je ne le ferai pas, car j'ai choisi la personne en train de dormir dans mon lit. »

« Elle rêvait toujours de cette petite Vierge en plâtre, quand moi je rêvais qu'on m'offre des chocolats et des fleurs, juste une fois, comme ça, pour voir. »

Elle m'adressa un sourire magnifique, reprit une cigarette.

« Et jouir, aussi. Juste une fois, comme ça, pour voir. »

Nous avons ri. Je comprenais cela. Je le comprenais très bien. Péter la vitrine de sa vie… À moins d'être totalement inconscient, tout le monde y pense un jour ou l'autre. C'est même une sorte de béquille, je crois, pour faire front dans l'existence.

« Nous étions des gamines : à notre deuxième rendez-vous, Maria s'est pointée avec une boîte de truffes et de ganaches… et un bouquet de pivoines ! C'est tout ce que je demandais dans la vie, moi. Tout. Avec les volets grands ouverts le matin…

— Et alors ? demandai-je. Que s'est-il passé ?

— Maria avait honte… Terriblement honte… Moi plus du tout, j'avais fait mes choix… Je me revois, en train de la rassurer : "Peut-être n'es-tu pas la personne que tu croyais être. Peut-être es-tu quelqu'un d'autre. Ni meilleure, ni pire, juste différente." Nous avons fait l'amour. Doucement. Passionnément. Le lendemain matin, elle dormait, je l'ai observée comme une espionne. Puis je me suis rhabillée, j'ai gagné la salle de bains. Debout devant la glace, je me suis trouvée belle. La femme qui dormait dans mes draps aussi était belle. "Si tout est beau, ça ne peut pas être mal et nos amours sont vraiment parmi les amours les moins graves du monde…" ai-je dit à voix haute. Maria s'est réveillée, embarrassée, honteuse, elle a réclamé que je ferme les volets, elle s'effrayait de ce ciel grand ouvert sur nous. Je l'ai embrassée. "Si Dieu nous voit, c'est qu'il a du temps à perdre." »

Elle aspira goulûment sur sa cigarette, comme si c'était la liberté qu'elle tenait là, dans sa main, et qu'elle eût voulu l'inspirer tout entière.

« On a laissé les volets ouverts… »
Silence.

« Cela fera bientôt huit ans qu'elle a disparu, reprit Noah d'une voix désabusée. Après son départ, j'ai pris l'habitude de mettre des fleurs sur ma fenêtre. Pour qu'elle sache que je l'attends. »

Je fouillai dans ma poche et lui montrai le mot que Maria avait laissé à l'hôtel. Elle ne parut pas spécialement étonnée et me désigna le rebord de sa fenêtre où un bouquet prenait le temps de faner, tranquille.

« Je savais qu'elle était revenue à Jérusalem. »

J'eus un mouvement de surprise et lui demandai de s'expliquer.

« De temps en temps, je trouve des pivoines sur ma fenêtre et je sais qu'elle est là. (Elle tourna le papier dans tous les sens.) Pourquoi écrit-elle “pardon” ?

— Elle parle de qui s'est passé entre nous, à l'hôpital.

— Tu ne veux pas me le dire ?

— Je *ne peux pas* vous le dire. »

Silence.

« C'est souvent, les fleurs ?

— Je dirais une à deux fois par mois.

— Par mois ? Mais ça dure depuis combien de temps ?

— Un an. »

Je sentis un gouffre s'ouvrir sous moi, et mon corps s'enliser dans une colère absurde, sourde, injuste.

À l'hôpital

6 jours avant la Déchirure

« La dernière épreuve est la plus difficile de toutes, celle que très peu d'enfants surmontent. Pour passer le pont et poser le pied sur la Route 33, il faut avoir les os d'un chevalier en armure blanche.

— Comment on fait, Jo' ?

— On passe l'épreuve du mont de l'Aiguille. Tu as déjà passé cette épreuve, et maintenant on attend les résultats. »

Jo' s'installe près de l'enfant, lui emprunte une feuille et des crayons, puis dessine rapidement une montagne, avec un drapeau flottant au sommet. C'est très laid, toutefois l'enfant imagine ce qu'il veut et, dans son imaginaire, la montagne est dorée, le drapeau finement tissé, les nuages se courent après comme une meute de chiens. Le soleil a une bouche et cette bouche sourit.

« Il y a quelques semaines, une infirmière, qui n'était *peut-être pas* une infirmière, est venue avec un médecin, qui n'était *peut-être pas* un médecin, et il t'a dit qu'ils devaient prendre un tout petit morceau de l'intérieur de tes os. Avec une aiguille. Ici ! (Il se tapote la poitrine.) Sur le sternum, juste au-dessus de ton cœur.

— On me l'a déjà fait deux fois, ça ! crie le petit. La première, c'était au tout début que j'étais ici, pour savoir si maman pouvait me donner ce qui était dans son sang pour me sauver… »

Jo' reste silencieux quelques secondes. Son esprit cherche désespérément une porte de sortie.

« Oui, mais ça n'avait rien à voir avec la première fois.

— Pourquoi ? »

Le cœur de Jo' se serre. Les jours défileront, les mois puis les années passeront, Jo' se mariera, aura des enfants, puis deviendra vieillard. Pourtant, il sait qu'il n'oubliera jamais ce qu'il va dire, et qu'il regrettera jusqu'à la dernière seconde de la dernière minute de sa vie ces quelques mots :

« Parce que la première fois, No', il n'était pas question de savoir si tu étais digne ou pas d'entrer dans la chambre 33. »

Après la Déchirure

Jo' et No'

Un an ! Son fils était seul, à l'autre bout du monde, dans un hôpital, au milieu d'inconnus, et elle, Maria, elle était là, à la mer, à jouer les amoureuses transies essayant de recoller les morceaux évanouis d'un amour adolescent. Quelle mère ferait ça ?

« Elle ne s'est jamais manifestée ? demandai-je en serrant les poings.

— Non, jamais. Elle laissait juste des notes incompréhensibles sous le pot, de temps en temps. Des coupures de presse, des faits divers, des dessins, des comptes rendus de tribunaux et des cartes de la ville annotées en tous sens.

— Pourquoi ? »

Elle balaya ma question d'un revers de main, et ses yeux semblèrent deux grands navires verts en train de couler.

« C'est compliqué... Très compliqué. »

Silence.

« Pourquoi me confiez-vous tout ça aussi... (je levai mes doigts, les frottant les uns contre les autres, visant le mot adéquat)... spontanément ?

— À cause de ce manteau. (Elle passa la main sur ma peau retournée.) Qui vous l'a donné ?

— Je ne sais pas. Je me suis endormi près d'ici, dans un parc...

— Quel parc ? m'interrompit-elle, les mâchoires crispées, le regard parcouru de lueurs inquiètes.

— Le parc de l'Indépendance, et il... »

J'allais continuer, mais elle devint blême et s'effondra en arrière, tel un pied de jonquille coupé net. Je lui attrapai la bouteille d'eau, celle qu'elle m'avait offerte à son travail, et la soutins. Décidément, songeai-je, ça allait devenir une habitude entre nous.

« Il a neigé et quand je me suis réveillé le matin, il était posé sur moi, continuai-je. Il m'a protégé, je crois que je serais mort de froid sans lui. Pourquoi ?

— Parce que... je l'ai offert à Maria Tulith il y a huit ans de cela. Et qu'elle... Elle m'avait promis de ne jamais s'en séparer. Et parce que ce parc... Il... Maria... Nous... »

Elle leva les mains et repoussa le vide, comme si les souvenirs se manifestaient physiquement. No', debout devant elle, le visage penaud, tenait encore sa pancarte. « *Ça va aller, Jo', je suis là.* » Cela me mit hors de moi, ce gosse et cette phrase.

« Dites-moi la vérité, Noah ! criai-je. Qu'est-ce qu'il s'est passé il y a huit ans ? Pourquoi vous êtes-vous séparées ? Saviez-vous qu'elle était enceinte en revenant de Jérusalem ? Qui est le père ? »

Ses beaux yeux émeraude se voilèrent, elle sembla au bord de défaillir.

« Enceinte ? balbutia-t-elle. Non, je... je ne le savais pas du tout... Maria a eu un enfant... Comment s'appelle-t-il ?

— Elle l'a prénommé comme vous.

— Noah ? »

J'acquiesçai. Elle évacua une larme au coin de l'œil.

« Où est-elle, Noah ? criai-je. Où est Maria ? Et comment m'a-t-elle trouvé dans ce parc ? Où est-ce que... »

Trop pressé, j'étais allé trop loin, trop vite. Sa souffrance, elle avait mis huit fois trois cent soixante-cinq jours à la circonscrire. Je venais de la lui redonner toute, et pour des années.

« Je suis désolée, dit-elle en se voûtant insensiblement, je dois m'allonger un peu, je me sens mal. »

Elle m'expédia avec un « au revoir » rapide, me dit de revenir demain, après-demain, « quand vous voulez, mais plus tard », qu'elle pourrait m'aider, qu'elle me dirait toute la vérité, qu'elle irait mieux, qu'elle aurait moins mal au cœur, et sur ces derniers mots elle se replia dans son logis comme à l'intérieur d'une armure.

Je me retrouvai seul, debout, idiot, au milieu de la rue, ne sachant où aller. Et toujours le gosse, avec son ardoise « *Ça va aller, Jo', je suis là* », or c'était faux, rien n'allait, ou alors de travers, et je tombais de fatigue.

Il était 23 h 55 à ma montre cassée et nous étions dimanche.

Ce soir-là, comme on accroche le ver à l'hameçon, j'écrivis une lettre à Maria, que je confiai ensuite à mon logeur, Saül. Je pris, auparavant, grand soin de la recouvrir tout entière de scotch. « Si vous la lisez, sa destinataire le saura », l'avertis-je.

Saül la plaça religieusement sous un presse-papiers en forme de statue de la Liberté, avant de me tourner le dos et reprendre le cours de ses séries télévisées.

Depuis mon arrivée, les jours avaient passé l'un derrière l'autre, comme de petites perles crachées, avec la sensation de plus en plus angoissante que notre voyage touchait à sa fin, et qu'il se concluait sur un goût amer de défaite. Maria se dressait devant nous, silhouette floue, coupable, impalpable et secrète.

Un matin, croisant mon reflet dans la glace, j'avais été horrifié par ce que j'avais vu. Mes traits donnaient une impression de grande lassitude, mes yeux étaient plus clairs, mais d'un vert plus délavé, de grandes rides soucieuses marquaient mon front. Une gueule de marin désabusé, une gueule de vieux. Mes insomnies griffaient fort.

C'est aussi à cette époque que, subitement, ma phobie des microbes se dissipa comme elle était venue, presque vingt ans plus tôt : je ne me lavais plus les mains trente fois par jour. Jérusalem m'avait libéré de ça, d'une *certaine façon*.

Vers 10 heures, Saül m'annonça : « La Pleureuse est repassée. Elle a pris votre mot, mais n'a rien déposé pour vous. » Je le remerciai, le cœur étreint d'une grande angoisse : après l'avoir laissée tranquille presque quatre jours, il était temps de revenir voir Noah Korber. Je composai rapidement son numéro et elle décrocha presque aussitôt.

« Ce soir, je te dirai tout », promit-elle d'une voix blanche, puis elle raccrocha.

Ce soir…

À l'hôpital

5 jours avant la Déchirure

Eh, No', ne regarde pas ce que fait l'infirmière ! Regarde-moi. Regarde tes jouets. Regarde tes carnets à colorier, tes bonbons. Non, pas par là, No', pas par là. Oublie l'infirmière. Écoute ma voix. Tu sais pourquoi les girafes ont un long cou, No' ? Parce qu'elles puent des pieds… Ah ! Je te fais rire… C'est bien… Je t'en achèterai une, tu verras. Je ne sais pas si elle entrera tout entière dans ta chambre. Mais tu l'auras, ta girafe. Promis. Quoi ? Quand est-ce qu'on saura le résultat, pour la troisième épreuve ? Bientôt, je te le promets… Ils vont peser le petit morceau d'os qu'ils te prennent pour savoir de quel métal est façonnée ton âme, et savoir quelle sera la couleur de ton armure. Ils ont une balance spéciale, tu vois ? Ils pèsent tous les os de tous les enfants du monde… Allez, respire, ça va aller, ça va aller… Quoi ? Quelle heure est-il ? Regarde l'horloge au-dessus de ton lit. Tu sais pas lire les petites aiguilles ? Il est 17 heures, No'. Et tu sais quoi ? Non ? Dans trente millions d'années, à cette heure-là, il sera aussi 17 heures. Je sais, No', c'est incroyable, oui. Même que c'est là, peut-être, que se tient le plus grand secret de l'existence. Quoi ? Tu as mal ? Regarde par la fenêtre, No', des pigeons ! Oui, No' ? Et si tu es trop fatigué pour aller à Rome ? Comment on fera ?

T'auras pas le choix. Je m'approcherai par petits pas sournois, là, comme ça, puis je lâcherai trois coups rapides sur ton épaule. Je crierai « Touché ! », puis je reculerai vivement en levant les bras au ciel, l'air effrayé. Tu bredouilleras : « Q-qu'est-ce q-que tu fais ? », et je te répondrai : « Je joue à trap-trap. Je t'ai touché et c'est toi, le loup, maintenant. » Alors tu seras obligé de m'attraper ! Mais comme j'irai à Rome, tu seras obligé d'y aller aussi. Et si tu es vraiment, vraiment exténué ? Eh bien je te porterais sur mon dos et quand je serais trop las, eh bien je me mettrai à côté de toi, je prendrai ta main, et je te raconterai l'histoire de comment je te porte sur mon dos, sans être épuisé. Alors le voyage continuera.

Dans cette histoire, nous passerons par la porte Dorée cachée dans ton lit. Nous irons sur le pont arc-en-ciel et nous emprunterons la Route 33 pour marcher jusqu'à Rome. Qu'est-ce que tu dis ? Est-ce qu'il y aura ta mère ? Bien sûr ! Elle sera même le but de notre voyage ! Et ton père ? Pareil. Il y sera, je te le promets. Et s'il n'est pas là-bas, après le pont, on ira le chercher. Quoi ? À Jérusalem ? Oui, oui, s'il le faut, à Jérusalem ! Tu vois la petite croix accrochée à côté de la porte d'entrée ? Eh bien je te promets sur cette croix que ta mère sera là tout le temps. Croix de bois, croix de fer, si je mens…

Après la Déchirure

Jo' et No'

« Elle ressentait une immense honte, dit Noah en me versant une nouvelle tasse de thé – la troisième depuis mon arrivée. Aimer une femme… C'était impossible, pour elle ! Impossible… Alors j'ai donné tout ce que j'ai pu à Maria… Du temps, de l'amour, de la compréhension. La rassurer. L'aimer. La déculpabiliser, l'encourager à endosser ce qu'elle était, à assumer toutes les facettes de sa personnalité, à les chérir toutes, à les respecter toutes, à les… glorifier toutes. À en être fière. »

La nuit était déjà très avancée lorsque Noah m'avait accueilli dans son deux pièces. À Jérusalem, il y a des autobus israéliens et des minivans arabes. Les premiers ne vont pas dans le quartier musulman, les deuxièmes ne desservent que celui-là. Du coup, il faut bien prévoir ses déplacements. J'avais retiré la peau retournée de Maria, mes chaussures, et accroché mon écharpe sur la patère de l'entrée. Puis Noah m'avait conduit dans la cuisine baignant dans une douce lumière orange pour préparer un thé que nous buvions maintenant sur une table métallique pliante, accompagné de krembo. L'endroit était coquet, il faisait penser à un nid. Sur les murs, tendues, des toiles en tissu très épais, et de toutes les couleurs. Des photographies. Des piles de livres. Des cendriers vides. Des parfums d'encens. Par la fenêtre, je ne perdais rien de l'enfant gris en train de jouer dans la rue.

« Maria, c'était un petit pigeon en cage. Deux grandes ailes, mais une cage dans une cage dans une cage… des milliers de cages. Je les ai toutes ouvertes. Une à une. À la fin, le petit pigeon était presque prêt à voler. Nous étions comme des enfants sauvages, qui vivent nus, cueillent leurs repas sur les arbres, remplissent leurs verres aux deltas des fleuves, et s'aiment sans avoir de comptes à rendre. Je lui ai appris l'abandon, la joie, la jouissance et la célébration des corps… Tu vois, j'avais deux amis, deux garçons, eh bien il est parfois arrivé que nous finissions nos nuits tous les quatre, avec Maria, sans honte, sans calcul, mais béats, rayonnants, heureux, oui, heureux… Au bout d'un mois, elle se posait moins de questions, elle s'aimait, on s'aimait, nous étions libres, affamées de nos corps… (elle s'interrompit, palpa son bras comme pour s'assurer de sa matérialité)… affamées de ça ! De cette réalité de nos corps nus ! De cette chaleur-là… S'affranchir est une besogne qu'il faut remettre chaque matin…

— Que s'est-il passé ?

— Une nuit, nous sommes sorties danser, au Shoshan… Maria ne voulait pas, elle se plaignait encore de ce rêve avec la statuette de la Vierge. J'ai un mauvais pressentiment, m'a-t-elle avertie, quelque chose de terrible va arriver… »

Noah se leva, gagna l'évier et nettoya nos assiettes.

« Pourtant le début de la soirée s'est déroulé sans accroc. Vers minuit, nous nous sommes disputées pour une broutille, elle est partie de la boîte… J'ai essayé de la retenir, je lui tordais les poignets… et je crois même avoir laissé deux bracelets brûlants de chaque côté. Mais elle m'a écoutée, et finalement s'est pelotonnée contre moi. "Viens habiter à Jérusalem ! lui ai-je dit avec entrain. Avec moi ! On sera bien toutes les deux, on ne se quittera pas, on ne se quittera plus." »

Je crus Noah capable d'arracher la décoration de l'assiette à force de frotter.

« "Quoi ? m'a-t-elle répondu les yeux grands ouverts d'excitation. Tu veux vraiment qu'on vive ensemble ? Tu es sûre ? — Mais oui ! Et tu pourras poursuivre tes études ici ! Viens !" Alors elle m'a sauté au cou en hurlant de joie, "Oui ! Oui !", et nous nous sommes serrées fort, serrées immensément… Tout à coup, elle a marqué un pas en arrière : "Est-ce que cela signifie que nous devrons nous cacher ? Faire semblant ? — Non, Maria, nous serons libres !" C'est alors que j'ai… »

Elle jeta l'assiette sur le rebord de l'évier, et l'assiette se cassa. Mais je crois qu'elle s'en fichait, Noah. Elle était ailleurs. Dans son histoire d'amour.

« Il y avait ces types, là, à l'angle. On s'était déjà frités quelques jours plus tôt, quand ils s'en étaient pris à deux copines. J'ai voulu crâner, être désinvolte, comme pour donner à Maria un avant-goût d'indépendance, lui montrer comment ce serait d'être libres. Je les ai désignés du doigt : "En Europe, l'égalité des sexes a commencé avec des femmes qui portaient ostensiblement le pantalon, comme les hommes. Ici, si nous voulons faire pareil, nous devrons porter des robes !" »

Elle laissa les assiettes, revint s'asseoir, fébrile, nouant et dénouant ses doigts.

« J'avais l'impression de secouer mes chaînes, mais Maria a pris peur : "Tais-toi, Noah, ils vont nous entendre !" Moi, j'ai ri. Par effronterie ? Arrogance ? Pour me purger de toutes ces années auprès d'un homme que je n'aimais pas ? Je n'en sais rien. Maria disait toujours qu'elle était d'abord tombée amoureuse de mon rire, sans même savoir à qui il appartenait… »

Maintenant, Noah ne cessait de plier et déplier machinalement une serviette devant elle. Parfois, elle la montait à son visage et essuyait la commissure de ses lèvres, comme si ses mots étaient de la bave qu'elle ne pouvait pas s'empêcher d'écumer. Elle pleurait.

« Mais j'ai ri trop fort, tu comprends ? Trop. Les types du coin de la rue, ça les a ulcérés. »

Elle s'interrompit, sortit un élastique et enserra ses longs cheveux noirs.

« Comme je déteste rire, maintenant… »

Sa queue de cheval lui descendait au milieu du dos.

« Les types nous ont suivies, on pressait le pas, mais ils étaient plus rapides, et les rues étaient vides. Ils nous ont rattrapées, nous ont entraînées dans ce parc, celui où Maria t'a trouvé en train de dormir, où elle a posé ce manteau sur toi. Ils avaient des couteaux, je tremblais de la tête aux pieds, Maria aussi, ça les a fait marrer, ces loups, ils avaient vraiment envie de me faire payer le soir où je les avais forcés à s'excuser en les menaçant avec un tesson de bouteille. Ils ont dit qu'on ne savait pas ce qu'on ratait, qu'une nana pourrait jamais remplacer un vrai mec, c'était une sorte d'enterrement de vie de garçon, ou une connerie comme ça, ils avaient bu, c'était des brutes, ils nous jetaient de l'un à l'autre, comme des pièces de viande, ils nous ont… »

Elle déglutit péniblement, porta les mains aux tempes pour se masser le bord du crâne. Avec douceur, par légers mouvements concentriques.

« … Ils nous ont obligées à choisir laquelle d'entre nous le futur époux allait "gâter". Ils l'ont poussé vers nous, un jeune type, un tocard, je me souviens, il avait des pommettes à faire saigner la main qui le gifle et…

— Vous avez dit quoi ? l'interrompis-je.

— Gâter ?

— Non, avant, sur les joues du type.

— Qu'il avait des pommettes à faire saigner la main qui le gifle, pourquoi ?

— Pour rien, continuez, pardon.

— Maria, sur le côté, se taisait, elle était morte de peur. J'ai crié : "Choisissez-moi, mais laissez-la partir !" Ils ont dit : "Tu es sûre ?", j'ai dit : "Absolument sûre", et j'ai avancé d'un pas, pour me placer entre eux et elle. Je n'ai récolté que des ricanements. "On a changé d'avis, on va prendre ta petite protégée" et... »

Une mèche s'échappa de sa queue de cheval, et elle l'évacua en soufflant dessus.

« Maria ne s'est jamais remise de cette nuit-là. Elle se sentait lâche, pour ne pas avoir parlé quand je me suis désignée. Elle se sentait trahie par Dieu, trahie par moi ! Par tout ce que je lui avais fait miroiter sur la liberté d'aimer, sur la façon dont Dieu aimait qu'on aime *qui* on veut aimer ! Elle a vécu cela comme un châtiment... Une punition divine... »

Noah se flétrissait à parler ainsi. Plus la nuit avançait plus elle semblait s'assécher, emmaillotée par les bandelettes invisibles du souvenir. Après une longue minute de silence, elle reprit :

« Parfois je me dis que c'est enfin terminé : cette histoire est derrière moi, je suis passée à autre chose, je l'ai oubliée. Pourtant, le matin, j'ouvre les volets, je regarde le lit, et il n'y a personne, et je fais comme si cela n'avait pas d'importance, mais je regarde. Je regarde chaque matin. Le passé, c'est horrible, il est partout. Maria est là... Elle va préparer le repas. Elle va me rejoindre, je lui sers une orange pressée et nous préparons notre voyage, je ris, elle se moque de mon rire. Elle enfile sa chemise de nuit et se coiffe ici. J'ignore comment l'aider, comment lui demander pardon. Tout ce que je peux faire, c'est déposer un vase vide, devant chez moi, le matin. Pour dire : je ne t'ai pas oubliée, et je ne t'oublierai jamais, je ne veux de fleurs de personne, sauf de toi, oui sauf de toi… »

Elle se leva, alla chercher un bocal où un bouquet de pivoines fraîches se trempait les pieds. Elle plongea son visage dans les fleurs dodues qui laissaient rebondir la lumière, « Maria, oh Maria… » murmura-t-elle, et inspira de toute la force de ses poumons avant de remettre le vase sur le rebord de fenêtre. Elle aurait bien eu besoin d'un peu de réconfort. Même une pancarte avec écrit « *Ça va aller, Noah, je suis là* » aurait convenu. No', derrière la vitre, jouait à la marelle, sautant dans le noir et dans la rue, à deux bonds du paradis.

« Je peux prendre une photo ? » demandai-je en dégainant mon appareil.

Elle fit signe que je pouvais, qu'elle s'en fichait, puis se rassit.

Sur cette photo, je me souviens, la peau de l'enfant à cloche-pied dans la rue prend toute la place, envahit chaque millimètre carré et il faut bien du mystère au bouquet et à son vase pour ne pas s'effacer derrière toute cette grisaille. On croirait qu'un nuage terne a envahi toute la pièce et déteint sur l'éclat des pétales. L'enfant et ses *sept ans pour toujours* voilent le temps, l'espace et la réalité derrière un immense écran de poussière.

Noah pointa les pivoines du doigt.

« Ce matin, elles étaient là. Nous allons bientôt nous retrouver, j'en suis sûre.

— Vous croyez qu'elle sera d'accord pour me voir ?

— Oui. Cependant, je veux que tu saches quelque chose : tu te trompes.

— Je me trompe ?

— Si Maria n'était jamais à l'hôpital, c'est parce qu'elle avait une raison. La meilleure raison du monde. »

Mes joues s'affaissèrent : cette moue se voulait indifférente, pourtant elle ne cachait pas les bulles de mépris qui éclataient en moi. Je bouillonnais.

« Meilleure que d'être auprès de son fils à l'hôpital ? »

Noah soupira.

« Ce n'est pas à moi de te le dire. Non. Pas à moi… Il y avait un mot, avec ce bouquet. Elle m'a tout expliqué. Son fils, l'hôpital, toi, les reproches qu'elle voyait luire dans tes yeux comme des couteaux tirés. Dans le mot, elle me raconte qu'elle a écrit à son fils un long, très long texte. Presque un livre. Où elle lui explique tout : son enfance, son amie Elisabetta, la Pension Lili, notre rencontre, son voyage ici, les sites – je l'emmenais visiter tous les jours, tu sais ? – et elle raconte nos soirées, nos folles soirées au Shoshan. Elle lui parle de la première fois qu'elle a vu un corps de femme nue. Elle écrit ce qu'elle ne pouvait pas hurler : ce qui est arrivé dans ce parc, son retour en Italie, les soirées à errer pour se débarrasser de ce que cet homme lui avait enfoncé dans le ventre. Tout, Jo', elle lui raconte tout. Sans fard, sans compromis. Elle avait trop d'amour pour lui. Trop. Et cet amour, elle l'a rejeté. Parce qu'elle ne pouvait pas aimer son châtiment. Parce que c'était *sa* faute, sa très grande faute, et qu'elle se refusait à adorer sa faute, à embrasser les petits pieds de sa faute, à baiser le front brûlant de sa faute… »

La jeune femme se leva, prit les tasses et alla les vider dans l'évier, près des assiettes.

« Trouve Maria et elle te dira son secret. Son mystère sera percé, alors, et alors seulement, tu pourras peut-être lui pardonner ce qui s'est passé ce jour-là dans la chambre, à l'hôpital. »

Derrière elle, il y avait la fenêtre. Au cœur de la nuit, l'enfant gris jouait avec tous les fantômes de pigeons de la ville. Un million de fantômes et un enfant presque nu qui court au milieu sans en attraper aucun. Peut-être les fantômes d'enfants n'attrapent-ils jamais rien. Pas plus les pigeons morts que vivants, ou l'amour, ou le temps qui passe ou autre chose. C'est comme ça. Peut-être même est-ce très bien ainsi, qui sait ? Peut-être faut-il de tout, dans ce monde, même des enfants gris, parce que sinon ce monde serait moins plein et il faut, oui, il faut absolument que le monde soit plein, et plein de plein de choses, et qu'il ne manque rien ici-bas, ni des enfants, ni des maris, ni des sœurs, ni des grands-pères qui meurent. Même des Maria qui aiment des Noah… C'est comme ça, tout serait moins grand sinon, et il faut que le monde soit le plus grand possible pour ne jamais se cogner contre ses bords. Et que rien ne manque… Et que rien, *jamais*, ne manque. Même le malheur dans un parc, même la mort d'un enfant avant celle de ses parents. Ainsi soit-il ? Ainsi soit-il. C'est je crois ce que veulent dire ces trois mots : que rien ne manque.

Il était 03 h 12 à ma montre cassée, et nous étions lundi.

Cette nuit-là, je n'ai cessé de penser à Maria, qui avait toujours vécu en essayant d'être juste et bonne, animée de cette croyance que le monde le lui rendrait en étant juste et bon avec elle. Quelle erreur… Ce n'est pas parce que vous ne mangez pas le requin, que le requin ne vous mangera pas.

J'errais dans les ruelles vides, à 3 heures du matin, incapable de dormir. Il allait bien falloir dire la vérité, à la fin. Le gosse ne pouvait pas rester sans la connaître. Ça m'a rongé le ventre toute la nuit et toute la matinée.

Je suis rentré à l'heure du déjeuner, quelqu'un avait oublié d'éteindre les lumières extérieures. Le néon rose de l'enseigne clignotait et on pouvait lire, à cause des lettres cassées, « lomo odo » au lieu de « Chlomo Dodo ».

Saül roupillait déjà devant le soap de midi.

Je l'ai réveillé pour lui régler ce que je lui devais.

« Dites-moi, Saül, j'ai une question, très importante. (J'ai posé une main sur la lunette astronomique qui lui sert à guetter le retour des petits hommes verts et de la Confédération galactique...) Le nombre total d'étoiles dans l'univers tombe-t-il pair ou impair ?

— Pourquoi tu me demandes ça ?

— La nuit, j'aime bien m'asseoir et regarder les étoiles. Je suis pas lyrique ou quoi, j'aime juste rien foutre. Alors, pair ou impair ?

— Elle n'a pas de sens, ta question !

— Je m'en doutais, on ne peut pas savoir, c'est ça ?

— Non, enfin oui, c'est surtout que ça change tout le temps. Dix-huit mille étoiles meurent chaque jour, et dix-huit mille autres naissent. C'est comme ça depuis... Depuis...

— Depuis toujours ?

— C'est ça, oui, depuis toujours. »

À l'hôpital

3 jours avant la Déchirure

Jo' prend son téléphone, il l'appelle : « Venez », dit-il, et elle, elle pleure au bout du fil, parce qu'elle est à l'autre bout du monde, à Jérusalem, parce qu'un hôpital entier la juge tout bas, et que même loin elle entend leurs reproches, leur incompréhension, elle ressent leur aigreur et le couperet de leurs jugements.

« Je suis trop loin.

— Alors revenez vite, dit Jo' aveuglé de colère. Revenez vite, parce qu'il ne fallait pas aller là-bas quand le monde entier est ici, devant moi.

— Vous ne comprenez pas ! crie-t-elle. Vous ne comprenez rien !

— Non, personne ne vous comprend. »

Jo' entend presque ses larmes couler.

« Demain, on déplace ses affaires, ses jouets, la décoration de sa chambre.

— P-pourquoi ?

— Demain, on l'emmène *dans la chambre 33.* »

Silence.

« Il faut que Noah sache que vous l'aimez. *Avant que…* »

Silence.

« Venez. »

Il raccroche, puis entre dans la chambre 207. Puis il dit à l'enfant qui espère : « Elle sera bientôt là, Noah. Elle sera là. »

Après la Déchirure

Jo' et No'

Au jardin, tout était déjà nuit et neige, frimas et vague rumeur de la ville. L'enfant dessinait, agenouillé au pied d'un olivier millénaire, tranquille. Son profil rond de chérubin découpé dans l'obscurité nette et fraîche de l'Orient. Un crayon à la main et du vent dans la chevelure, sous les semelles, entre les doigts aussi. Il s'est mis sur ses deux jambes à mon arrivée, et nous nous sommes retrouvés comme deux cons, à nous zieuter dans le blanc des yeux, le froid s'insinuant doucement. Soudain, une idée insupportable : et si nous nous quittions là, au milieu des arbres ? et si on ne se revoyait jamais ? Une bourrasque s'est faufilée entre nos mollets, et le dessin lui a échappé des mains. Le papier a virevolté dans les airs comme une plume. On y voyait un pont, aux couleurs de l'arc-en-ciel. C'était griffonné sans génie, sans grande beauté, ça m'a heurté comme un coup à l'estomac.

Tu sais, No', quand quelqu'un te dit qu'il est heureux, méfie-toi. À vrai dire, méfie-toi tout le temps : quand quelqu'un te raconte une histoire, c'est presque toujours un mensonge, un conte ou une fable.

Il a hoché la tête. Il savait ce que j'allais dire. J'ai monté lentement mes mains, puis je me suis bouché les oreilles, comme du temps des gros mots de Crinchon et des rires. L'enfant m'a imité. Quand j'ai été sûr qu'il ne pouvait pas m'entendre – je tremblais de tous mes membres –, j'ai craché toute la vérité. Elle était nue et moche. Elle pesait lourd. Elle avait tant besoin du mensonge pour exister…

Ce n'est pas ma faute, tu sais ? C'est ta mère. Et encore, quand on y réfléchit, elle non plus, ce n'est pas sa faute. Personne n'est responsable.

Longue inspiration.

Il est 9 h 54, je viens de quitter l'ascenseur où je regardais les étoiles peintes dans la cabine, ma mère m'appelle. « Aristide est mort cette nuit », dit-elle. Je reste interdit, je ne sais pas quoi lui répondre. « Je me fais remplacer et j'arrive », lui dis-je au téléphone, et là je me cogne sur les portes battantes à l'entrée du service, je saigne un peu, je veux boire à la fontaine, tu te souviens, la fontaine ? On se cachait derrière… Je veux boire et je me cogne, encore, je saigne, beaucoup. La main sur le front, j'arrive devant ta porte, j'entre, et… Elle est là, ta maman, dans la chambre blanche, à te prendre dans ses bras encore et encore, et à demander pourquoi. Il est 10 h 09, je suis derrière elle, je porte ma chemise de bûcheron, ma blouse de médecin par-dessus, j'essaie de penser à des choses agréables en vain. Je la vois, elle passe et repasse ses paumes sur ta petite joue grise. Alors… Alors…

Silence. Expiration.

Alors vient ce moment, cette… Déchirure ! Quand elle… parce qu'elle n'en peut plus, parce qu'elle n'a pas de réponse et que son fils meurt… elle m'oblige à prendre sa place.

Inspiration. Silence.

Elle est partie, ta maman, elle t'a abandonné ! Comme ça : elle se lève, tes yeux sont entrouverts, j'ai peur que tu ne voies tout, elle renverse le vase de pivoines, tient un carnet à spirale contre son cœur, celui avec la couverture bleue, elle a les yeux rivés au sol et chuchote à toute vitesse : « Gardez-le, je vous en supplie… Parlez-lui… Restez… Racontez-lui mon histoire… Qu'il sache la vérité… » Elle pose ses lèvres sur ton front une dernière fois. « Pardon, pardon, je suis désolée, pardon, je suis désolée… Pardon… » Tu es allongé, tu ne comprends rien. Moi, je suis debout, je comprends trop bien. J'attrape ta mère par le coude. Nos bras se touchent, glissent l'un sur l'autre, j'essaie de la retenir, j'agrippe sa main, elle tire, j'agrippe ses doigts, nos doigts se mêlent un instant, tirent, se lâchent, elle n'est plus là… J'ai son carnet dans la main, et sa voix dans la tête… « Pardon ». C'est ce qu'elle a dit. Ça résonne… Elle aurait pu ne rien dire, pourtant elle a dit pardon… Elle devait bien t'aimer alors… Comme une mère aime, toujours un peu trop, hein, lourd comme une montagne… « Ce n'est pas ma faute », a-t-elle dit… Quand elle s'est enfuie sous tes yeux… parce que c'est comme ça qu'on dit quand quelqu'un court pour échapper à quelque chose… quand la porte s'est fermée, le crucifix accroché au-dessus de ton lit est tombé… J'ai cherché un endroit où m'échapper, moi aussi, mais la chaise en hêtre jaune était là… C'est le siège réservé aux visiteurs, et comment voulais-tu que je réagisse, moi ? J'étais un visiteur… et il fallait bien que quelqu'un reste avec toi. Alors je suis là, dans la chambre, je remets le petit crucifix à sa place. Je dépose dans ta paume ton poisson-clown en plastique, tu ne parles pas, tes yeux refusent de voir la faute impardonnable que ta mère vient de commettre… Je m'assois, ça sent la peinture parce qu'on a repeint la salle de repos. Mais ce que je sens, c'est ce que je pense, et je pense de la douleur, oui, et sans cesse à ta mère, et je me dis : quelle mère agit de la sorte ? Quelle mère laisse son fils mourir seul, hein ? Et je n'arrête pas de penser encore et encore à ce que tu dois croire, aux idées qui s'agitent dans ta tête…

Oh No', oh petit No'… Je devine, à la lueur attendrie de ses yeux, qu'il me pardonne. Il comprend et pardonne. Néanmoins, je dois aller jusqu'au bout.

Tu meurs et moi, je ne sais pas comment réagir… Je te regarde, mais tu as fermé tes grands yeux de confiture, et c'est insupportable. Alors il y a les toilettes de ta chambre, je les fixe, j'ai jamais rien fixé aussi fort de toute ma vie ! Ton image apparaît dessus, il est 10 h 43, ton voyage va commencer, je me rappelle la tarte au citron de mon enfance… Je n'en mange plus, tu sais ? Je ne pourrai plus jamais… C'est bizarre, les hommes, hein ? Pourquoi penser à ça, à ce moment-là ?

Silence. Inspiration. Expiration.

J'ai eu très peur, pourtant je suis resté, parce qu'on ne dit pas non à une mère quand son fils meurt… J'étais bien heureux, moi, avant de te connaître. Bien heureux. On ne m'avait jamais dit que ça mourait comme ça, les enfants de sept ans. Jamais. J'avais ma vie, mon job, ma copine, ses mensonges, ses petits seins et les cornes qu'elle me collait avec cet Antoine, mes mensonges, et les cornes que je lui collais avec les nanas en boîte… Je me suis assis près de ton lit et j'ai pris ta petite main minuscule dans la mienne… Je n'ai pas parlé. Que se passe-t-il, où je suis, qu'est-ce que je fais ? Je suis l'enfant le plus seul au monde, mais si je m'en vais, ce sera toi qui deviendras l'enfant le plus seul au monde… Alors je suis resté jusqu'au bout… Tu entends ? Jusqu'au bout… Maintenant je suis seul… dans la chambre 33. Et il n'y a plus rien de beau en moi, plus rien de bon ni de joyeux. Qui va m'aimer maintenant, dans ce monde cassé par ta mort ? Qui ?

Ma voix se met à trembler, je ferme les yeux très fort, je m'excuse. Il y a le bleu du dehors, la nuit, le vert d'une porte de chambre à l'hôpital, le blanc du drap, le dessin d'un pont arc-en-ciel sur un mur de la chambre, le noir de ses cheveux d'enfant et le gris de sa main. Bleu-Blanc-Noir-Gris. Sa mère, « *Pardon, pardon, je suis désolée, pardon, je suis désolée, pardon* », la chaise jaune, l'enfant gris et moi, l'enfant seul au monde, moi qui essaye de saisir le moment où l'âme s'en va. Et s'il y a une âme. Et si je peux la retenir ? Et si on meurt *vraiment* ? Et si on vit ? Et c'est quoi le bonheur ? Après ça, est-ce que je pourrai aimer l'existence ? Et moi, qui va m'aimer, maintenant ? Ça tourne dans ma tête encore et encore : il y a les yeux éperdus de la mère, sa robe violette, son petit châle sur son épaule, l'horloge qui marque le jour, l'heure et les minutes... Je pose ma paire de tennis au pied de son lit, je m'assois près de No'. Le ciel par la fenêtre est si grand qu'on imaginerait mille mers tenir dedans, puis il y a la porte magique dans le matelas du lit, et dessus, No' en train de l'ouvrir, prêt à partir, prêt au voyage, prêt...

Et ma main qui serre ta main, ton expiration suivie d'une inspiration puis d'une nouvelle expiration et là, au moment où doit venir l'inspiration suivante... rien. J'ai beau attendre, secouer ton petit corps, No', c'est fini, rien ne vient... Qu'est-ce que je fais ? Où je vais ? Pris dans les plis du drap, il y a le petit poisson-clown en plastique et l'interminable carnet de ta maman où elle raconte toute l'histoire de ta naissance. Et qui elle a aimé. Et qui elle a haï. Ça commence par son retour à Rome, après le parc, quand elle te portait dans son ventre malgré elle, comme moi je te porte sur les épaules. Alors je me souviens de ma promesse. Je lis, je lis sans m'arrêter, persuadé qu'en explorant le mystère de ta naissance je reculerai celui de ta mort. Car j'ai là un récit pour toi, un récit de voyage, et un bon, et un beau. Oui, et tu y as droit, car tu as passé toutes les épreuves ! Ce sera une histoire partagée, loin de l'hôpital, à la recherche de ton papa, de ta maman ; et il faut que tu la connaisses jusqu'au bout, car ton esprit est encore là, flottant, dans cette pièce, prêt à partir, mais pas avant de connaître la vérité sur ta mère. Et si je ne te la dis pas, cette vérité, si je quitte cette chambre avant, je crois que toute ma vie je resterai enfermé ici. Alors je raconte, encore et encore, parce que raconter c'est comme épingler ton âme à ton corps…

Silence. L'enfant penche la tête. Comme il me ressemble ! Moi quand j'avais sept ans. Et c'est tout. Et c'est rien. Je resserre mes paumes sur mes tympans. Plus fort, Jo', encore ! No' appuie encore. Personne n'entend. Il le faut.

J'ai menti, tu comprends ? Je n'ai jamais pu discuter avec mon grand-père une dernière fois, et ça me ronge… Alors j'ai inventé. Et Manon je vais la quitter, car il n'y a que la peur d'être seul qui nous pousse encore à rester deux… J'ai mélangé ton récit au mien, pour mieux comprendre ta mère, mieux te la raconter. J'ai jeté des ponts sur les distances… J'ai menti et brodé… La plage d'Ostie, c'était pas la mer qu'on voyait : c'était le parking de l'hôpital. D'ailleurs… D'ailleurs…

Je me suis de nouveau écroulé sur le sol, vaincu.

D'ailleurs, je te veille, les heures passent, 11 h 47, 15 h 16, j'entrouvre la fenêtre, le vent s'engouffre, on est dimanche, 17 h 34, la nuit tombe, 23 h 55, la pièce est dans le noir, j'ai un peu froid, ta mère s'est enfuie en oubliant son manteau, sa peau retournée, alors je la mets, je lis cette lettre, je tiens ta main, « Ça va aller,

No', je suis là », c'est ce que je dis, encore et encore, « Ça va aller, No', je suis là »...

Mes tempes allaient exploser sous la pression exercée par mes paumes. Les mots ont continué à sortir tout seuls, comme si je crachais un long chapelet façonné de verbes, de noms et d'adjectifs.

Je lis l'immense lettre de ta mère, j'y fais mon nid, je tisse... J'aimerais qu'elle revienne, ta maman, car il faudrait lui présenter des excuses : « Quelle que soit votre raison, madame, je veux que vous sachiez combien je suis désolé. Désolé de vous avoir jugée, désolé de vous avoir haïe, désolé... » Cependant, elle ne reviendra pas. Nous finirons notre voyage tous les deux, et nous la trouverons nous-mêmes, ta maman, nous la trouverons là, au bout des mots, les siens, les miens, grâce à l'encre du papier... On la trouvera derrière cette petite porte dorée, tu sais, celle qui est cachée dans le matelas. Puis sur ce pont, celui qui mène à la Route 33. Nous marcherons où tu le souhaites, No', et c'est là que je t'emmène, No', où tu le souhaites, à la rencontre de ta maman, de son mystère. Elle va nous révéler son secret, la raison pour laquelle elle ne venait jamais à l'hôpital, écoutons-la...

Je baisse les bras, libère mes oreilles et les siennes. Les bruits du monde nous frappent de plein fouet. De plein fouet. Nous avons les lobes tout rouges d'avoir tellement serré nos tempes. Le temps est comme suspendu, et ça aurait duré un bon million d'années au moins, que je n'aurais pas été plus étonné.

Promis, je ne te mentirai plus, No'. Je te dirai SA vérité, promis... Celle que je vais lire. Promis. Allez, viens, prends ma main, ne la lâche pas, il faut que nous trouvions ce pont, sur la Route 33, et que nous rentrions. Ta maman nous attend, ma maman et mes sœurs m'attendent. Depuis hier midi, elles m'attendent, Allez... Viens... On y va... Ne lâche pas ma main...

À l'hôpital

Veille de la Déchirure.

« Jo' ? demande faiblement l'enfant.

— Oui, No' ?

— Si tu pouvais aller dans la chambre 33, tu ferais quoi ? Je veux dire : tu irais où ?

— J'irais dans un endroit où je trouverais la force de dire la vérité aux autres, No'. La force de rompre avec ma copine, parce qu'elle me trompe et que je la trompe depuis des mois, parce que nous ne savons plus danser ensemble, et parce qu'elle est amoureuse d'un autre. Je le sais, hein, pourtant je n'arrive pas à la laisser partir… J'irais rendre visite à mon grand-père, avoir avec lui la dernière discussion qu'on n'a jamais eue. Oh, ce serait pas une grande discussion, tu vois… J'aurais un problème et il me donnerait des conseils pour le régler, rien de plus. Je ne sais même pas si je lui dirais *je t'aime* en le quittant, ou alors tout bas, comme ça, pour qu'il le sache, parce que je lui ai jamais dit. Moi, j'ai jamais pu parler une dernière fois à mon grand-père, ça me ronge. J'aurais voulu qu'il me dise que papa ne nous avait pas abandonnés, mais qu'il ne pouvait pas faire autrement que mourir. »

Silence.

« Jo' ?

— Oui, No' ?

— Est-ce que t'es sûr que maman m'aime ? »

Jo'le regarde droit dans les yeux.

« J'en suis absolument sûr.

— Absolument ?

— Absolument. »

Silence.

« Jo' ?

— Oui, No' ?

— À qui t'as jamais menti ?

— Mes sœurs, ma mère, je leur ai déjà menti.

— Et dans ta tête ?

— Tu veux dire à moi-même ? Très souvent aussi, je crois.

— À Manon ?

— Bien sûr que je lui mens. Régulièrement. À d'autres filles, aussi.

— Et ton chien ?

— Ben quand j'étais petit, je lui faisais croire que je jetais un bout de bois, pourtant je le cachais derrière mon dos… »

Silence.

« En fait, No', je crois que j'ai déjà menti à tout le monde. »

Dernière partie

LA ROUTE 33

Après la Déchirure

Jo' et No'

Peut-être existe-t-il des moments dans la vie où on ne sait plus si le monde est un mensonge ou si le mensonge *est* le monde. Par exemple, je pourrais imaginer comment nous nous sommes mis à la recherche de la Route 33. C'était un peu gris, ça devint noir, la nuit était déjà là. Une gouttière marquait le tempo. J'allais d'un bon pas, elle disparut, il y en eut une autre, puis une autre encore. Le gosse était tout nu, il n'avait pas froid, et moi non plus je n'avais pas l'impression d'avoir froid. Peut-être aurais-je froid plus tard ?

Le vent nous giflait, la pluie crépitait. Cela faisait tellement longtemps que nous marchions, je n'ai pas pu m'empêcher de penser : *Te voilà perdu !*, mais j'avais toute la vie devant moi pour reconnaître mon chemin, et cela m'a rassuré. Je n'étais pas perdu, j'étais seulement mouillé. C'était tellement vrai, cette phrase, tellement… J'ai songé que je ne voulais que de la vérité dans mon existence, de la vérité, de la lumière, et que rien ne mente, jamais. L'enfant gris et moi, nous avons continué à suivre la route longtemps et il n'y a pas grand-chose à raconter. Le soleil s'était couché depuis un long moment maintenant. Je ne désirais rien, je pensais à des choses, j'en écoutais d'autres, j'aimais le vent, la fraîcheur, le moelleux et l'odeur de l'humus sous mes souliers. Nous longions une forêt. Ensuite, il y a eu une lande désertique, et je l'ai aimée aussi. Je n'étais pas triste, non, vraiment pas. Seulement mouillé.

« Je ne t'en veux pas ! ai-je crié vers le ciel. Tu es la Pluie et tu fais ton métier ! »

Sur ma droite, le gamin a hoché la tête. J'avais parlé comme il fallait parler, dans le calme et l'acceptation de tout. L'acceptation *de tout.* Ma colère, mon chagrin étaient naturels et justes. C'était pas grand-chose, seulement je n'avais rien d'autre contre le malheur. Personne n'a mieux, d'ailleurs, je crois. J'aurais dû poser la question à mon vieil Aristide. J'ai pensé à Maria, à son histoire, j'ai pensé à Elisabetta, Pozzi et Lucinda, j'ai frappé dans mes mains, comme touché par la grâce. J'ai su que, maintenant, je saurais comment consoler ma mère et mes sœurs. À cet instant, mon front s'est remis à saigner, comme si je l'avais cogné la veille.

Hors de moi, c'était encore la route, des villages, et la longue marche. Les réverbères ont disparu. Nous avons mis beaucoup de boue sur nos chaussures en suivant la piste argentée des limaces écrasées jusqu'à l'entrée d'un pont, ni très grand ni très large, où le fleuve était si tumultueux qu'il semblait évident que quiconque y tomberait ne reparaitrait jamais. Au milieu de ce pont, Maria nous attendait, accoudée à la rambarde, les traits reposés, sereins. Je pourrais dire ça, oui, « sereins ». Elle portait une longue robe blanche, avec des pivoines dans les cheveux. Elle était magnifique, belle comme une maman peut être belle dans l'esprit d'un enfant qui l'aime, d'un enfant qui n'a pas encore d'autres femmes dans sa vie.

Je me suis installé à côté d'elle.

« Je donnerais tout l'or que je n'ai pas pour aller me promener en forêt avec mon papa et mon grand-père une dernière fois. Cueillir des framboises. Grimper aux arbres. Cheminer avec eux et les écouter m'expliquer comment faire pour être le seul homme de la famille… »

Elle a acquiescé. Elle, elle aurait donné tout l'or du monde pour écouter sa mère, Anna Tulith, lui expliquer comment surmonter ce qui arrivait à son fils.

« C'était une grande dame : elle a sauvé la vie d'un enfant, elle. »

Je tremblais en terminant le carnet. Derrière ses mots, c'était Maria, Maria tout entière, avec son secret et sa vérité, qui se tenait là, enfin, face à moi, après toutes ces pages tournées !

« Un jour, No' m'a dit que vous ne deviez pas pleurer et que je devais vous délivrer un message : "Dis-lui que je l'aime, que je suis vraiment content de l'avoir choisie comme maman et d'être sorti de son ventre à elle." Voilà. »

Nous sommes restés silencieux une minute. Elle a dû sentir la sourde interrogation qui s'apprêtait à fleurir sur mes lèvres, car elle a pris l'initiative.

« *Maintenant, je vais expliquer pourquoi je n'étais jamais à l'hôpital.*

— Vous n'êtes pas obligée, Maria. »

« *Tout le monde m'a cataloguée, désapprouvée, critiquée, tout le temps, or personne n'est à ma place, personne ne sait ce qui s'est passé cette nuit-là, et personne n'est mère comme je suis mère. Parce que j'ai agi de mon mieux avec ce que j'avais dans le cœur et dans le ventre, avec la petit fille que j'ai été et la femme que le monde des hommes m'a obligée de devenir, et vous savez c'était moche ce que j'avais dans le cœur et dans le ventre. Oui c'était moche, et gelé, et sinistre...* »

Silence.

« *Certains jours, j'aurais voulu qu'on m'arrache la peau et qu'on mette quelqu'un d'autre dedans...* »

Ses doigts se tordaient sous le coup de l'anxiété, je crois. En tout cas, son menton tremblait. Il m'a semblé l'entendre demander si No' était là.

« Oui, Maria. Il est là. »

Je lui ai montré le trottoir, deux pas derrière moi. Maria s'est approchée, la jambe mal assurée, a mis un genou à terre, s'est tournée vers moi.

« Allez-y, il vous écoute », l'ai-je encouragée en voyant l'enfant gris tout tremblant de retrouver ainsi sa maman.

Elle s'est raclé la gorge, puis elle a dit à son fils :

« Je ne t'ai jamais abandonné, No'. Jamais. Pas une seconde. Je te portais dans moi, toujours. Je te portais dans moi et j'avais l'obsession de te guérir. Je le voulais si fort que je suis partie à l'autre bout du monde pour toi, mon amour, remuer le passé, me plonger encore et encore dans le pire souvenir de ma vie. Parce que tu avais besoin, terriblement besoin d'un remède, et que je ne l'avais pas dans mon sang. Alors je l'ai cherché. Je l'ai cherché en haut, en bas, la nuit, le jour, dans les bars, les prisons et les commissariats. Mes cheveux étaient tout de travers, je ne me lavais plus. Je l'ai cherché sur des cartes, dans les replis de ma mémoire, ma mémoire qui ne voulait pas se souvenir. Alors je suis allée dans ce parc, ce terrible parc, j'ai interrogé des tas de gens, ils m'ont prise pour une folle et peut-être que je l'étais un peu, folle... Les jours passaient, et je voulais trouver ce remède, et ce remède c'était un homme, celui qui t'avait mis de force dans mon ventre. Je l'ai cherché pour lui prendre ce qu'il avait peut-être dans son sang, puis te le redonner tout entier, te guérir tout entier, te voir grandir, et aimer, et devenir un homme entier, honnête, doux et bon... Je suis désolée de ne pas l'avoir trouvé, mon chéri, je suis tellement, tellement désolée... »

L'enfant gris parut soulagé : sa mère l'aimait. C'était juste ce qu'il avait besoin de savoir pour partir, c'était beaucoup, c'était tout. C'était grand et minuscule.

« J'ai tellement erré, mon amour, tellement erré... »

No' a levé sa main translucide et fine comme une feuille de lierre et, doucement, comme on effleure une rose ou la poussière qui danse dans des rayons de soleil, il a passé sa paume sur la joue de sa maman. Et sa maman a fermé les yeux, elle a pleuré doucement en disant « *Je t'aime* », et c'était beau comme un bouquet de pivoines au bord d'une fenêtre peut être beau, parce qu'il n'est rien d'autre qu'un bouquet de pivoines. C'était beau comme l'est un bout de bois en étant simplement un bout de bois, et non une épée de chevalier. C'était beau comme l'est un vélo d'enfant, parce que c'est un vélo d'enfant, et pas une monture magique, ou une licorne, ou un avion... Je me suis approché de lui, de sa mère, et j'ai ri en me cognant la tête du plat de la main.

Je sais pourquoi tu ne parles pas ! Quel idiot ! Pourquoi n'y ai-je pas pensé avant !

Je me suis agenouillé et, avec d'infinies précautions, j'ai délacé la longue écharpe de Silence que j'avais nouée autour de son cou quelques jours plus tôt. Ensuite je l'ai posée sur un cintre invisible, très haut, très loin, dans l'air au-dessus de nos têtes.

Et... maintenant ?

L'enfant a levé la main droite, a effleuré ses lèvres avec étonnement, comme si quelque chose d'important était sur le point de s'y produire, le plus grand secret du monde, celui des hommes qui acceptent que les choses sont ce qu'elles sont. Et là, pour la première fois depuis son apparition, l'enfant a souri. Un franc et large sourire éclatant. On comptait toutes ses dents.

Tu sais, No', je crois que maintenant je vais arrêter de mentir à tout le monde à propos de beaucoup, beaucoup de choses. Que maintenant je vais avoir la force de laisser Manon vivre sa vie. Ne plus la retenir. Et je crois que je vais aller dire à ma mère et à mes sœurs que je les aime. Je ne veux pas faire comme avec mon grand-père.

Silence. De la rosée tombait autour de nous comme des fées minuscules. Elles se posaient sur moi, elles se posaient sur l'enfant. Elles s'accrochaient à ses joues, y faisant éclore un doux et innocent carmin comme du lait dans une tasse de thé, y chassant le gris pour toujours.

On se reverra un jour, dis ?

Il a haussé les épaules. J'ai fondu en larmes…

Jamais je ne pourrai t'oublier.

Je ne voulais pas qu'il parte. Je voulais qu'il parle.

Comment je vais faire, sans toi ?

Il a baissé les yeux, a levé sa petite main potelée et rose, puis il m'a effleuré la tempe : « *Ça va aller, Jo', je serai là* », a-t-il dit, et ce furent ses uniques paroles.

Je tremblais de tous mes membres.

Je penserai à toi tous les jours, tu m'entends, No' ? Tous les jours. Et je te parlerai. Je te raconterai une histoire.

Là, pour la troisième fois, il a souri, puis il a haussé les épaules une dernière fois, a tourné les talons, et je l'ai regardé s'en aller sur la Route 33, derrière sa maman à laquelle il venait d'être rendu. Moi, j'ai su que, dans quelques jours, grâce au chemin parcouru sur cette route, quand la vraie vie aurait repris son cours, je la retrouverais, cette mère, je la retrouverais dans cette réalité insupportable où l'enfant ne sera plus et je l'aiderai à guérir de son absence.

Ce sera une belle histoire, No' ! ai-je crié avant qu'ils ne s'effacent à l'horizon. *Je la raconterai à mes petits-enfants !*

Alors le soleil, qui semblait s'être couché quelques instants auparavant, s'est levé tout droit et il a bien fallu se rendre à l'évidence : No' et moi avions marché toute la nuit.

REMERCIEMENTS

Je remercie ma famille, mon éditrice Alexandrine Duhin, mes amis (spécialement Cath et Arezki) et ma maison d'édition (Sophie de Closets, Carole Saudejaud, David Strépenne, Marie Lafitte, Pauline Faure, Sophie Charnavel, Ariane Foubert, Anna Lindblom, Véronique Héron, Marie-Laure Defretin, Maryline Thérou, Jérôme Laissus, Florence Ameline, Diane Feyel, tous nos représentants en librairie et ceux que j'oublie – pardonnez-moi –, mais qui permettent à ce livre d'être entre vos mains).

Je remercie Benjamin Isidore Juveneton, l'artiste et photographe talentueux qui a signé les photos de ce roman (toutes sauf une, qui est un faux grossier. Il n'aurait pu en être autrement pour un livre abordant le thème du mensonge. Je vous laisse trouver laquelle est fausse. C'est écrit, en filigrane, dans le roman).

Son travail d'orfèvre est consultable ici :

http://adieu-et-a-demain.fr

Parce que la lecture reste une arme de choix contre la bêtise et le nihilisme, je remercie toutes les personnes qui luttent chaque jour d'une admirable manière :

— Lydie Z., Muriel R., Nathalie C., Delphine E., Gérard C., André B., Martine R., Pascal D. et Alexis D., Nini R., ma team d'amour Estelle-Claire-Justine, Christian T., Philippe F., ainsi que tous les libraires qui ont porté et défendu mon précédent roman *Alors vous ne serez plus jamais triste.*

— Les blogueurs littéraires et les booktubeurs qui ont porté et défendu mes deux précédents ouvrages. Merci à vous. Vraiment.

Merci aux lecteurs/contributeurs d'AlorsVoila.com, qui continuent à construire un pont entre deux mondes.

Les premières lignes de ce roman ont été rédigées à Rome, en avril 2013, puis à Jérusalem en décembre 2013. Les épreuves ont été relues au bord de l'eau, à Toulouse et Paris, en août 2016.

Il est possible que le roman de ce roman soit vrai, je tiens donc à remercier toutes les personnes qui m'ont permis d'écrire cette histoire.

Vivi (Nini), Avram et Ibraheem vivent toujours à Jérusalem, je crois. Vivi continue à se battre. Avram prie. Ibraheem danse. Ils continuent la fête et la lutte pour l'amitié entre les peuples.

Aux dernières nouvelles, le Shoshan Bar a fermé (si quelqu'un en sait plus, je suis preneur). J'aime croire qu'il existe d'autres lieux cachés où des jeunes s'embrassent et s'aiment indépendamment de leurs sexes, de leurs origines ou de leurs croyances.

L'hiver, quand le froid arrive, je sors du placard mon manteau et son col en fourrure. Je le porte sur les épaules.

Je n'ai pas menti : je pense à Augustin (Noah) et à sa maman tous les jours.

BB

Du même auteur :

Alors voilà : les 1001 vies des Urgences
Fayard, 2013 ; prix France Culture « Lire dans le noir » 2016.

Alors vous ne serez plus jamais triste
Fayard, 2015 ; prix Méditerranée des lycéens 2016.

PAPIER À BASE DE
FIBRES CERTIFIÉES

Le Livre de Poche s'engage pour
l'environnement en réduisant
l'empreinte carbone de ses livres.
Celle de cet exemplaire est de :
350 g éq. CO_2
Rendez-vous sur
www.livredepoche-durable.fr

Composition réalisée par NORD COMPO

Achevé d'imprimer en février 2018, en France sur Presse Offset par
Maury Imprimeur – 45330 Malesherbes
N° d'imprimeur : 224781
Dépôt légal 1re publication : février 2018
LIBRAIRIE GÉNÉRALE FRANÇAISE – 21, rue du Montparnasse – 75298 Paris Cedex 06

46/7621/4